Johanna-Lynnea Sand

ERDNUSSFLIPS STATT ROTER ROSEN

Kapitel eins

Lehrerin sein ist toll.

Ich stelle meine braune Vintage-Ledertasche auf das Pult im Klassenraum der 9C und hole das hellblaue Englischbuch mit dem gelben Känguruschild heraus. »Tom und Lennart, wollt ihr heute noch im Krankenhaus landen?«, rufe ich den beiden Jungen zu, die sich gerade einer Verfolgungsjagd über Tische und Stühle hingeben.

Du-rummm, domm domm domm domm. »Aaaaah!«, kreischt Tom aus Leibeskräften.

Du-rumm, domm domm domm domm. »Aaa-hahaaa!«, schreit Lennart und seine mutierende Stimme überschlägt sich dabei.

Offenbar bin ich die Einzige, die um das Wohl der beiden besorgt ist, denn die anderen Kinder nehmen von dem halsbrecherischen Getrampel keinerlei Notiz. Vielleicht, weil sich diese Szene in jeder einzelnen kleinen Pause wiederholt. Vielleicht aber auch, weil Justin und Linus da hinten in der Ecke gerade einen Wettkampf ausfechten, der ziemlich genauso aussieht wie diese Lakritzschnecken-aufroll-runterschluck-wieder-rauszieh-Geschichte, die mein Cousin vor zwanzig Jahren zur Perfektion beherrschte.

Der Kreislauf des Lebens.

Ich tue so, als hätte ich sie nicht bemerkt.

»Okay, everybody, sit down and take out your homework!«, versuche ich, den Lärm zu übertönen, und mache mir dabei ernsthafte Sorgen um meine Stimmbänder und um das Trommelfell meiner Kollegin in der Nachbarklasse. Irgendwie schaffe ich es, mir bei meinen Schülern Gehör zu verschaffen, und irgendwann sitzen alle auf ihrem Platz.

Mein Unterricht kann beginnen.

Ich erinnere mich noch an die Zeit, in der alle Welt versuchte, mir weiszumachen, dass Lehrerin der perfekte Beruf für mich sei, wenn ich einmal Ehefrau und Mutter werden wolle. Ich sehe noch die begeistert funkelnden Augen meines Vaters vor mir. *»Dann hast du gleichzeitig mit deinen Kindern Ferien und kannst mit deiner Familie zusammen in den Urlaub fahren!«*

Mein Vater hat langjährige Erfahrung mit dem Lehrerberuf. Er ist Maschinenbauingenieur.

Und hier bin ich nun. Mitten in der Blüte des Lebens und jeden Tag umringt von Kindern, mit denen ich zwar gleichzeitig Ferien habe, aber nicht zusammen in den Urlaub fahren kann. Oder wollen würde.

Aber merkwürdigerweise liebe ich meine Arbeit. So nervenaufreibend sie ist und so anstrengend die Schüler auch manchmal sein mögen.

Eine Dreiviertelstunde später ertönt das obligatorische Knacken im Lautsprecher, das jedem Pausengong vorangeht, und sofort schmeißen Tom und Lennart Stifte und Hefte hin, um ihre Verfolgungsjagd wieder aufzunehmen. Ich tue so, als würde ich schimpfen, weil mein Schimpfen von vor dem Unterricht offensichtlich sehr viel gebracht hat, packe dabei das Englischbuch in meine Tasche und ignoriere die Lakritztüte, die in der letzten Reihe wieder zum Vorschein kommt.

Meine Pubertätstoleranzgrenze ist offiziell erreicht.

Zeit, den Abgang zu machen.

Ich laufe durch den Flur, dessen Wände jedes Jahr von der Jahrgangsstufe 13 kunterbunt bemalt werden, bahne mir einen Weg durch die herumschwirrenden, lachenden und schreienden Kinder, nicke den Schülern, die bei mir Unterricht haben oder mal hatten, wie eine freundliche, seriöse Lehrerin zu, rette mich ins Lehrerzimmer und mache die Tür hinter mir zu.

Selige Ruhe empfängt mich. Meine Kollegen sitzen um die runden Holztische herum und jeder kümmert sich leise um seinen eigenen Kram. Dieser Raum ist unsere Oase. Hier tanken wir

Stille, bevor wir uns wieder dem Chaos da draußen stellen müssen. Der graublaue Teppichboden schluckt noch zusätzlich die Geräusche und macht unser Lehrerzimmer »hyggelig«, wie die Dänen sagen. Oder waren das die Schweden?

Ich begrüße die Kollegen, die ich in der ersten großen Pause nicht gesehen habe, mit einem fröhlichen »Guten Morgen!«, bekomme von zweien griesgrämiges Gemurmel zurück, von den anderen ein freundliches Nicken, und laufe schnurstracks auf die winzige Kochecke zu, die man eigentlich kaum als solche bezeichnen kann. Ein minikleines Spülbecken, daneben ein noch kleineres Abtropfgestell und unser alter, mal weiß gewesener Kaffeeautomat.

Kaum stehe ich vor dem Becken und bringe den Automaten auf Knopfdruck zum Gurgeln, da kommt Stefan angeschlendert, der anscheinend auch gerade jetzt ganz dringend einen Kaffee braucht.

So wie jeden Tag, wenn ich da stehe.

»Na? Brauchst du mal wieder ’nen Schuss?«

Und genauso selbstbewusst wie jeden Tag.

Ich bin höflich und lächle und sage: »Ja.«

Mein Kollege steckt die Hände in die Hosentaschen seines dunkelblauen Adidas-Jogginganzugs und lehnt sich lässig in den Türrahmen. »Hattest du grade die 9C?«

»Ja«, antworte ich und verdrehe die Augen.

»Sei froh. Du hast es für heute hinter dir. Ich muss die gleich durch die Turnhalle jagen.«

»Kleiner heißer Tipp: Konditionstraining. Für Tom und Lennart bitte besonders intensiv.«

Er grinst. »Wir dürfen niemanden bevorzugen. Schon vergessen?«

»Würdest du nicht. Das ist Anpassung des Unterrichts an die individuellen Bedürfnisse der Schüler.«

Seine Augenbrauen gehen in die Höhe. »So schlimm?«, fragt er amüsiert.

»Du hast keine Ahnung.«

Er lacht und fährt sich mit der Hand durch die dunkelblonden Haare.

Stefan ist Sport- und Religionslehrer, genauso alt wie ich, supernett, humorvoll, attraktiv und, im Gegensatz zu den meisten jungen ledigen Männern, nicht zu Tode erschrocken oder empört oder peinlich berührt bei dem Gedanken an eine hübsche, junge, alleinstehende Frau, die – zu Hilfe! – Lehrerin ist.

Als die Jungen in meinem Jugendkreis vor zwölf Jahren von meiner Studiengangswahl erfuhren, reagierten die einen mit purem Entsetzen und die anderen fingen an, alle möglichen blöden Witze über Lehrer von sich zu geben und sich selbst unglaublich lustig zu finden. Und ab jenem Tag gehörte ich in ihren Augen wohl irgendeiner unantastbaren Kaste an.

»Macht dein Auto immer noch dieses komische Geräusch?«

»Ja.«

»Soll ich mal dabei gucken?«

Ich schaue meinen netten, gut aussehenden Kollegen, der sich offenbar plötzlich auch noch mit Automechanik auskennt, an und überlege. Stefan ist zwar Religionslehrer, aber gleichzeitig einer der größten Atheisten, die mir jemals über den Weg gelaufen sind.

In meiner Nachttischschublade liegt eine Liste. Und die sieht ziemlich genau so aus:

1. *überzeugter Christ*
2. *kommunikationsfreudig*
3. *humorvoll*
4. *verständnisvoll (Verständnis für emotionale Aus- und Zusammenbrüche, konfuse Gedankengänge, meine komplizierte Art usw.)*
5. *ungefähr gleich intelligent wie ich*
6. *zielstrebig*
7. *fleißig*
8. *darf keine Probleme mit meinem Beruf haben*
9. *Nichtraucher*
10. *kein waghalsiger Abenteurer, der immer auf dem Sprung ist*

Ich bin ein Mensch, der Orientierungshilfen und Vorgaben im Leben braucht. Ich hasse es, nicht zu wissen, was ich als Nächstes tun oder wie ich etwas anpacken soll, denn dann fange ich an, meine Fingerkuppenhornhaut anzuknabbern, und jeder weiß, wie das am Ende aussieht. Vor jedem Einkauf schreibe ich mir eine Einkaufsliste, und wenn ich irgendwo hinfahren muss, wo ich vorher noch nie gewesen bin, drucke ich mir eine Google-Maps-Karte aus. Ich lese jede Gebrauchsanweisung bis ins kleinste Detail, ehe ich das Gerät überhaupt erst auspacke, weil, ja, es gibt Geräte, die man falsch auspacken kann, und als Schülerin war für mich das Aufregendste am Anfang des Schuljahres der Moment, in dem unser Klassenlehrer den neuen Stundenplan diktierte. Ab diesem Zeitpunkt wusste ich, wie jeder Tag meines neuen Schuljahres ablaufen und welcher Lehrer wann unseren Klassenraum betreten würde.

Pläne und Listen machen mich glücklich.

Ich liebe meine Kriterienliste.

Also schenke ich meinem kommunikationsfreudigen, zielstrebigen, äußerst ledigen Kollegen ein bedauerndes Lächeln und sage: »Das ist echt lieb von dir, aber danke.«

Er lässt einen tiefen Seufzer hören – so einen *Du-machst-es-dir-selbst-und-mir-und-allen-um-dich-herum-viel-zu-schwer-*Seufzer – und stößt sich vom Türrahmen ab.

Ich ziehe beide Mundwinkel in die Höhe und zucke die Achseln. Tja. Da kann man leider nichts machen. Punkt 1 ist nicht ohne Grund Punkt 1 auf meiner Liste.

Natürlich hege ich nicht die utopische Vorstellung, dass mein zukünftiger Ehemann alle meine theologischen Überzeugungen teilen wird. Manche davon sind bestimmt etwas verdreht, von daher wäre es sogar besser für uns beide, wenn er nicht alle davon teilt. Zumindest aber sollte er an den gleichen Gott glauben wie ich – was mathematisch betrachtet nicht »keinem Gott« gleichkommt. Und er sollte diesem Gott sein Herz geschenkt haben.

Alles andere hat keinen Zweck.

Kapitel zwei

An diesem Nachmittag lasse ich mein Auto in der Garage stehen und schwinge mich auf mein Fahrrad. Ich habe nicht vor, Stefans Angebot in naher Zukunft anzunehmen, also schone ich mal lieber den Motor meines Autos, oder was auch immer es ist, was dieses merkwürdige Geräusch von sich gibt, und beanspruche meine Beinmuskulatur.

Der Supermarkt ist ja nur drei Straßen weiter. Praktisch um die Ecke.

Mein Bruder Jan und seine Frau Laura haben mich für Samstag zum Abendessen eingeladen und ich habe angeboten, den Nachtisch vorzubereiten. Seit der kleine Mats geboren ist, essen wir jeden Samstag zusammen, weil Jan und Laura darauf spekulieren, dass die Tante Lena ihren Sohn bespaßt, damit sie selbst mal verschnaufen können. Sie glauben, ich ahne nichts von ihren egoistischen Wünschen.

Sie irren sich. Ich ahne so manches. Zum Beispiel, dass Jan es schamlos ausnutzt, dass ich beim Warten auf Lauras geniales Essen nicht so schnell flüchten würde, denn er bombardiert mich neuerdings ungeniert mit Lobeshymnen über seinen neuen, ach so tollen Mitarbeiter.

Ich mache dieses Spielchen nur mit, weil …

1. Laura nicht nur meine Schwägerin, sondern auch meine beste Freundin ist und sicherlich auch mal eine Verschnaufpause von meinem Bruder braucht,
2. ich die ganze Woche über langweiliges Dosen-Single-Essen zu mir nehme und

3. ich Mats während Jans Lobhudelei auf dem Schoß halten und seinen Babyspeck knuddeln kann.

Wenn mein kleiner Bruder behauptet zu wissen, was gut für mich ist, dann sollte man sich ernsthaft ein paar Fragen stellen. Zum Beispiel, warum in der Mittelstufe ausgerechnet ein Junge namens Dorian sein bester Kumpel war, der regelmäßig die Jacken der Mädchen ins Jungenklo stopfte und im Supermarkt mit einem Besen und einer Dose Thunfisch Hockey spielte.

Kann man der Menschenkenntnis meines Bruders trauen?

Nein.

Andererseits … Er hat sich meine beste Freundin als Frau ausgesucht. Ich behaupte jedoch, das war ein Aufblitzen eines Funken Verstands in dunkler, dunkler Nacht. Oder Gnade.

Am Himmel ziehen fluffige weiße Wölkchen dahin, ein frischer Frühlingswind weht mir ins Gesicht und es duftet nach frischem Gras und sonnengewärmter Erde. Ich liebe diesen Geruch. Er erinnert mich irgendwie an … Neuanfänge und Hoffnung.

Ich biege auf den Parkplatz des Supermarktes ein und fahre fast über ein schwarzes Ding, das vor mir auf dem Boden liegt und da nichts zu suchen hat. Meine Finger drücken die Bremse am Lenker, ich komme zum Stehen und meine Stirn legt sich in Falten, während ich die rechteckige Form eines Handys ausmache. Da hat jemand sein Telefon verloren. Ist ihm oder ihr wohl aus der Tasche gefallen.

Gerade will ich mich bücken und nach dem Handy greifen, da hallt die Stimme der Radio-Nachrichtensprecherin von neulich in meinem Kopf wider: »*Im Handy des Terroristen fanden die Polizeikräfte fünfzig Gramm des Sprengstoffs RDX.*«

Misstrauisch betrachte ich das schwarze Ding auf dem Boden, dessen Display das Sonnenlicht reflektiert. Ist das vielleicht auch so ein verdächtiges Objekt, das absichtlich liegen gelassen wurde?

Muss ich jetzt die Polizei anrufen?

Ich beschließe, dass meine Fantasie gerade mit mir durchgeht, und strecke die Hand nach dem Telefon aus.

Wrrrrrrrrrr!

»Aaaaaah!« Ich schrecke fürchterlich zusammen und mein Herz fängt an, wie verrückt in meinem Brustkorb herumzuhämmern.

Wrrrrrrrrrr!

Eine Nummer erscheint auf dem Handydisplay und darunter tanzt ein Telefonsymbol.

Meine Hand fährt an meine Brust. »Hilfe.«

Da ruft nur jemand an. Vermutlich der Mensch, der das Handy verloren hat.

Herz, beruhige dich.

Mit fahrigen Fingern nehme ich den Anruf entgegen und halte das Telefon an mein Ohr. »Hallo?«

»Hallo?« Eine Männerstimme. Atemlos und beunruhigt.

»Ja?«, frage ich. Zugegeben, das ist nicht gerade das Intelligenteste, was ich von mir geben könnte, aber ich sage halt das, was man so sagt, wenn man soeben ein herrenloses Handy gefunden und heldenhaft beschlossen hat, es nicht für eine Terrorwaffe zu halten, sondern mutig zu sein und es für den bestimmt verzweifelten Besitzer sicherzustellen.

»Hallo? Wer ist denn da?« Jetzt klingt er nicht mehr nur atemlos und beunruhigt, sondern auch verärgert.

Er sollte lieber dankbar sein. Ich bin immerhin nicht dabei, mich mit seinem Telefon aus dem Staub zu machen. Dabei sieht das Ding aus, als wäre es das Neuste vom Neuen und damit nicht gerade billig.

»Äh, ja, ich hab hier gerade Ihr Handy gefunden …«

Ein erleichterter Seufzer rasselt durch die Leitung. »Aaaaach, Gott sei Dank! Ich suche schon seit bestimmt zehn Minuten! Wo sind Sie denn?«

»Auf dem Parkplatz vorm Edeka. Ihr Handy lag auf dem Boden.« Ich deute auf die Stelle, wo das Telefon gelegen hat, aber das kann der gute Mann natürlich nicht sehen.

»Alles klar, ich komme sofort.« Klick.

Ich nehme das Handy vom Ohr und drücke auf den roten Telefonhörer.

Er kommt sofort. Na gut. Wo soll ich das Handy so lange hintun?

Wieder auf den Boden sieht komisch aus – und am Ende fährt doch noch jemand drüber.

In meine Handtasche sieht noch komischer aus.

Und in meine hintere Hosentasche geht gar nicht.

Genau deswegen mag ich Gebrauchsanleitungen. »*Verhaltensweise beim Fund eines Mobiltelefons und beim Warten auf dessen Besitzer*«. So was in der Richtung wäre jetzt gerade nett.

Auf der Hauptstraße rauschen die Autos vorbei und ich komme mir etwas dümmlich vor, wie ich hier so herumstehe. Wetten, morgen spricht mich irgendein Schüler an und sagt: »Frau Heymann, ich hab Sie gestern mit Ihrem Fahrrad auf dem Edeka-Parkplatz stehen sehen.«

Na, es gibt Schlimmeres.

Ich beschließe, das Handy so lange in der Hand zu halten, bis ich das zu der Stimme passende Gesicht erblicke und dem dazugehörigen Mann das Ding überreichen kann.

Wie er wohl aussieht? Und wie alt er wohl ist? Er hatte eine eher tiefe Stimme, aber daraus kann man ja keine großen Schlüsse ziehen.

Vielleicht ist er Christ. »Gott sei Dank!« kann schließlich auch mehr als nur ein Ausruf der Erleichterung sein …

In Gedanken sehe ich die Titelseite einer Hochzeitszeitung vor mir. *Sie lernten sich auf dem Edeka-Parkplatz kennen.*

Jetzt mal ehrlich. Möglich wäre es doch, oder? Warum sonst sollte ausgerechnet *ich* dieses Handy finden? Es hat schon verrücktere Geschichten gegeben. Das Handy könnte praktisch vom Himmel gefallen sein. So wie der berühmt-berüchtigte Zettel, auf den ich schon seit Jahren warte. Der mit Gottes Plan drauf.

Genauer gesagt sollte auf diesem Zettel ein männlicher Vorname stehen, außerdem ein Datum und eine Ortsangabe für das erste Aufeinandertreffen. Und je nachdem auch ein Nachname. Es gibt Nachnamen, an die man sich erst einmal gewöhnen muss.

Ich lege keinen besonderen Wert auf einen spektakulären Nachnamen. Und mittlerweile auch keinen mehr auf einen spektakulären Ort der ersten Begegnung. Mittlerweile wäre es mir auch recht, wenn ich meinen zukünftigen Ehemann in einer Krankenhausküche beim Kartoffelschälen kennenlernen würde. Nicht, dass ich jemals in einer Krankenhausküche Kartoffeln schälen werde.

Mein Beamtenstatus lebe hoch.

Auf jeden Fall wäre es schön, wenn besagter Zettel mal langsam in meinen Briefkasten geflogen käme. Oder meinetwegen auch durchs offene Schlafzimmerfenster. Denn mein eigener Lebensplan ist schon vor Jahren völlig vom Kurs abgewichen. Er war nicht so sorgfältig durchdacht wie meine Kriterienliste und ich hatte ihn auch nicht schriftlich festgehalten, aber er war mir deutlich und unauslöschlich in Herz und Hirn eingebrannt und sah ziemlich genau so aus:

Achtzehn: Abi machen und auf die Uni gehen
Neunzehn, spätestens zwanzig: mit meinem zukünftigen Mann zusammenkommen
Zweiundzwanzig: verloben
Dreiundzwanzig: meinen Abschluss machen und heiraten

Ich weiß, dass ich nicht die Einzige mit so einem Plan bin. Bei anderen mag er vielleicht etwas anders aussehen. Vielleicht mit einem nicht ganz so eiligen Heiratswunsch und zwei oder fünf Kindern früher oder später.

Auf meinem Plan standen ursprünglich keine Kinder. Nicht, dass ich Kinder nicht mag, sonst hätte ich den falschen Beruf gewählt. Aber ich gehörte nie zu den Mädchen, die beim Anblick eines Babys entzückt aufschrien und hinrannten und alle möglichen Grimassen schnitten und die erschöpft lächelnde Mutter anflehten, es mal auf den Arm nehmen zu dürfen. Das war die Rolle meiner kleinen Schwester Kim.

Dann kamen meine Studienzeit und die Schulpraktika und ich war der festen Überzeugung, dass fünfhundert lärmende Kinder pro Tag definitiv ausreichten. Lärm auf der Arbeit *und* zu Hause? Nein danke.

Die Hundertachtzig-Grad-Wende kam an dem Tag, als ich Laura im Krankenhaus besuchte und den winzigen Mats in seinem Bettchen schlummern sah. In dem Augenblick wusste ich es. Und meine Liste wurde um eine Zeile verlängert: *drei Jahre lang arbeiten und dann das erste Kind kriegen.*

Meine Hochzeit wäre vor sieben Jahren fällig gewesen. Mein erstes Kind würde jetzt bald vier. Mann, was war ich mal blauäugig!

Es wäre also ganz hilfreich, mal zu erfahren, wie Gott sich meine Zukunft vorgestellt hat. Aber offenbar will er es spannend machen. Bisher lag jedenfalls noch kein solcher Zettel zwischen den Werbeprospekten und Stromrechnungen.

Rechts von mir schreckt mich eine Bewegung aus den Gedanken. Da ist gerade ein Mann um die Straßenecke gebogen. Jetzt sieht er mich hier stehen und kommt geradewegs auf mich zugelaufen.

Und meine Hoffnungen, dass der Edeka jemals in meiner Hochzeitszeitung oder -predigt Erwähnung finden wird, schwinden dahin. Der Mann ist mindestens so alt wie mein Vater und mag offensichtlich gutes Essen und Schnauzbärte.

Wortlos hebe ich das Handy in die Höhe und er strahlt. Wenige Augenblicke später kommt er bei mir an. »Mann, Mann, Mann, das ist ja was!«, bemerkt er schnaufend und schüttelt den Kopf. Ich überreiche ihm lächelnd das Handy und er bedankt sich. »Das ist echt lieb, dass Sie auf mich gewartet haben«, sagt er. »Wo lag es denn?«

»Hier auf dem Boden.«

Erneut schüttelt er den Kopf, bevor er zu nicken anfängt. »Dann hab ich ja ziemliches Glück gehabt, dass kein Auto drübergefahren ist!«

»Ja.« Ich nicke ebenfalls.

Bevor ich weiß, wie mir geschieht, hält der Mann mir einen Geldschein entgegen.

»Oh.« Ich blicke auf den Geldschein und sofort meldet sich mein Gewissen. »Nein, nein, das war doch selbstverständlich, ich will dafür nichts haben!«, stottere ich.

Ich verdiene sein Geld nicht, besonders nicht, nachdem ich ihn gedanklich praktisch in die Schublade *Kommt nicht infrage* gesteckt habe. Ich verdiene einen deftigen Klaps auf den Hinterkopf.

»Doch, doch, ich bestehe darauf!«, sagt der nette Herr mit Nachdruck. »Ehrlichkeit muss heutzutage belohnt werden. Sie hätten ja auch genauso gut mit meinem Handy durchbrennen können.«

Das ist zwar richtig, aber ich fühle mich trotzdem wie das allerletzte Scheusal, während ich den Geldschein in der Hand halte und dem Mann hinterherblicke, wie er glücklich mit seinem Handy von dannen zieht.

Kapitel drei

Noah hat mal wieder nichts geschrieben. Dabei könnte er alle seine Mitschüler in die Tasche stecken. Ich habe keine Ahnung, wie ich diesem Jungen weiterhelfen soll. Manchmal geben nicht die Lehrer den Schülern Rätsel auf, sondern umgekehrt.

Ich drücke die Kappe auf den roten Korrekturstift und lege das Heft, das vor mir auf dem Küchentisch liegt, auf den bunten Stapel zu den anderen. Die Englischarbeit der 7A ist fertig korrigiert. Meine Schüler werden sich am Montag freuen, wenn sie die Hefte unter meinem Arm sehen. Das ist ein Vorteil des Singledaseins: Man ist auf der ganzen Schule als die Lehrerin bekannt, die jede Klassenarbeit nach weniger als einer Woche zurückgibt.

Ich stehe vom Stuhl auf und strecke mich. Jetzt kann ich erst mal keine DIN-A4-Hefte und roten Korrekturstifte mehr sehen. Aber jetzt, wo ich mich nicht mehr auf Grammatikfehler und falsch verwendete Vokabeln konzentrieren kann, merke ich, wie still meine Wohnung ist. Zu still.

Wenn ich es mir recht überlege, hätte ich Lust auf einen guten Film. Aber alleine Filme gucken macht nur halb so viel Spaß.

Draußen ist es bis auf ein paar erleuchtete Fenster hier und da mittlerweile stockdunkel. Ich werfe einen Blick auf mein Handy. Gleich zweiundzwanzig Uhr. Meine Schwester ist seit einer halben Stunde auf der Arbeit. Entweder Kim sitzt gerade gemütlich mit ihren Kolleginnen in der Ecke, lacht und trinkt Tee oder sie steht neben einer schreienden werdenden Mutter, beruhigt einen verängstigten werdenden Vater und trifft Entscheidungen, die über Leben und Tod bestimmen.

Meine kleine Schwester ist meine heimliche Heldin.

Als Teenager hat Kim immer diese Krankenhausserien im

Fernsehen geschaut und bei jeder Geburt Rotz und Wasser geheult. Es war keine große Überraschung für uns alle, als sie nach dem Abi erklärte, sie wolle auf die Hebammenschule gehen. Ich war begeistert. Denn, jetzt mal ehrlich: Kann sich irgendjemand eine erfüllendere berufliche Existenz vorstellen als eine, bei der man Tag für Tag mit Schleim und Blut überzogene kleine Wesen im Arm hält und heulenden Müttern zum ersten Mal an die Brust legt? Ich denke mal nicht.

Nach jedem Familientreffen, bei dem meine Schwester anwesend war, nehme ich mir vor, doch besser niemals – *niemals* – eigene Kinder zu bekommen. Die Gespräche mit ihr sind immer sehr heilsam für mein egozentrisches, Mütter-beneidendes Ich.

Es könnte aber auch sein, dass Kim freihat und mit einer Kollegin oder Cousine zweiten Grades oder sonst irgendeiner Frau, die sie irgendwo auf einem Konzert oder im Supermarkt kennengelernt hat, einen Surfkurs in Brasilien macht. Oder sie ist auf einer Kurzmissionsreise in Schanghai oder auf einer Freizeit in Johannesburg und ich hab es mal wieder nicht mitbekommen, weil sie …

1. vergessen hat, vorher ihre Familie zu informieren,
2. keinen Steckdosenadapter eingepackt hat und somit
3. ihr Handy nicht aufladen und auch keine Fotos in ihrem WhatsApp-Status hochladen kann.

Meine Eltern führen ein interessantes Gebetsleben.

Auf jeden Fall weiß ich, dass meine kleine Schwester heute Abend nicht verfügbar ist, denn sonst hätte sie mich schon längst angefragt, ob ich was mit ihr und ungefähr fünf anderen Personen, die ich noch nie in meinem Leben getroffen habe, unternehmen will. Kim ist die Art Single, der niemals langweilig wird.

Also wird meine Schwestern-Filmabend-Regel heute nicht angewendet. Sprich: Lass Kim den Film aussuchen und versuch, es irgendwie zu überstehen.

Was Filmabende mit meiner besten Freundin betrifft, so lautet sie: Rede Laura *Stolz und Vorurteil* aus und überzeuge sie von *Anne auf Green Gables.* Meine Freundin hat monatelang verzweifelt versucht, mir einzureden, dass keiner, aber auch absolut keiner an Mr Darcy herankommt. Ich habe monatelang verzweifelt versucht, ihr die Augen für die Tatsache zu öffnen, dass Mr Darcy mit seinem unbeweglichen Gesichtsausdruck keine, aber auch absolut keine Schnitte hat gegen Gilbert Blythe und sein neckendes Augenzwinkern, und dass sie sich schämen sollte, einen Mann anzuhimmeln, der keinerlei Gemeinsamkeiten mit ihrem Ehemann hat. Zugegeben, Letzteres habe ich nicht wirklich gesagt, aber beste Freundinnen müssen ja nicht immer alles laut aussprechen.

Auf jeden Fall muss sie wohl ein schlechtes Gewissen dabei gekriegt haben, im Beisein der Schwester ihres Ehemannes wegen eines Mannes, der nicht ihr Ehemann ist, ganz runde Welpenaugen zu bekommen und auf dem Sofa in sich zusammenzuschmelzen. Das letzte Mal *Stolz und Vorurteil* ist nämlich schon eine ganze Weile her. Vermutlich ist Laura der Meinung, es ist besser, wenn ihre beste Freundin wegen eines Mannes, der nicht ihr Ehemann ist, ganz runde Welpenaugen bekommt. Ja. Mehr als die Welpenaugen passiert bei mir nicht. Ich schmelze nicht. Ich sitze einfach nur da und wünsche mir, ich wäre eine rothaarige junge Frau mit Sommersprossen und hätte einen äußerst gut aussehenden, dunkelhaarigen Bekannten, der mir an unserem ersten gemeinsamen Tag in der Grundschule an den Zöpfen gezogen hat, dafür von mir eins mit der Schiefertafel über den Kopf gekriegt hat und seit diesem Tag unsterblich in mich verliebt ist. Das Leben wäre so einfach. Ich wäre nie auf den Gedanken gekommen, Gilbert Blythe einen Korb zu geben. Niemals. Ein Blick in diese funkelnden braunen Augen und es wäre um mich geschehen gewesen. Genauer gesagt: Es geschieht jedes Mal um mich.

Aber die Regel fürs Filmschauen mit Laura fällt an diesem Abend auch flach, denn meine beste Freundin liegt mit großer

Wahrscheinlichkeit schon todmüde im Bett. Seit sie und Jan Mats haben, sind sie nach zweiundzwanzig Uhr zu nichts mehr zu gebrauchen. Was bedeutet, dass mein letzter gemeinsamer Filmeabend mit meiner besten Freundin schon viel zu lange zurückliegt. Und damit auch mein letzter gemeinsamer Abend mit Gilbert Blythe.

Die Zeiten ändern sich. Und manchmal gefällt mir das gar nicht.

Wenig später sitze ich auf dem Sofa im Wohnzimmer in meine kuschelige Fleecedecke eingemummelt und halte eine große Tüte Erdnussflips in der einen und meinen zweiten Lieblingsfilm in der anderen Hand. Auf dem niedrigen Couchtisch vor mir fährt mein Laptop hoch und wirft dämmriges Licht an die dunklen Wände.

Bald ist Mai, dann kann ich hoffentlich endlich wieder in mein Schlafzimmer umziehen und dort schlafen, so wie jeder normale Mensch. Mittlerweile hab ich die Hoffnung aufgegeben, dass mein Vermieter sich irgendwann in naher Zukunft mal um die kaputte Heizung kümmern wird. Entweder geht er gar nicht dran, wenn ich ihn anrufe, oder er geht dran und macht keinen Hehl daraus, dass ich ihm mit meinem Anliegen ganz gewaltig auf den Wecker gehe. Ich habe schon mehr als einmal bereut, dass ich keine Wohnung gemietet habe, die von so einer Agentur verwaltet wird. Manchmal ist es ganz nützlich, einen unparteiischen Vermittler zu haben. Andere Leute würden rechtliche Schritte unternehmen, aber ich bin kein Mensch, der gerne Streit vom Zaun bricht.

In meinem ersten Winter hier habe ich zuerst wie verrückt unter meiner Bettdecke gebibbert, dann ein paar Nächte in meiner Daunenjacke geschlafen und irgendwann kam mir dann die zündende Idee, einfach ins Wohnzimmer umzuziehen, wo die Heizung funktioniert. So wurde aus meinem Sofa mein Bett für die ungefähre Zeitspanne von Oktober bis April. Eigentlich eine praktische Sache, wenn man vorhat, über seinem Lieblingsfilm einzuschlafen. Aber keine praktische Sache, wenn man beim Filmegucken Flipse isst und darum auf keinen Fall einschlafen sollte. Eine krümelige Katastrophe, und ich war gegen wohlige Schlafübermannungswünsche geimpft.

Ich reiße die Flipstüte auf, ein Schwall von herrlichem Erdnussduft schwebt mir entgegen, der Film geht los und Sandra Bullock erzählt, wie sie ihren zukünftigen Schwager kennenlernte. Denn heute Abend tritt meine Regel für den klassischen Single-Filmabend in Kraft: Wenn ich alleine gucke, dann muss es *Während du schliefst* sein. Ich weiß auch nicht, warum ich mich derart seelenverwandt mit Lucy fühle, dass meine Wahl immer wieder auf diesen Film fällt. Vielleicht, weil ich auch in einem Mehrfamilienhaus wohne und jedes Jahr Probleme habe, meinen Tannenbaum in die Wohnung hochzuwuchten. Zum Glück habe ich es noch nie deshalb mit der Versicherung meines Vermieters zu tun bekommen. Ich denke mal, das wäre sozusagen die Sahne auf der Geburtstagstorte, wie Freddys Freund Eugen Eule sagen würde.

Auf jeden Fall hat diese ganze Koma-Krankenhaus-Verlobungs-Verwechslungsgeschichte ihren Reiz. Und die Frau hat am Ende die Wahl zwischen zwei Männern. Vielleicht ist das der wahre Grund, warum mir der Film so gut gefällt. Vielleicht habe ich meine Berufung verfehlt und wäre besser Zugticketverkäuferin geworden. Dann wäre ich sicherlich auch mal vor einen Schnellzug gesprungen, um den freundlichen Unbekannten zu retten, den ich schon seit Jahren heimlich anhimmle und der nun vor meinen Augen auf die Gleise gestoßen wurde. Ich säße an seinem Krankenhausbett, würde mich als seine Verlobte ausgeben und auf diese Weise seinen Bruder kennenlernen, der sich unsterblich in mich verlieben würde.

Nein. Zu dramatisch.

Lehrerin ist voll in Ordnung.

Anderthalb Stunden später fahren Lucy und Jack in ihren Hochzeitsklamotten mit dem Zug nach Florenz. Beziehungsweise wahrscheinlich eher zum Flughafen. Und vermutlich hätten sie sich im wahren Leben auch erst mal umgezogen. Aber wen interessiert das schon. All you need is love.

Zum Glück hat Lucy sich für Jack entschieden und nicht für seinen schrulligen Bruder.

Jedes Mal, wenn ich diesen Film zu Ende geschaut habe, bereue ich es, dass ich den Punkt *keine merkwürdigen Angewohnheiten* von meiner Kriterienliste gestrichen habe. Ich habe schon mehrmals versucht, diesen Punkt doch noch irgendwo dazwischenzuquetschen, aber er passt vorne und hinten nicht mehr drauf.

Vor mehreren Jahren, nach einer unglücklichen Geschichte, die ziemlich viel mit falschen Hoffnungen zu tun hatte, kam in mir das Bedürfnis hoch, den Prototypen meines Traumprinzen zu ermitteln. Also las ich ein Buch über das Thema Partnerwahl und befolgte den Rat der Autorin, die das mit der Kriterienliste vorschlug. Während ich diese Liste schrieb, erfüllte mich eine immer größere Begeisterung. Und neue Hoffnung, vor allem die. Ja, so einen Mann wollte ich! So einen Mann musste es doch geben! Es gab ihn ganz bestimmt!

Und dann las ich den zweiten Ratschlag der Autorin: *Beschränke deine Liste auf zehn Merkmale.*

Wie genau ich mich an Gebrauchsanweisungen halte, habe ich ja bereits erwähnt. Also schluckte ich die panische Fassungslosigkeit hinunter, die in mir aufsteigen wollte, und strich brav die Punkte *sportlich, gebräunte Haut, keine spärlichen Haare, nicht mehr als zehn Jahre älter als ich, moderner Klamottengeschmack, moderne Frisur, guter Musikgeschmack, hilfsbereit, aufmerksam, freundlich/nett/höflich, gute Manieren, Fingernägel immer kurz gehalten, selbstbewusst, gutes Monatsgehalt, nette Eltern/Geschwister/Großeltern/Cousins/Cousinen/Onkel/Tanten* und eben *keine merkwürdigen Angewohnheiten*. Denn laut der Autorin gab es Dinge, die angeboren und nicht mehr zu ändern waren, und es gab Dinge, die der zukünftige Ehemann sich noch aneignen konnte. Zugegeben, an der Verwandtschaft wird man nicht allzu viel ändern können, aber wenn sie wirklich schlimm ist, kann man zur Not auch in eine andere Stadt ziehen. Oder vorgeben, dass man zu viel Stress mit den Kindern hat oder so.

Schlimmer als schrullige angeheiratete Verwandte ist aber ein schrulliger angeheirateter Mann. Ehrlich gesagt gibt es Tage, an denen ich mir selber Angst mache mit der Vorstellung, dass Gott für mich vorgesehen haben könnte, einen modernen Klon von Peter Callaghan zu heiraten. Irgend so einen Typen, der total seltsam ist und mit dem ich absolut nicht klarkomme. Verdrehte Idee, aber jetzt mal ganz ehrlich: Allzu viel Auswahl habe ich doch nicht mehr, oder?

Während die Namen der einzelnen Schauspieler über den Bildschirm rollen und die Sängerin die Schönheit der Liebe besingt, knabbere ich gedankenverloren an den letzten Erdnussflips herum, schaue aus dem Fenster und betrachte die schemenhaften Schatten der dunklen Häuser ringsherum. Hinter einem Fenster ist immer noch Licht. Da wohnt bestimmt ein Kind, das besonders lange aufbleiben durfte und gleich von Mama oder Papa ins Bett gebracht wird. Oder ein Ehepaar, das seine Zweisamkeit genießt und heute Abend irgendwas Romantisches macht.

Auf einmal fühle ich mich richtig einsam hier in meiner Wohnung. Ich habe niemanden um mich herum. Keinen, mit dem ich mich unterhalten kann. Ich bin gezwungen, meine Lieblingsfilme alleine anzugucken. Trostlos.

Vergiss Peter Callaghans Klon. Es gibt Tage, an denen meine Angst eine ganz andere ist: dass Gott mich vielleicht dazu verdonnert hat, auf Dauer ohne Partner zu leben. Alleinstehend zu bleiben.

Ich sehe mich selbst in zehn Jahren. Immer noch alleine.

Mit fünfzig. Immer noch alleine.

Mit sechzig. Siebzig.

Achtzig …

Die Angst kriecht in mir hoch und schnürt mir die Kehle zu.

Der Raum um mich herum wirkt auf einmal bedrohlich leer und still.

Ich stehe auf, schalte die Deckenlampe an, hole die DVD aus dem Laufwerk, stecke sie in die Hülle, fahre den Laptop herunter und werfe die leere Flipstüte in den Mülleimer in der Küche.

Irgendwie war *Während du schliefst* heute Abend doch keine so gute Idee. Diese ganze Geschichte mit dem Hilflos-im-Krankenhaus-Herumliegen hat mir jetzt absolut nicht gutgetan.

Kapitel vier

»Baddi buidi ba.«

»M-hm.«

»A baddi buidi guddi ba.«

»Ja, genau!«

»Oooooooh, baddiiiiiii!«

»Hmmmmm-m.«

»M.«

Ich brauche nicht extra zu erwähnen, dass mein Neffe und ich die dicksten Freunde der Welt sind. Wir befinden uns auf der gleichen Wellenlänge. Er spricht genau meine Sprache.

Wir sitzen auf dem Sofa, mit einem großen Bilderbuch auf den Knien. Mats knuddeliger Zeigefinger schiebt sich über die kunterbunte Pappseite, aus Lauras Küche wehen herrliche Düfte zu uns ins Wohnzimmer herüber und in meine Nase hinein und mein Bruder Jan fliegt mal wieder zu neuen Höhen auf. »Wie sieht eigentlich dein Traummann aus, Lena?«, fragt er völlig aus dem Nichts und setzt sich neben mich aufs Sofa. Sieh an. Was für eine geschmeidige Einleitung in sein Lieblingsthema! Und das, wo ich gerade erst so halbwegs aus meiner Depri-Stimmung von gestern Abend raus war …

»Wa-has?«, rutscht es mir mit einem fassungslosen Lachen heraus. Ich kann gerade noch das Bilderbuch auffangen, das mir fast von den Knien gefallen ist. Mats quietscht und hält sich an meinem Shirt fest.

Jan zieht die Füße aufs Sofa, legt einen Arm lässig über die Rückenlehne und schaut mich völlig unbeeindruckt mit seinen blauen Augen an. »Dein Traummann. Wie sieht der aus?«

»Ich hab keinen.« Das ist eine glatte Lüge und wir beide wissen es. Aber. Erstens: mein kleiner Bruder. Zweitens: eine Frage, in der die Worte »Traum« und »Mann« vorkommen. Drittens: ich unter Schock und somit nicht zurechnungsfähig.

Jan schweigt nicht lange. »Klar. Alle Frauen haben einen heimlichen Traummann.«

»Aha. Und woher willst du das wissen?«

»Von Laura.«

»Okay …«

»Und? Wie sieht er aus?«

»Ja-aaan.« Das reimt sich auf: Geht dich nichts a-aaan.

»Nix Ja-aaan. Irgendeine Vorstellung musst du doch haben.«

»Hattest du denn eine Vorstellung von deiner Traumfrau?«

»Am Thema vorbei, Frau Lehrerin.«

»Haha.« Einen Versuch war's wert.

»Jetzt mal im Ernst. Wie sieht er denn *ungefähr* aus?«

»Ach, was weiß denn ich! Größer als ich, sympathisches Gesicht …« Der Schock über sein komisches Verhör hält anscheinend immer noch an, denn ich erzähle hier gerade den größten Quatsch.

»Aha. Was genau ist denn ein sympathisches Gesicht?«

»Keine Ahnung. Er sollte nicht aussehen wie ein Mafiaboss, der gerade seinen nächsten Mord plant.«

»Wie sieht denn ein Mafiaboss aus, der grade seinen –«

»Haaaaaach! Er soll halt keinen fiesen Gesichtsausdruck draufhaben!«

Er nickt. »Okay. Keinen fiesen Gesichtsausdruck.«

»Oh Mann.«

»So wie der eine Typ in dem Film, der die verheiratete Frau verführen sollte?«, fragt er.

»Keine Ahnung. Was guckst du dir denn für Filme an?«

»Nicht ich – Laura.«

»Was?«

»Auf jeden Fall guckte der immer so.« Er macht ein starres,

ausdrucksloses Gesicht, deutet mit dem Zeigefinger darauf und lässt sein Gebiss aufblitzen.

Mats und ich blicken ihn wortlos an.

»Ach du Schande«, sage ich.

»Sah das fies aus?«

»Allerdings.«

»Wie ein hungriger Wolf, der Rotkäppchen angrinst?«

»Wie ein Wolf, der Rotkäppchen bereits gefressen hat.«

»Ja, genau so guckte der immer«, sagt Jan mit Nachdruck.

»Hilfe. Da fällt doch keine Frau drauf rein.«

»Also kein sympathischer Gesichtsausdruck.«

»Ähm … Nein.«

Mats auf meinem Schoß schüttelt den Kopf. »Nei … Nei, nei.«

»Wie sollte er denn gucken, damit sein Gesicht sympathisch wirkt?«

»Keine Ahnung. Wenn es ein hungriger Wolf oder ein blutrünstiger Mafiaboss ist, dann wird er sowieso nie sympathisch wirken.«

»Also reden wir hier nicht vom Gesicht, sondern von innerer Schönheit.«

Ich seufze. »Vielleicht.«

»Hättest du das nicht gleich sagen können?«

Dieses Gespräch dauert noch keine fünf Minuten und ich verspüre bereits eine gewisse Empathie mit Kleopatra, der Elster, nachdem sie mit dem Kopf gegen den Baum geflogen ist.

Ich verdiene einen Orden für die Tatsache, dass ich noch keinen einzigen Punkt von meiner heimlichen Kriterienliste preisgegeben habe. Beziehungsweise die Tatsache, dass sie überhaupt existiert.

»Hatte ich dir schon erzählt, dass Benjamins Schwester auch Lehrerin ist?«, fragt Jan jetzt.

Aha. Ich hatte mich schon gefragt, wann er die Kurve kriegen würde. Heute hat er ungewöhnlich lange gebraucht. Vielleicht geht ihm langsam die Puste aus und er gibt in ein paar Wochen auf. Die Hoffnung stirbt zuletzt.

»Haddi? Bänänä?«, wirft mein Neffe ein.

Ich erwidere nichts auf Jans rhetorische Frage. Wenn das hier so läuft wie die letzten Male, dann brauche ich das auch gar nicht. Mein Bruder wird ganz einfach alle Argumente abspulen, die er sich im Laufe der Woche zurechtgelegt hat, und ich habe kein Wörtchen mitzureden. Besser, ich unterbreche ihn gar nicht. Dann hab ich es schneller hinter mir.

»Er hat Erfahrung, Leni«, sagt er und klingt dabei selber ganz erfahren. »Er weiß, wie man mit Frauen umgeht, die sich tagtäglich mit pubertierenden Kindern herumschlagen.«

Sonst geht's noch?

»Haddi Bänänä, hmmmmma guidi widdi Bänänä.«

Ich liebe meinen Neffen. Er hat das hier voll im Griff. Ich werde für euch streiten, ihr aber sollt stille sein.

Meine Hand wandert vor meinen Mund und ich lasse ein Gähnen hören. Laut und lang.

Mats dreht sich zu mir um und seine großen blauen Augen schauen mich fragend an. »Bänänä?«

Mich beschleicht gerade so ein dumpfes Gefühl, als würde der unschuldige Junge viel zu oft mit einem gewissen männlichen Vornamen konfrontiert.

Jan zuckt die Achseln. »Ich sag's ja nur. Er wäre genau dein Typ.«

Okay. Größer als ich, sympathischer Gesichtsausdruck … Hatte ich irgendetwas von ›Beruf der Schwester gleich Lehrerin‹ gesagt?

»Dein *Sohn* ist genau mein Typ. Stimmt's, Matse?« Ich wuschle dem Kleinen durch die weichen Haare und er strahlt mich an.

»A guddi Madde!«

»Siehst du?«, sage ich stolz. »Er ist ganz meiner Meinung.«

»Er geht in eine Gemeinde.«

»Klar. Wir sehen uns doch jeden Sonntag.«

»Hä?«

»Und spätestens beim Abendmahl landet er bei mir auf dem Schoß.«

Jan seufzt.

»Weil er bei mir wenigstens was abkriegt.« Der kleine Schlingel hat in seinem Alter schon spitzgekriegt, dass die Tante – im Gegensatz zu den Eltern – ihn auch mal beißen lässt. »Ihr müsstet ihm so 'ne kleine Tupperdose mit Butterkeksen mit in den Gottesdienst nehmen. Feli macht das auch immer.«

»Er gibt Klavierkonzerte. Und ich rede hier nicht von Mats.«

Klavierkonzerte. Über meinem Kopf blubbert förmlich eine Denkblase auf. Und darin erscheint ein buckeliger Mann im schwarzen Frack und weißer Fliege, dessen dünne, lange Spinnenfinger wilde Läufe über die Tasten eines schwarz lackierten Flügels vollführen und der dabei ganz außer Atem kommt. Möglicherweise habe ich ein kleines Trauma von den Konzerten meines ehemaligen Musikprofessors behalten. Der Mann verteilte schlechte Noten, wenn man nicht zu seinen Konzerten erschien. Ich weiß auch nicht, warum alle Welt meint, der Schnelligkeitsrekord im Notenläufespielen sei ein Ausdruck besonders erlesenen Musikgeschmacks. Es gibt Klavierspieler, bei denen man die Finger gar nicht mehr sieht, wenn sie über die Tasten rasen. Man kann nur erkennen, dass die Tasten sich bewegen, und spürt einen kontinuierlichen Luftzug, wenn man danebensteht. Und den schweren Atem des Klavierspielers. Dampflok-trifft-auf-TGV in Klavierausführung.

»Schön für ihn«, erwidere ich. »Ich hoffe, er verdient gut dran.«

»Willst du gar nicht wissen, was er spielt?«

»Nö.«

»Nönönö! Nönönönö!«

Ich drücke einen Schmatzer auf die Schmusebacke meines Neffen.

»Laura?«, ruft Jan in Richtung Küche. »Kannst du mir hier mal bitte Unterstützung leisten?«

»Geht es um Benjamin?«, kommt die Stimme meiner Freundin aus der Küche.

»Ja!«

»Okay. Nein.«

Ich grinse meinen Bruder an. Ich hab schon immer gewusst, dass es eine sehr gute Sache ist, meine beste Freundin zur Schwägerin zu haben. Na ja, meistens jedenfalls.

Jan seufzt wieder. »Ich geb's auf.«

»Du brauchst dir gar nicht leidzutun. Wir wollen dich nur davor bewahren, den Rest deines Lebens mit einem schlechten Gewissen herumzulaufen, weil du deine unschuldige Schwester ins Unglück gestürzt hast.«

Mein Bruder wirft mir einen langen Blick zu und auf einmal steht meine Bemerkung schwebend zwischen uns in der Luft. So wie diese fiesen Stechmücken, die im Sommer frühmorgens in den ersten Sonnenstrahlen auf der Stelle rauf und runter schweben und dabei fast noch romantisch aussehen, bevor sie ausschwärmen und sich auf alles lebende Fleisch stürzen.

Jedenfalls hasse ich es, wenn er das macht. Dann kriege ich jedes Mal so ein dummes Gefühl. So als wäre *er* der Ältere von uns beiden. So als hätte er nicht erst vor wenigen Jahren zwischen meinen Puppen gesessen und wäre von mir gefüttert worden.

Vielleicht ist der Stechmückenblick seine Art und Weise, sich an mir für unsere Kindheit zu rächen. Zugegeben, die Puppen-Frisörsalon-Geschichte mit den kurzen Zöpfchen und rosa Schleifchen war, mit ein bisschen Abstand betrachtet, vielleicht nicht wirklich lustig für ihn, aber wofür haben wir Christen schließlich die Vergebung?

Ich hebe Mats hoch und flüchte in die Küche zu meiner Freundin, wo mich wohlige Wärme und eine Mischung aus Zwiebel-, Lauch- und Hackfleischduft willkommen heißt. Laura steht am Herd, rührt in einem großen Kochtopf und sieht aus wie einer Familienzeitschrift entsprungen. Eine blau-weiß karierte Schürze über einer dunkelblauen Jeans, rote Birkenstocks und ihre hellbraunen Locken hat sie zu einem lockeren Knoten im Nacken zusammengebunden. Ein paar Ringelsträhnen hängen ihr ins Gesicht und ihre Wangen sind leicht gerötet. Ich könnte sie gerade umarmen. Oder das Lob der tüchtigen Hausfrau anstimmen.

Da ich mir aber meine Chance auf den Genuss der guten Suppe nicht verderben will und mein Bruder außerdem das Thema Lobeshymnen an diesem Abend schon zur Genüge erschöpft hat, halte ich mich zurück.

Ich weiß selbst nicht, warum ich mich so gegen Jans Versuche, mich zu verkuppeln, sträube. Wahrscheinlich, weil schon alleine das Wort »verkuppeln« Abneigung in mir hervorruft. Erinnert mich an die Kupplung im Golf meines Fahrschullehrers, dank der ich durch meine erste Führerscheinprüfung gerasselt bin.

Ich will nicht verkuppelt werden. Wenn – oder besser: *falls* – ich irgendwann meinen zukünftigen Mann kennenlerne, dann will ich ihn kennenlernen, weil mein Lebensweg mich zu ihm geführt hat und seiner ihn zu mir, und nicht, weil irgendwer mich analysiert hat und ihn analysiert hat und zu dem Schluss gekommen ist, dass er zu mir passt und ich zu ihm. Ich hab auch keine Lust, dass unsere gesamte Beziehung vom ersten Treffen bis zur Verlobung praktisch auf dem Präsentierteller abläuft. Kann jemand mal bitte »berechnend« und »unromantisch« sagen? Genauso gut könnte ich mich gleich bei Parship anmelden.

Fehlt nur noch, dass mein Bruder mir ein Blind Date vorschlägt oder so was.

Ich sehe mich bereits wie Kathleen Kelly aus *e-m@il für Dich* mit einer roten Rose einsam an einem Zweiertisch im Restaurant sitzen, während draußen einer am Zaun rüttelt und brüllt: »Sie ist hü-hü-hübsch!!! Das habe ich gewusst, das habe ich gewusst, ich habe es *gewusst!*«

Jan kommt hinter mir her in die Küche. »Du kennst ihn noch nicht mal und schon lehnst du ihn ab.«

»Natürlich.« Laura tunkt einen langen Löffel in die herrlich riechende Suppe und hält ihn dann meinem Bruder hin. »Sie hat keine Lust, verkuppelt zu werden.«

Weise Worte. Wie goldene Äpfel in silbernen Schalen. Oder so ähnlich.

Mein Bruder schlürft und nickt. »Schmeckt gut ... Warum nicht?«

»Weil keiner verkuppelt werden will«, erwidert seine Frau und räumt die Gewürze zurück in den Hängeschrank. »Wärst *du* gerne verkuppelt worden?«

»Nee.«

»Na also.« Sie zwinkert mir verschwörerisch zu. »Lass ihn ihr doch einfach über den Weg laufen. Oder sie ihm. So, wie das bei uns beiden auch war.«

»Danke«, bemerke ich trocken. Das war jetzt sehr hilfreich. Ich lege ihr den Arm um die Schultern.

»Oh, oh«, macht sie nur, weil sie meine beste Freundin ist und weil sie mich zu gut kennt.

»Hab ich dir eigentlich jemals erzählt, was Jan damals gesagt hat, als er dich zum ersten Mal gesehen hat?«, frage ich.

»Lena.« Der stehend-schwebende Stechmückenblick ist zurück.

Ich blinzle meinen Bruder ein paarmal unschuldig an. »Was denn? Das war doch süß!«

Er starrt mich finster an.

Zugegeben, seine Worte waren wohl mehr der Tatsache zuzuschreiben, dass dreizehnjährige Jungen Hormone in ihrem Körper herumsausen haben, die ihnen angesichts eines netten, hübschen vierzehnjährigen Mädchens innerhalb von zehn Millisekunden Faszination, Scham, Verärgerung und Verachtung einflüstern.

Laura hat ihn glücklicherweise in dieser Phase nicht besonders beachtet.

Bis zu dem Tag Jahre später, als die Verkäuferin im Drogeriemarkt mir diesen neuen Lidschatten anpries, der meine Augen angeblich unwiderstehlich machen würde, und Laura am gleichen Nachmittag bei uns an der Tür klingelte. Ich war gerade im Badezimmer dabei, mir die Katastrophe aus dem Gesicht zu waschen, und sie muss wohl so etwas gedacht haben wie: »Huch, da macht mir ja dieser unglaublich gut aussehende junge Mann die Tür auf, der sich bis vor Kurzem noch jeden Morgen die Zunge einmal kurz mit dem Waschlappen geschrubbt hat, weil er zu faul war, sich die Zähne zu putzen. Aber jetzt, wo er von diesem Jugendzeltlager zurück ist, auf dem er Jesus sein Herz geschenkt hat, hat er plötzlich diese wunderbare Sonnenbräune, die seine schönen blauen Augen zum Leuchten bringt.«

Meine verzweifelten Versuche, ihr zu erklären, dass es der größte Fehler ihres Lebens sei, weil mein kleiner Bruder, der ebenfalls jünger als sie war, mich noch eine halbe Stunde vorher »blaues Veilchen« genannt hatte, waren völlig wirkungslos. Amors Pfeil saß tief und weigerte sich standhaft, herausgezogen zu werden.

Ich habe gut ein Jahr gebraucht, um meine Fassungslosigkeit zu überwinden. Ich hatte sogar ernsthaft überlegt, der Drogeriemarktverkäuferin eine Einladungskarte zur Hochzeit meines Bruders zu schicken und einen Zettel dazuzulegen, auf dem so etwas gestanden hätte wie: *Sehen Sie, was Sie angerichtet haben?* Sie hätte es vermutlich nicht verstanden, aber vielleicht hätte es sie neugierig gemacht. Dann wäre sie zur Hochzeit gekommen, hätte die geniale Traupredigt gehört und die Gute Botschaft, die nicht wirklich unauffällig in der genialen Traupredigt versteckt war, hätte ihr den Groll auf hübsche junge Mädchen genommen und die gute Frau säße jetzt jeden Sonntag bei uns im Gottesdienst.

»Du hast es ihr noch nicht gesagt, oder?«, fragt Jan seine Frau.

Laura schüttelt lächelnd den Kopf.

»Was?«, frage ich und schaue zwischen den beiden hin und her.

Mein Bruder grinst nur.

»Was gesagt?«, beharre ich.

Meine Schwägerin deutet auf ihren Bauch und ihre Augen strahlen.

Ich starre ihren Bauch an und dann sie. Jans Grinsen wird noch breiter, ich lasse einen quietschenden Schrei los, Laura lacht und im nächsten Augenblick liegen meine beste Freundin und ich uns in den Armen.

KAPITEL FÜNF

Eine Sache sei schon mal im Voraus gesagt: Ich liebe meine Gemeinde. Ich liebe es, jeden Sonntag aus meiner einsamen Wohnung hierher ins Gewühl zu kommen, all die lieben Freunde zu treffen und mit ihnen zu plaudern. Ich liebe es, vorne am Klavier zu sitzen und den Gesang zu begleiten. Und ich liebe die Predigten. Daraus nehme ich eigentlich immer etwas zum Nachdenken für mich mit.

Aber.

Ich liebe es nicht, jeden Sonntag aus meiner einsamen Wohnung hierher ins Gewühl zu kommen und nach dem Gottesdienst die einzige fast dreißigjährige unverheiratete Frau zu sein.

Im hell beleuchteten Gemeindeflur drängen sich die Gottesdienstbesucher und unterhalten sich fröhlich, während die Kinder zwischen den Beinen der Erwachsenen herumwuseln. Ich sehe, wie Janina sich einen Weg durch das Gewühl bahnt und auf mich zukommt. Janina ist ebenfalls fast dreißig und unverheiratet, aber mit dem Unterschied, dass sie seit vergangenem Sonntag Einladungskarten zu ihrer Hochzeit verteilt. Letzte Woche hat sie mich nicht erwischt. Was hauptsächlich an der Tatsache lag, dass ich nicht erwischt werden wollte. Weniger wegen Janina selbst, sondern mehr wegen der Einladung. Manche Dinge sollte man einfach auf die lange Bank schieben. Was du heut nicht willst besorgen, das verschiebe ruhig auf morgen.

Doch wenn ich jetzt abhaue, ist das ein bisschen zu auffällig.

Das helle Deckenlicht lässt Janinas seidig glatte blonde Haare glänzen. »Hi, Lena«, begrüßt sie mich mit ihrem herzlichen Lächeln.

Ich lächle zurück. »Hi. Na? Was machen die Hochzeitsvorbereitungen?« Ich fühle mich wie die größte Heuchlerin.

»Läuft alles super!« Sie strahlt und hält mir den gefürchteten Umschlag hin.

»Danke«, sage ich, weil: Was soll man anderes sagen, wenn jemand einem glühende Kohlen in die Hand drückt?

»Hey. Du warst doch bei Lauras Hochzeit für die Musik verantwortlich, oder?«, fragt sie und hat dabei diesen hoffnungsvollen Schimmer in ihren hübschen grünen Augen.

Folgendes will ich sagen: »Hm, gute Frage, das war vor drei Jahren, das ist schon so lange her und jetzt fällt mir just in diesem Augenblick ein, dass ausgerechnet an eurem Hochzeitstag dieser unglaublich aufregende, traumhafte Walzerball in Wien stattfindet, bei dem die Frauen alle angezogen sind wie bei *Sissi*, und es wäre doch eine geniale Idee, mit meinen Musikschülern aus der 13. Jahrgangsstufe dahin zu fahren, oder? Von daher … Tut mir leid.«

Folgendes sagt mein Mund: »Hättest du gerne, dass ich bei euch die Musik mache?«

Janina strahlt noch breiter. »Oh, das wär echt super, wenn du das machen würdest!«

»Klar. Gerne. Sag mir einfach, was ihr als Eingangsstück haben wollt, dann fang ich an zu üben.« Eine andere Antwort bringe ich einfach nicht übers Herz.

Janina ist begeistert. »Das ist echt total lieb von dir, danke!«

Wir verabschieden uns und ich stelle mich zu meinen anderen Freundinnen. Beziehungsweise ich versuche, mich dazuzustellen und ein Gespräch anzufangen. Junge Mütter sind wie freie Elektronen. Man kann nie wissen, wie lange sie an einer Stelle bleiben. Und in welche Richtung sie als Nächstes sausen werden.

»Hi«, werfe ich in die Runde meiner Freundinnen. Mal sehen, welche mich hört.

»Hi!« Laura lächelt mich an und umarmt mich. »Matse!«, ruft sie im nächsten Moment panisch und rennt hinter dem kleinen Mann her, der geradewegs auf die Kellertreppe zustolziert.

»Nele!«, schimpft Caro und rennt in die andere Richtung, hinter ihrer anderthalb Jahre alten Tochter her.

Feli erzählt ihrer Freundin Tina: »Mias Kindergärtnerin hat jetzt vorgeschlagen, wir könnten doch dieses Jahr …«

»Mamaaaa!«, quengelt Tinas zweijähriger Sohn Max dazwischen.

»Ruhe, Kind!«, befiehlt Tina. »Sorry. Was hat sie vorgeschlagen?«

»Sie meinte, wir könnten dieses Jahr fürs Sommerfest mal das Thema Waldtiere nehmen und Laternen in Form von Waldtierköpfen basteln. Fuchs oder Eule oder so.«

»Wow, endlich noch mal ein gescheites Thema!«, sagt Tina mit ironischem Tonfall. »Leon hat letztes Jahr nach dem Laternenzug Albträume von diesen ganzen Halloween-Laternen gekriegt.«

»Ja, die Mia hat nach dem Abend auch gemeint: ›Mama? Warum haben die anderen keine schönen Laternen mitgebracht?‹«

Tina grinst. »Sehr gute Frage. Die hätte sie mal während dem Laternenzug stellen sollen. Ganz laut.«

Ich stehe hier. Neben meinen besten Freundinnen. Und sie unterhalten sich über Dinge, die mit meinem eigenen Leben absolut nichts zu tun haben. Ich kann mal wieder nicht mitreden. Vielleicht in ein paar Jahren wieder, wenn ihre Kinder alle bei mir im Unterricht sitzen.

Auf WhatsApp postet Feli dauernd Fotos von irgendwelchen Ausflügen mit ihren Kindern. In den Zoo, auf die Burg oder eben beim Laternenzug.

Laura und Caro sind wieder schwanger und Janina verteilt Einladungen zu ihrer Hochzeit.

Nur mein Leben ist auf Stand-by.

Manchmal komme ich mir vor wie auf dem Laufband. Ich renne und renne und trete doch nur immer auf der Stelle. Vielleicht sollte ich mir tatsächlich so ein Gerät anschaffen. Mein Lehrergehalt wenigstens in irgendetwas Sinnvolles investieren. Wenn ich es schon nicht für Kinderwagen und Kinderwiegen und Maxi-Cosis auszugeben brauche. Nach der letzten Tupperparty habe ich mir vorgenommen, dass es vorerst mal die letzte für mich war – zu viele Trinklernbecher und rutschfeste Kinderteller und Baby-Fütterlöffel-Dosen.

Meine eigene Bildergalerie auf Facebook enthält ziemlich genau ein Foto. Das von mir selbst. Und in meinem Instagram-Feed herrscht ebenfalls gähnende Leere. Was soll ich auch posten? Ein Foto von meiner Schule? Von unserem Lehrerzimmer? Vielleicht von unserer vergilbten Kaffeemaschine?

Der Abgrund, der sich zwischen dem Leben meiner Kindheitsfreundinnen und meinem eigenen schon vor Jahren aufgetan hat, wird immer breiter.

Ich spüre eine Hand auf meiner Schulter und drehe mich herum.

Tante Ilse stützt sich mit der zweiten Hand auf ihren Krückstock, mit der anderen ergreift sie jetzt meine Rechte und hält sie ganz fest. »Ja, Lena …«, beginnt sie und lässt ihre faltigen grauen Augen über das Mutter-Kind-Getümmel wandern.

Ich ahne, was jetzt kommt. Ich wappne mich innerlich. Vergeblich.

»Hast *du* denn noch keinen?«

Ich wusste es.

Ich werde wohl nie verstehen, was es mit Omis und dieser Frage auf sich hat. Ich weiß auch nie so richtig, wie ich das einschätzen soll. Ist es Mitleid? Ist es Besorgnis? Unverständnis? Versteckte Missbilligung? Vielleicht von allem ein bisschen. Was ich jedenfalls mit Sicherheit weiß, ist, dass mir die Frage absolut nicht guttut.

Hilfe suchend fährt mein Blick zu meinen Freundinnen. Das Hin- und Her-Gerenne hat urplötzlich aufgehört und ihre Gespräche sind verstummt.

Und Colgate verpasst gerade eine äußerst lohnende Inspiration für den nächsten Werbespot: eine Omi, die eine arme alleinstehende Frau in die Mangel nimmt, und vier junge Mütter, die von einem Ohr zum anderen grinsen und dabei ihre blitzend weißen Zähne zeigen. Offenbar empfinden meine Freundinnen gerade ein Höchstmaß an Vergnügen angesichts der Szene, die sich ihnen bietet.

Verräterinnen.

Keine von ihnen kommt auch nur auf den Gedanken, mir zu Hilfe zu eilen. Wahrscheinlich, weil ihnen genau die gleiche Frage schon seit längerer Zeit unter den Nägeln brennt. Mein Beziehungsstatus gibt vielen Leuten Rätsel auf. Und sie alle hätten gerne Antworten. Ich eingeschlossen.

Ich zucke die Schultern, lächle und sage: »Tja.«

Ganz ehrlich: Was soll ich auch sonst darauf erwidern?

Tante Margot, die neben Tante Ilse aufgetaucht ist, fasst nach meiner noch freien linken Hand und beginnt sie zu tätscheln. »Die Lena kriegt mal einen ganz besonderen. Wohl, Lena?«

»Ja? Meinst du?«, wage ich zu fragen.

Als Antwort bekomme ich weiter die Hand getätschelt und dazu ein zuversichtliches Nicken. »Ja sicher. Du bist doch so ein nettes Mädchen.«

Mein Lächeln fühlt sich gerade an wie der sterbende Schwan.

Könnten die anderen bitte mal aufhören zu grinsen?

Tante Ilse schüttelt den Kopf und der Blick aus ihren grauen Augen bohrt sich in meinen. »Gibt es denn keine ledigen jungen Männer mehr in deinem Bekanntenkreis?«

»Äh …«

»Na ja, es wird schon jemand kommen. Wie gesagt: Gott hebt einen ganz besonderen Mann für sie auf. Wohl, Lena?«

Ich nicke. Und frage mich, woher Tante Margot das so genau wissen will. Und warum ausgerechnet ich jemand ganz Besonderes verdient hätte. Beziehungsweise warum es so lange dauert, diesen Jemand fertigzustellen. Hört sich bedeutend an. Schicksalsträchtig. Ich fände es deutlich beruhigender, wenn derjenige völlig normal wäre und ich ihn schon vor zehn Jahren kennengelernt hätte.

Wie um alles in der Welt kann ich mich jetzt aus den Fängen der beiden befreien, bevor meine Würde gänzlich den Bach heruntergeht?

Tante Ilse hält meine rechte Hand jetzt in einem regelrechten Klammergriff. »Lena, guck dir mal die Frauen im Alten Testament an.«

»Ja?«, mache ich höflich.

Die alte Frau stützt sich auf ihren Krückstock. »Die Esther.« Sie nickt ein paarmal. »Ja, *die* saß in ihren eigenen vier Wänden herum, bis der Königsdiener reingeschneit kam und sie da rausholte.« Jetzt nickt sie nicht mehr, sondern schüttelt den Kopf.

Okay. Wenn ich das richtig verstehe, sitze ich offenbar in meinen eigenen vier Wänden herum. Hm. Das wäre vielleicht mal eine willkommene Abwechslung für meine Schüler.

»Und die Rebekka wurde auserkoren, weil sie opferbereit war. Aber nicht alle Frauen wurden entdeckt. Die Ruth, Lena, die Ruth …«

»Ja?«, wiederhole ich. Mit zögerlicher, sehr zögerlicher Stimme.

Tante Ilse hebt ihren Krückstock in die Höhe. »Die ist ausgezogen und hat sich den Mann geschnappt!« Die knochige Hand mit dem Krückstock vollführt einen triumphierenden Stoß in die Luft.

Tina bekommt einen Hustenanfall. Feli und Caro sind weniger erfolgreich mit ihrem Versuch, sich das Lachen zu verkneifen. Die drei suchen das Weite. Laura bleibt mit weit aufgerissenen Augen neben mir stehen. Ich glaube, sie ist soeben zur Salzsäule erstarrt. Mitsamt ihren Locken. Mats auf ihrem Arm betrachtet Tante Ilse mit großen Augen, während der Schnuller in seinem Mund auf und ab wippt.

Vielleicht liege ich völlig falsch, aber ich glaube, einen Mann »schnappt« man sich nicht mal so einfach. Ich spreche aus Erfahrung. Und ich mag zwar nicht besonders bewandert in Geschichte sein, aber ich denke, dass ich einigermaßen richtigliege, wenn ich behaupte, dass die jungen Frauen in den Vierzigerjahren sich auch nicht einfach Männer »geschnappt« haben. Und zu biblischen Zeiten schon gar nicht.

Ich werde das Buch Ruth nie wieder mit arglosem Herzen lesen können. Ich werde jedes Mal an Tante Ilse und junge Frauen mit blonden Kranzfrisuren denken müssen, die mit flatternden Röcken und wehenden Schmetterlingsnetzen hinter Soldaten im heiratsfähigen Alter herrennen. Oder an Partnervermittlungsseiten.

Das ist nie und nimmer das, was man aus Ruths Geschichte für sich mitnehmen sollte. »Wahrscheinlich bist du bisher zu wählerisch gewesen. Ihr jungen Leute dürft nicht immer so wählerisch sein«, fährt Tante Ilse fort und die Missbilligung steht ihr ins Gesicht geschrieben.

Laura und ich schauen uns an und meine Freundin zuckt nur mit den Schultern.

Zu wählerisch? Wüsste nicht, dass ich bisher eine wahnsinnig große Auswahl gehabt hätte. Was heißt das überhaupt? Soll ich einfach die Augen zukneifen, den Erstbesten nehmen, der mir über den Weg läuft, und mich für Jahrzehnte voller Leid und Kummer anmelden?

Tante Margot rettet mich aus der Verlegenheit, indem sie meine Hand noch ein letztes Mal tätschelt und dann loslässt. »Wir beten einfach weiter dafür. Wohl, Lena?«

Ich nicke wieder. Obwohl ich damit wahrscheinlich zugegeben habe, dass ich tatsächlich dafür bete, aber das ist mir in diesem Augenblick ziemlich egal. Von meiner Würde ist sowieso nicht mehr wirklich viel übrig.

Alleinstehende junge Frauen sollten sich in einem Gemeindeflur niemals länger als eine Minute in der unmittelbaren Nähe von Omis aufhalten, die nicht die eigene Omi sind. Und wenn möglich, selbst in dieser Minute jegliche Unterhaltung mit ihnen meiden.

Meine Oma darf mir alles sagen, was sie auf dem Herzen hat.

Ich weiß, dass sie mich lieb hat und für mich betet. Die anderen Omas haben mich vielleicht auch lieb und beten für mich, aber ich muss es nicht unbedingt erzählt bekommen. Besonders nicht nach dem Gottesdienst vor zwanzig anderen Leuten.

Tante Ilse und Tante Margot verabschieden sich von mir und Laura und ich gehen etwas betäubt nebeneinander her auf den Ausgang zu. Von der guten Predigt weiß ich kein einziges Wort mehr. Jedes einzelne ist von den Raben aufgepickt worden.

Ich beginne, Verständnis für die Leute zu entwickeln, die wie von der Tarantel gestochen das Gemeindehaus verlassen, sobald von vorne das letzte Wort gesprochen wurde. Vielleicht sollte ich es demnächst auch so machen.

Warum meinen eigentlich im Moment sämtliche Leute, dass ich dringend Hilfe brauche?

Wenn ich selbst schon Mühe damit habe, meine Situation zu akzeptieren, ist es nicht hilfreich zu wissen, dass andere sie als einen regelrechten Missstand ansehen.

Auf der Treppe kommt uns der eigentliche Grund für meinen Mangel an Begeisterung hinsichtlich des Briefumschlags in meiner Hand entgegen. Groß, dunkelbraune Haare und ein Strahlen, das der Leuchtstoffröhre über uns Konkurrenz macht, und er trägt – wie sollte es auch anders sein – mehrere cremefarbene Briefumschläge mit sich herum.

»Hi, Mädels!«, begrüßt er uns euphorisch.

»Hi, Tim«, sagt Laura freundlich.

»Hi.« Ich lächle, weil sich das so gehört, schüttle seine Hand und lasse sie sofort wieder los.

Ich wette, Tim hat nie auch nur die leiseste Ahnung gehabt, dass ich in ihm mal mehr gesehen habe als einen ehemaligen Sandkastenfreund und Klassenkameraden. Glück im Unglück für mich.

Er deutet auf den Umschlag in meiner anderen Hand und grinst. »Hat sie dich also erwischt. Gut!«

»Ja«, erwidere ich und grinse schief. »Danke für die Einladung.«

»Gerne.« Sein Blick wandert von mir zu Laura, er macht diese Geste, halb Matrosengruß, halb Winken, und dann ist er auch schon die Treppe hoch und im Getümmel verschwunden.

Draußen angekommen, schaut Laura mich mitleidig an, während sie Mats von einem Arm auf den anderen verlagert. »Sorry.«

Ich zucke die Achseln und weiche ihrem Blick aus. »Wofür?«

Sie reibt mir ein paarmal tröstend den Arm. »Ich glaube, am besten vergisst du einfach, was Tante Ilse gesagt hat.«

Ich ziehe den Mund schief und lächle ironisch. »Hmmm.« Als wenn das passieren würde. Mein Gehirn hat die ärgerliche Angewohnheit, Worte und Bilder, die ich eigentlich verdrängen will, in Dauerschleife abzuspielen.

»Nena?« Mein kleiner Neffe schaut mich fragend an. »'o Oma?«

Dankbar für die Ablenkung blicke ich mich suchend um. »Die Oma ist da drüben. Guck.« Ich deute mit dem Finger auf meine Mutter, die zwischen zwei Autos steht und gerade mit drei anderen Frauen über irgendetwas lacht. Sie trägt eine grau-weiß gestreifte Bluse mit Rüschenvolant am Saum und wirkt frisch wie der Frühling. Ihre langen Haare trägt sie heute offen, genauso wie ich. Bestimmt befinden sich am Ende dieses Tages wieder ein Dutzend Selfies von uns beiden auf ihrem Handy. Und eins davon in ihrem WhatsApp-Profil. Damit sie mir hinterher wieder erzählen kann, wer alles gesagt hat, wie ähnlich wir uns doch sehen. Die hellbraunen glatten Haare und die Gesichtszüge hab ich von meiner Mama geerbt, die braunen Augen dagegen von meinem Papa.

Sie bemerkt Laura, Mats und mich und kommt auf uns zu.

Mats beginnt, heftig zu zappeln und ein undefinierbares Gequietsche von sich zu geben, das wohl so etwas heißen soll wie: »Ich will runter! Ich will runter!«

Laura setzt ihn auf dem Boden ab und er rennt in die offenen Arme meiner Mutter, die ein paar Meter entfernt in die Hocke gegangen ist und ihm entgegenstrahlt. Sie drückt Mats ein paar

Sekunden lang, dann beginnt der wieder zu zappeln und kommt zu uns zurückgerannt. Mama kommt grinsend hinter ihm her. Sie umarmt Laura und mich und lächelt mich an. »Kommst du wieder mit zu uns?«

Ich nicke. »Klar.«

Samstagsabends bei Jan und Laura, sonntagsmittags bei meinen Eltern. Das ist unsere Tradition, seit ich vor fünf Jahren bei meinen Eltern ausgezogen bin. Die Mahlzeiten am Wochenende sind immer mein Licht am Ende des wöchentlichen Single-Essen-Tunnels.

Andere essen mit ihren Ehemännern und Kindern, ich mit meinen Eltern und meiner Oma.

Ich muss aufhören, ständig diese Vergleiche anzustellen.

»Oma?«

»Ja, mein kleiner Schatz?«

»'o Opa?«

»Der Opa ist da drüben. Guck.«

Ich folge Mamas Zeigefinger mit den Augen. Und stemme die Hände in die Hüften.

Laura beginnt zu lachen und Mama seufzt.

»Opa!« Mats rennt los.

Finster betrachte ich meinen grauhaarigen Vater in seinem karierten Hemd, der nicht wirklich unauffällig meinen Panda umkreist und ihn dabei noch weniger unauffällig inspiziert.

Nicht schon wieder.

»Mama?«

»Ja, Lena?«

»Sollten wir nicht eigentlich am siebten Tage ruhen?«

Mama schüttelt den Kopf. »Autos sind für ihn keine Arbeit.«

»Bisher hab ich nur was von Ähren und Schaubroten am Sabbat gelesen.«

»Damals gab es noch keine Autos, Lena.«

»Im Prinzip zieht er gerade deinen Ochsen aus dem Brunnen«, sagt Laura grinsend.

Als wir zu meinem Panda kommen, erwartet uns mein Vater mit einem strahlenden Mats auf dem Arm und einem Stirnrunzeln. »Lena, was ist denn mit deinem Auto los?«

Und das, meine Herrschaften, ist mein Vater. Kein »Hallo«, kein »Wie geht's dir?«, kein »Lange nicht gesehen« … Er fällt direkt mit der Tür ins Haus. Ich wette, er hat direkt nach dem Gottesdienst den Hinterausgang benutzt und sich heimlich zu meinem Auto geschlichen, während ich im Flur in Schach gehalten wurde, weil er genau weiß, wie sehr ich es hasse, wenn er meinen Panda unter die Lupe nimmt. Dummerweise findet er nämlich immer irgendetwas, was nicht in Ordnung ist. Und dann stellt er mir lauter technische Fragen, die ich nicht beantworten kann, weil mich Technik nicht die Bohne interessiert, und ich mag es nicht, wenn ich die Antworten nicht weiß. Was ein großer Vorteil in meiner Schulzeit war, weil ich immer so lange gebüffelt habe, bis ich ganz sicher war, für alle Fragen, die am nächsten Morgen gestellt werden konnten, gewappnet zu sein. Ich war eine von diesen seltsamen Schülern, die nach dem Motto leben: »Ich würde gerne viel lernen. Lernen macht Spaß!«. Eulalia Hedwig Sophie Gräfin von Eichenhain-Uhland wäre stolz auf mich gewesen. Aber jetzt, etliche Jahre später, ist es eine eher unangenehme Eigenschaft, weil es momentan zu viele Fragen in meinem Leben gibt, auf die ich keine Antwort habe. Zum Beispiel auf die Frage, was mit meinem Auto los ist.

Also zucke ich die Achseln. »Keine Ahnung. Das macht seit ein paar Tagen so ein komisches Geräusch.«

»Und verliert Öl«, fügt Papa hinzu.

Das hatte ich noch nicht bemerkt. »Hm«, mache ich.

»Hm«, macht mein Vater und schaut mich vielsagend an. »Und wann wolltest du damit zur Werkstatt fahren?«

Wie ich schon sagte. Lauter Fragen, keine Antworten.

Wenn ich jetzt die gebe, die mein Vater hören will, nämlich »Morgen in aller Frühe, noch bevor die Automechaniker überhaupt aus ihrem Bett gekrochen sind«, dann wird ihm einfallen, dass ich meinen Panda ja brauche, um auf die Arbeit zu fahren, und er wird darauf bestehen, mich jeden Tag abzuholen und zur Schule zu bringen, bis das Auto wieder in Ordnung ist, obwohl er dann selber zu spät zur Arbeit kommt.

Wenn ich aber ehrlich bin und sage, dass ich nicht vorhatte, meinen Panda in naher Zukunft in einer Werkstatt abzustellen, dann kann ich mir eine ellenlange Predigt darüber anhören, wie gefährlich es ist, mit einem komische Geräusche machenden, Öl verlierenden Auto herumzufahren, und wie auf einmal mitten auf der Hauptstraße Rauch aus meiner Motorhaube aufsteigen und mir die Sicht versperren und ich dann in ein anderes Auto reinkrachen kann.

Meine Mutter tut wenigstens so, als hätte sie sich damit abgefunden, dass ich schon vor fast zwölf Jahren offiziell als Erwachsene galt. Aber im Gegensatz zu ihr beeindruckt mein Alter meinen Vater nicht im Geringsten. Vielleicht besitzt er aber auch einfach nur eine etwas verdrehte Ausprägung des männlichen Beschützerinstinktes. Stell den ausgestopften Wolf mit aufgerissenem Maul da drüben hin, dann wird der Hase schon in meine Richtung fliehen.

Insgeheim genieße ich ja die fürsorgliche Ader meines Vaters – auch wenn ich mich dauernd darüber beschwere. Ich hoffe sogar, dass mein zukünftiger Mann, sollte es ihn geben, genauso fürsorglich ist wie er. Das darf Papa aber niemals erfahren. Er wäre stolz wie Oskar. Und ich bekäme es bis an mein Lebensende aufs Butterbrot geschmiert.

Ich wäge all meine Optionen ab, ergebe mich meinem Schicksal und sage: »Morgen.«

Und somit ist es beschlossene Sache. Morgen kommt mein Panda in die Werkstatt. Toll.

»Und wie kommst du dann auf die Arbeit?«

Ich seufze nur und Mama lacht.

Eine halbe Stunde später parke ich meinen kleinen Panda vor dem Haus meiner Eltern.

Es ist eins der schönsten, die ich kenne: roter Klinker, weiße Fensterläden, hellgelbe und cremefarbene Rosen, die an beiden Seiten der Eingangstür hochranken, und ein großer Garten, in dem meine Mutter Erdbeeren, Himbeeren und Brombeeren anbaut. Im Sommer stellt sich mein Vater jeden Sonntagmittag in den Garten und brät saftiges Fleisch über dem Grill an, während meine Mutter aus den Beeren eine Soße mixt, die sie zum Nachtisch über das Vanilleeis gießt.

Mein persönlicher Favorit aber ist der riesige Kirschbaum mitten im Garten. Im Frühling stellt er eine geniale weiße Blütenpracht zur Schau und an einem Samstag im Juni trommeln meine Eltern die gesamte Familie zur Kirschernte zusammen. Das ist einer meiner Lieblingstage im Jahr. Vor Kurzem hat mein Vater an einem der dicken, knorrigen Äste eine Holzschaukel für Mats angebracht. Ich wage zu behaupten, dass die Schaukel nicht das letzte Spielgerät sein wird, das meine Eltern für ihn anschaffen. Und bestimmt kommen ja auch noch mehr Enkel, stimmt's, Lena?

Jaaaaa. Bestimmt.

Kopfschüttelnd steige ich aus dem Auto und krame mein Handy aus der Handtasche, um den Kirschbaum in seiner vollen Blütenpracht zu fotografieren. Hey, das wäre doch ein nettes Foto für die Facebook-Galerie und meinen Insta-Feed! Die Idee ist gar nicht so übel.

Ich stecke mein Handy wieder in meine Tasche und zupfe mein neues, cremefarbenes T-Shirt mit den Rüschen an den Ärmeln zurecht. In dieses T-Shirt bin ich quasi verliebt. Es war Liebe auf den ersten Blick, genauso wie das bei Klamottenkäufen sein sollte. Bei mir ist das mit dem Shoppen immer so eine Sache. Wenn das T-Shirt oder die Bluse oder der Pulli mir nicht auf Anhieb gefällt, dann brauche ich gar nicht lange überlegen, ob ich das Ding mitnehmen sollte. Sollte ich nicht. Weil es sonst nur im Schrank herumhängt. Bei Klamotten muss mir ein Teil auf Anhieb gefallen, sonst wird nichts aus uns beiden.

Ich bin fest davon überzeugt, dass es genauso laufen würde, wenn ich meinem zukünftigen Mann begegne.

Die Haustür steht offen und ich gehe in die Küche, wo meine Mutter sich gerade die Schürze umbindet.

»Wie kann ich dir helfen?«

Sie grinst. »Mir ist nicht mehr zu helfen. Aber vielleicht der Oma. Die wollte noch schnell einen Bohnensalat machen.«

Ich werfe einen vorsichtigen Blick auf das, was Mama vor sich auf der Arbeitsplatte liegen hat, und trete den Rückzug an. »Verstehe.«

Hinter mir höre ich sie lachen und verdrehe nur die Augen.

Ich laufe die Treppe hinunter zu Omas Wohnung. Sie besteht darauf, dass ihre Enkel nicht bei ihr klingeln, also laufe ich direkt zu ihr in die Küche. »Hallo.«

Meine Oma mit ihren schneeweißen dauergewellten Haaren und blauen Augen sieht von der Arbeitsplatte auf und strahlt mich an. »Hallo! Na?«

»Na?« Ich umarme sie, weil wir uns heute Morgen nach dem Gottesdienst wohl irgendwie verpasst haben müssen. Und weil Omas Umarmungen die besten sind. »Soll ich dir helfen?«

»Ja, gerne. Ich weiß nicht, wie weit deine Mama mit dem Kochen ist, aber ich wollte noch schnell den Salat fertig kriegen.«

»Ach, sie hat sich grade erst die Schürze umgebunden.«

Meine Oma schaut mich wissend an. »Lass mich raten. Sie will Kartoffeln schälen.«

»Sah jedenfalls ganz danach aus.«

Sie lacht. Weil in dieser Familie jeder meinen Tick kennt.

Wenn ich noch eine Schülerin wäre und einen Aufsatz schreiben müsste zu der Frage »Woher weißt du, dass deine Mutter dich lieb hat?«, dann wüsste ich haargenau, was ich als Erstes schreiben würde: *Ich weiß, dass meine Mama mich lieb hat, weil sie mich nie die Kartoffeln schälen lässt.*

Ich stehe mit dem Kartoffelschälen auf Kriegsfuß. Mit dem Kochen überhaupt.

Ich setze mich an den Küchentisch. »Oma?«, sage ich, während ich die grünen Bohnen aus der Konservendose in die Salatschüssel kippe. »Meinst du, dass ich irgendwie komisch bin?«

Sie schaut von der Arbeitsplatte zu mir herüber. »Weil du eine Abneigung gegens Kartoffelschälen hast?«

»Nee. Ja. Das auch.« Ich zucke die Achseln. Meine Gedanken sind irgendwie zu kompliziert, um sie in Worte zu fassen. Oder zu peinlich.

Oma widmet sich wieder dem Tomatenschneiden. »Du meinst, weil du noch niemanden kennengelernt hast.«

Ich zucke noch einmal mit den Schultern und betrachte die Bohnen in der Salatschüssel. Laut ausgesprochen hören manche Wahrheiten sich irgendwie blöd an. »Vielleicht.«

Irgendwas muss ja an mir komisch sein. Obwohl ich mich bisher eigentlich immer als relativ normal empfunden habe. Und meine Freundinnen und Familienangehörigen haben mir schon öfter gesagt, ich hätte eine sympathische Ausstrahlung. Keine Ahnung, ob das stimmt.

Womöglich ist mein Beruf das Problem. Ich vermute mal, wir Lehrerinnen und Lehrer werden in vielen Köpfen zu sehr mit Nachsitzen oder Strafarbeiten assoziiert oder die Leute denken, wir würden nur noch über Schule und Schüler und Schulnoten reden und sie würden von der Schulkrankheit angesteckt oder so was. Kein Wunder, dass wir Lehrer nur innerhalb unserer eigenen Kaste heiraten. Der Rest der Gesellschaft lässt uns keine andere Wahl. Lehrerin trifft Feuerwehrmann? *Romeo und Julia.* Lehrerin trifft Apotheker? *West Side Story.* Lehrerin trifft Logopäden? *Titanic.* Liebe ohne mögliches Happy End.

Lange Rede, kurzer Sinn: Man addiere meine tragischen Kochkünste zu meinem Beruf und zu meinen moralischen Überzeugungen und multipliziere das Ergebnis mit meinem Alter und heraus kommt die Wahrscheinlichkeit, dass ich, wenn ich heute Abend nach Hause komme, vor meiner Wohnungstür einen riesengroßen Strauß roter Rosen von einem meiner zahlreichen glühenden Verehrer vorfinden werde. Obwohl ich rote Rosen nicht mag. Aber ich werde gnädig sein und es ihm dieses eine Mal verzeihen.

Hach ja, das Leben ist rosarot.

Oma kommt mit den Tomatenstückchen zu mir herüber an den Tisch und schiebt sie mit dem Messer vom Schneidebrett in die Salatschüssel. »Jeder von uns ist komisch, Lena.«

Das ist nicht die Antwort, mit der ich gerechnet hatte. Aber das ist fast nie der Fall, wenn ich mich mit meiner Oma unterhalte. »Wie meinst du das?«

Sie geht zum Kühlschrank, macht ihn auf und holt eine Packung Gouda heraus. »Guck dich doch nur mal um. Ich zum Beispiel. Ich bin komisch. Ich sitze jeden Abend strickend im Wohnzimmer und bete, dass meine älteste Enkelin endlich noch mal ihre alte Oma besucht, damit ich ihr Gummibärchen vorsetzen kann.«

Ich grinse beschämt, weil es stimmt. Der letzte Abend mit meiner Oma ist schon viel zu lange her.

»Und dann sitze ich da und schaue dir zu und freue mich, dass du Dinger in dich reinfutterst, die schädlich für deine Zähne und für deine Figur sind. Nichts gegen deine Figur.« Sie deutet mit dem Messer auf meine Bauchgegend, bevor sie sich wieder ihren Käsewürfeln widmet. »Und wenn sie leer sind, kaufe ich neue und fange wieder an zu beten, dass du irgendwann demnächst noch mal den Kopf zu meiner Tür hereinsteckst und tiefschürfende Probleme wälzen willst.« Sie schaut mich über den Rand ihrer Brille hinweg an. »Wenn das keine komische Oma ist, dann weiß ich es auch nicht.«

Ich lache. »Dann hast du noch nicht viele komische Omas erlebt, glaub ich.«

Sie schüttet die Käsewürfel in die Salatschüssel, geht wieder zum Kühlschrank und holt einen Becher saure Sahne und Senf heraus.

»Und wer ist noch komisch?«

»Deine Mama«, sagt sie, während sie ein kleines Schüsselchen vor mich hinstellt und alle Zutaten für ihre berühmte Salatsoße hineinkippt. »Deine Mama ist komisch, weil sie Laura immer noch nicht gesagt hat, sie soll endlich ›Mama‹ zu ihr sagen, obwohl sie es sich wünscht.« Sie reicht mir eine Gabel. »Und dein Papa ist komisch, weil er dauernd irgendwelche unangenehmen Fragen stellt.«

Ich nicke heftig. »Stimmt.«

»Siehst du? Und trotzdem haben sie geheiratet.«

»Hm.«

»Dein Opa war komisch, weil er ein unverbesserlicher Sturkopf war. Und trotzdem hat er mich nettes Mädel gekriegt. Als ich noch keine komische Oma war, meine ich.«

Ich grinse und mache mich daran, die Soße anzurühren.

»Und jetzt guck dir mal deine Freundinnen an. Ist eine von ihnen wirklich normal?«

Die Frage ist berechtigt. Vor meinem inneren Auge taucht Laura auf. Sie hat meinen Bruder geheiratet. Das qualifiziert sie definitiv als unnormal. Sie ist Fan von allem, was man als *interessante Getränke* bezeichnen kann. Tomatensaft. Pfefferminzsirup. Schwarzer Tee mit Sahne … Brrr. Und manchmal hat sie einen leichten Hang zum Panikschieben. Aber sonst ist sie voll in Ordnung.

Dann ist da Feli. Sie versucht immer, es allen recht zu machen. Ihrem Mann, ihren Kindern, ihren Nachbarn … Sie ist einer von den Menschen, die ich als dauergestresst bezeichnen würde.

Tina? Sie trägt ihr Herz auf der Zunge. Sagt immer alles, was sie gerade denkt, und posaunt ihre Meinung zu allem hinaus – egal, ob die anderen sie hören wollen oder nicht. In ihrer Anwesenheit kann es mitunter sehr anstrengend werden.

Caro macht jede mögliche Ernährungsmode mit und zieht ihre gesamte Familie mit rein. Das Letzte, was ich mitbekommen habe, war, dass sie sich so eine Getreidemühle gekauft hat und ihre Einkäufe neuerdings nur noch im Feinkostladen erledigt. Ich will nicht wissen, wie die monatlichen Rechnungen alleine für das Essen bei ihnen aussehen.

Und dann ist da noch Janina. Sie ist unsere Fashionista. Immer dem letzten Schrei entsprechend gekleidet. Ich weiß nicht, ob ich jemals ein Outfit zweimal an ihr gesehen habe. Kann mich jedenfalls nicht erinnern. Ich hab mich schon mehrmals gefragt, womit sie die ganzen Klamotten bezahlt.

Und doch hat Tim sich in sie verliebt.

Jede meiner Freundinnen ist auf ihre eigene Art irgendwie komisch. Trotzdem hat jede von ihnen einen Mann gefunden.

Selbst die schrulligsten Leute heiraten. Und als Lehrerin hatte ich es schon mit den interessantesten Elternpersönlichkeiten zu tun.

Einen Partner und Kinder zu haben, bedeutet offenbar nicht automatisch, normal zu sein.

Die Tatsache, dass ich keinen Partner habe, bedeutet also im Umkehrschluss nicht, dass ich unnormal bin. Irgendwie ist dieser Gedanke … befreiend. Jedenfalls fühle ich mich jetzt besser.

Meine Oma nimmt mir die Gabel und die Rührschüssel ab und kippt die Soße über die Zutaten in der Salatschüssel. »Und?«, fragt sie lächelnd.

»Du hast recht.«

»Siehst du? Kein Mensch ist wirklich ›normal‹. Und nur, weil du noch keinen Mann hast, heißt das noch lange nicht, dass du komisch bist. Erst recht nicht, wenn du bisher nicht bereit warst, um jeden Preis zu heiraten. Ich für meinen Teil bin stolz auf dich, weil du deine eigenen Wünsche nicht über Gottes Pläne mit dir stellst.«

Ich reibe mir die Stirn. »Du denkst, glaub ich, viel zu gut von mir.«

»Vielleicht«, sagt sie lächelnd. »Aber da haben alle Omas so ihren Tick, weißt du.«

Drei Stunden später bin ich wieder in meiner Wohnung und gefühlt zwei Kilo schwerer. Wenn ich weiter jeden Sonntagmittag so viel esse, dann wird mein gesamtes Umfeld Zeuge davon, dass die in Sprüche einunddreißig erwähnte Anmut und Lieblichkeit tatsächlich vergänglich sind und die Männer lieber die inneren Werte ihrer Frauen preisen sollten.

Aber dank meiner Oma weiß ich jetzt, dass ich absolut keinen Grund habe, mich selbst als minderwertig oder unnormal zu betrachten.

Es ist wirklich erstaunlich. Bevor ich in Omas Küche kam, war mein Selbstwertgefühl so ziemlich auf dem Nullpunkt. Seit dem Gespräch mit ihr fühle ich mich, als wäre ich für die christliche Version des Bundesverdienstkreuzes nominiert worden. Ich bin eine Heldin des Ledigenstandes. Ihre Worte haben sich in mein Gedächtnis gebrannt.

Ich krame mein Stille-Zeit-Notizblöckchen aus der Nachttischschublade, gehe ins Wohnzimmer und setze mich auf mein Sofa.

»Lies mal Jesaja zweiundsechzig, wenn du nach Hause kommst«, hat Oma noch zu mir gesagt, bevor wir zu meinen Eltern ins Esszimmer gegangen sind. Ich nehme mir vor, das bald zu tun.

Jetzt will ich aber erst mal etwas anderes festhalten. Ich blättere zur ersten leeren Seite und schreibe:

Gründe, warum ich normal bin:

1. *Ich stamme nicht vom Affen ab, sondern bin ein von Gott geschaffener und geliebter Mensch.*
2. *Ich übe einen äußerst noblen und anstrengenden Beruf aus, ohne den Eltern ihren Kindern eigenhändig Lesen und Schreiben beibringen müssten.* (Obwohl Englisch und Musik nicht unbedingt unter die Kategorie Lesen und Schreiben fallen, aber das ist jetzt am Thema vorbei.)
3. *Ich parke mein Auto in meiner Mietsgarage und nicht davor* (wie meine Kollegin, mit der ich neulich die-

ses fächerübergreifende Kunst-Musik-Projekt durchgeführt habe. Sie hat dafür ihre vollgestopfte Garage durchwühlt, diesen antiken Kleiderständer hervorgezerrt, den ihre Vormieterin auf einem Trödelmarkt erstanden hatte, und ihn als Grundgestell für Beethovens Körper verwendet. Auf dem nicht mehr funktionstüchtigen Kühlschrank, den ihre Mutter von ihrem Großonkel geerbt hatte, stand ein Zuckerwattegerät, das meine Kollegin für Beethovens wallenden Haarschopf verwenden wollte, aber da musste ich Einhalt gebieten. Meine Schüler hätten ihm buchstäblich die Haare vom Kopf gefressen und dann wäre Beethoven nicht mehr Beethoven gewesen).

4. *Ich putze jeden Tag zweimal meine Zähne, aber nicht meine Wohnung. Ich fange auch nicht an zu hyperventilieren, sobald ein Staubwölkchen meinen Weg zum Badezimmer kreuzt.*
5. *Ich gehe mit der Mode und mache vor »bauchfrei« halt.*
6. *Nobody's perfect. Kleine Ticks und Macken sind erlaubt.*

Ich bin eine ganz normale Christin. Eine, die halt keinen Partner hat.

Kapitel sechs

Es ist Montagmorgen, ich stehe vor dem Kleiderschrank in meinem Schlafzimmer, friere und überlege.

Laut *Gala* soll diesen Frühling ja wieder die Schlaghose in Mode kommen, aber ich denke mal, wenn die Lehrerin die Erste in der Klasse ist, die sie trägt, dann stellt sie quasi eine Modebefolgungsblockade für ihre Schülerinnen dar. Niemand zieht sich so an wie seine Lehrerin. Schülergesetz Nummer eins. Also opfere ich mich für die Mädels, lasse meine Schlaghosen von vor fünf Jahren im Koffer und ziehe meine gute alte Slim-fit an. Die passt sowieso viel besser zu meinen Ballerinas.

Ballerinas sind toll. Ich glaube, wenn diese Schuhe irgendwann aus der Mode kommen, dann gehe ich auf die Straße und protestiere. Vielleicht als Ballerina verkleidet. So wie diese intensiv lebenden Menschen, die regelmäßig den Drang verspüren, sich zum Beispiel in ein gelb-braun gestreiftes Ganzkörperkostüm mit Bommel-Fühlern zu quetschen und ein überdimensionales Schild vor sich herzutragen, auf dem steht: *»Lasst den Honig leben!«* Würde mich nicht wundern, wenn mir irgendwann eine Plüschkuh über den Weg gelaufen käme, die gegen den Konsum von Nutella demonstriert. Niemand sollte gegen den Konsum von Nutella demonstrieren. Ich glaube, damit würde er neunzig Prozent der deutschen Bevölkerung gegen sich aufhetzen. Aber vielleicht würde er ja auf diese Weise berühmt und eines Tages würde ihn ein Nutella-Beauftragter im Gefängnis besuchen und ihm anbieten, für Ferrero zu arbeiten. Ich hätte niemals *Catch Me If You Can* mit meinem Bruder anschauen sollen.

Ich denke zu viel. Zeit, mich für die Schule fertig zu machen. Beziehungsweise für die Werkstatt. Und für meine anschließende

Fahrradfahrt zur Schule. Ich habe mit meinem Vater ausgemacht, dass er mich nur an Regentagen zur Arbeit bringt.

Anderthalb Stunden später fangen meine Schüler an, aufgeregt durcheinanderzureden, sobald ich zur Tür hereinkomme und sie die Hefte unter meinem Arm erspähen.

»Good morning«, begrüße ich sie.

»Good morning«, kommt es wie aus einem Munde zurück und dreißig erwartungsvolle Augenpaare starren auf die Hefte, die ich auf das Pult lege.

Mein Griff zur Kreidedose kommt weniger gut an.

»Oh, Ms Heymann, please not!«, bettelt Sina, eine meiner besten Schülerinnen.

Diese Kinder kennen mich zu gut. Erst die Berichtigung, dann die Rückgabe.

»I'm sorry, guys«, antworte ich und bekomme ein mehrfaches Stöhnen zu hören.

»That's not very nice, Ms Heymann«, meldet sich Markus mit tadelndem Tonfall hinter meinem Rücken, während ich beginne, die Aufgabennummern an die Tafel zu schreiben. »You really should, äh ... Was heißt denn noch mal *zurückgeben* auf Englisch?«, raunt er seinem Sitznachbarn zu.

Ich drehe mich um und grinse.

Markus lässt seine Faust auf den Tisch fallen. »Mist.«

Ich grinse noch breiter und drehe mich wieder der Tafel zu.

Lehrerin sein macht Spaß, wenn sich die Schüler so schnell ergeben. Allerdings hab ich das Gefühl, ich hab bei meinen einen Stein im Brett. Ich denke, das darf man spätestens dann behaupten, wenn die Schüler über die Witze der Lehrerin lachen. Ich glaube, sie spüren einfach, dass ich sie mag. Und das tu ich wirklich. Ich freue mich für jeden von ihnen, der eine Eins geschrieben hat, für jeden, bei dem ich Fortschritte sehe, und ich leide regelrecht, wenn ich eine Vier minus oder eine Fünf geben muss.

Oder eine Sechs, wie bei Noah mal wieder. Mir graut schon vor seinem Gesichtsausdruck, wenn er gleich in sein Heft reinguckt. Obwohl er natürlich weiß, was auf ihn zukommt.

Ein Grund mehr, die Arbeitshefte erst am Ende der Stunde zurückzugeben. Dann kann ich sofort aus dem Klassenzimmer flüchten, mich auf dem Lehrerklo verstecken, dort meine Finger auf die Tränendrüsen pressen und siebenundachtzig Mal ein- und ausatmen, bevor ich fünf Minuten später wieder durch die Schulflure marschieren muss, als hätte ich alles im Griff.

Die Berichtigung geht heute im Schneckentempo voran. Die Schüler stellen eine Frage nach der anderen, was im Prinzip ein gutes Zeichen hinsichtlich unserer Lehrer-Schüler-Beziehung ist, aber kein so gutes hinsichtlich der Glocke, die in ziemlich genau zweieinhalb Minuten schellen wird.

Ich werde wenige Sekunden nach dem Schellen fertig. »Markus, could you please help me?«

Der Junge steht auf, nimmt von mir die Hälfte der Hefte entgegen und verteilt sie an seine Klassenkameraden.

Ich habe darauf geachtet, Noahs Heft in meiner Stapelhälfte zu behalten. Als ich zu seinem Platz komme, weichen seine dunklen Augen meinem Blick aus. Er greift nach dem Heft, lässt es in seinem Ranzen verschwinden und schaut aus dem Fenster.

Und wie erwartet fühle ich mich einfach nur elend.

Kapitel sieben

Es ist Dienstag, es regnet, und wer jemals behauptet hat, Schulchöre seien eine tolle Sache, der war noch nie bei einer Vokalkursprobe anwesend.

Ich weiß noch, wie begeistert ich war, als ich vor ein paar Jahren an dieser Schule anfing und zu Beginn des Schuljahres diese ganze Schar fröhlich lachender Oberstufenschüler in meinen Musikraum strömen sah. Ich dachte: »Wow! Die alle lieben Musik und sind total motiviert. In ein paar Wochen können wir Konzerte geben!«

Oh, mein selbstbetrügerisches Ich, das sich weigert, die Wahrheit zu erkennen. Es war, als hätte ich null Komma nichts von Whoopi Goldberg und ihrer zusammengewürfelten Schülertruppe in *Sister Act 2* gelernt.

Wenn auch nur ein Drittel der Jungen einen richtigen Ton herausbringt, dann haben wir einen guten Tag erwischt. Mittlerweile tun sie und ich nur noch so, als wären wir alle freiwillig hier und als hätten sie den Vokalkurs nicht bloß gewählt, um keine schlechten Noten in Musik zu kassieren.

Keine Lehrerin, so perfektionistisch sie auch sein mag, kann sich erlauben, fünfundsiebzig Prozent der Kursteilnehmer ein Ungenügend zu geben.

Gerade hab ich es geschafft, die Schüler einigermaßen zum Ruhigsein zu bewegen, da knackst es im Lautsprecher an der Wand und die Stimme unserer Schulsekretärin ertönt. »Niklas Seibert, Jahrgangsstufe zwölf, bitte zum Sekretariat kommen. Niklas Seibert, bitte zum Sekretariat.«

»Niklas? Was hast du denn jetzt schon wieder angestellt?«, ruft einer der Jungen.

»Keine Ahnung.« Niklas stößt seinen zusammengesackten Oberkörper aus dem Stuhl heraus und fährt sich in dieser coolen, ruckartigen Bewegung mit den Fingern durch die Haare, um den langen Pony wieder an die richtige Stelle zu befördern. Ich habe mich schon zigmal gefragt, ob die Jungen in seinem Alter diese Geste als besonders wohltuend empfinden oder ob es besonders männlich wirken soll. Vielleicht stammt das auch aus irgendeinem Film, den ich mir nicht angeschaut habe, weil das Werbeplakat ähnlich vertrauenserweckend aussah wie das von *Spiderman.*

Irgendwie scheint jede Generation Jugendlicher ihren eigenen Bewegungscode zu besitzen. Ich erinnere mich noch an die Zeit, als alle Jungen, die ungefähr zehn Jahre älter waren als ich, plötzlich anfingen zu laufen, als hätten sie Sprungfedern in ihren Beinen. *Booooing. Booooing.* Keine Ahnung, woher dieser Spleen kam. Ich habe Familienväter gesehen, die heute immer noch so laufen.

Und die Jungen meiner Generation haben den berühmten Faustknöchel-Gruß erfunden. *Check.*

Niklas läuft grinsend zur Tür hinaus. Und mit ihm meine einzige brauchbare Bassstimme.

Ich unterdrücke einen Seufzer, gebe einer Schülerin die Noten, und während die Liedblätter unter ständigem Gemurmel raschelnd von einem zum anderen gereicht werden, beschließe ich, dass ich es heute mal wieder *sehr* langsam angehen lassen werde.

»Pia, kannst du uns bitte das Lied noch mal vorspielen? Und dann üben wir jede einzelne Stimme.«

Das Mädchen nickt und setzt sich ans Klavier. Pia ist einer meiner Lichtblicke in diesem Kurs. Das Mädchen hat seit acht Jahren Klavierunterricht. Und Talent im Improvisieren.

Als wir gerade die Altstimme üben, klopft es an der Tür und Niklas kommt wieder herein.

»Und?«, fragt einer der Jungen. »Warum hat dich die schöne Marie jetzt schon wieder angerufen?«

Die anderen grinsen.

Ist ja egal, dass wir uns hier mitten in einer Vokalkurs-Übungsstunde befinden.

Niklas setzt sich wieder auf seinen Platz. »Nee, das war meine Mutter. Die wollte wissen, ob sie lieber Lasagne oder Spaghetti Bolognese zum Mittagessen kochen soll.«

Ich werfe ihm einen vielsagenden Blick zu, während seine Mitschüler lachen.

»Oh, Lasaaagne!«, ruft Paula sehnsüchtig aus und wie auf Kommando stimmen zwei ihrer Mitschülerinnen in das Liebeslied ein.

Ich weiß, wohin das hier führt. Der nächste Schritt wäre, dass wir über die Muster unserer ehemaligen Kinderzimmertapete diskutieren. Oder über die Farbe der selbst gestrickten Klorollenhüte unserer Uroma väterlicher- oder mütterlicherseits. Schüler können tief fallen, wenn sie keine Lust auf Unterricht haben.

»Und lieber Wackelpudding oder Paradiescreme zum Nachtisch?«, frage ich Niklas.

Der grinst nur verlegen.

»Oh, Paradiiiiescre–«

Mein strenger Blick in Richtung Paula war offenbar streng genug.

Der Rest der Stunde vergeht zäh wie Kaugummi. Beim Pausenklingeln strömen die Schüler fröhlich schwätzend aus dem Raum und freuen sich offensichtlich, dass sie ihre »Freistunde« mit Faulenzen verbringen durften.

Und ich nehme mir vor, nie, nie wieder den Vokalkurs zu übernehmen. Die Schüler sind ja alle sehr sympathisch, aber Kurse, die am Jahresende kein sichtbares Ergebnis bringen, frustrieren mich jedes Mal.

Ich bin und bleibe eben doch eine unverbesserliche Perfektionistin.

Fünf Minuten später betrete ich den schlimmsten Klassenraum der Schule. Darin befinden sich nämlich die schlimmsten Schüler des gesamten Gymnasiums. Die berühmte 9C.

Ich schicke ein Stoßgebet zum Himmel und lege meine Tasche auf das Lehrerpult.

»Maya und Victoria, kommt ihr bitte rein? Tom und Lennart, hört auf mit dem Rumgerenne über die Tische! Justin und Linus, da draußen hat keiner Lust, euren Allerwertesten zu bestaunen, also *Hosen hoch und Fenster zu!*«

Hilfe.

Ich wünsche mir den Hype mit den Fidget Spinners zurück. Da hatten die Schüler wenigstens was, womit sie sich während der Fünf-Minuten-Pause von ihren Hormonen ablenken konnten. Jetzt, wo die Teile aus der Mode gekommen sind, haben die Schüler nichts Handfestes mehr zum Kanalisieren. Ich hoffe nur, dass wir nicht bald von der chinesischen Zahnstocher-Armbrust-Welle überrollt werden. Frei herumschießende Hormone plus Mordinstrumente in unserer Schule, in meinem Unterricht ... Ich sehe mich bereits mit einem Zahnstocher im Auge im Krankenwagen liegen, der genau in dem Moment auf mich abgeschossen wurde, als ich mich von der Tafel umgedreht habe. Es könnte in diesem Klassenzimmer passieren. Manche Schüler mögen ihre Englischlehrerin nicht. Und manche Spielzeughersteller mögen Lehrer im Allgemeinen nicht.

Es braucht sage und schreibe vier Minuten, bis endlich alle auf ihrem Platz sitzen und ihre Hefte und Englischbücher herauskramen. Der Geräuschpegel ist deutlich gesunken, was aber nicht heißt, dass er sich in der Nähe von *leise* befindet. Irgendwie ist es in dieser Klasse immer laut. Geknister, Geschniefe, Gequietsche, Gemurmel, Gekicher ... Hormongeräusche, vermute ich.

»Ähm. Ms Heymann?«, meldet sich eine süße Stimme. Zu süß.

Ich schaue die Schülerin, die mich angesprochen hat, an und unterdrücke einen Seufzer. »Yes, Emily?«

»Ähm. Who was ... Wer war denn der nette junge Mann, der Sie heute Morgen zur Schule gebracht hat?«

Ihre Sitznachbarin Chantal kichert.

Mein Vater. Witzig.

Emily zeigt ihr völlig unschuldiges, liebliches Lächeln, aber ihre schönen blauen Augen sind kalt. Sie ist eine der wenigen Personen, die diesen Gesichtsausdruck perfekt beherrschen. Heuchelei und persönliche Angriffe sind ihre Spezialität. Genauso wie das Geklimper ihrer vielen Armringe. Meistens rege ich mich innerlich über sie auf. Manchmal frage ich mich, was in ihrem Elternhaus wohl schiefgelaufen sein muss. Und dann tut sie mir einfach nur leid.

Ich gebe mich unbeeindruckt. »In English, please.«

»No thanks, Ms Heymann, I've finished.«

Jetzt lacht die ganze Klasse und ich bemerke hier und da herausfordernde Blicke.

Sie hat es mal wieder geschafft. Nach dem Unterricht wird jeder die schöne Emily fragen, was sie über den geheimnisvollen Unbekannten weiß, der die uncoole alleinstehende Englischlehrerin zur Schule gebracht hat.

Wundervoll.

Manchmal wünschte ich mir, an unserer Schule würden wieder Kopfnoten für das Sozialverhalten vergeben.

»Okay, open your textbooks, please.«

Auch diese Stunde scheint sich ewig hinzuziehen und am Ende habe ich das Gefühl, es ist absolut nichts bei meinen Schülern angekommen, geschweige denn hängen geblieben.

Ich flüchte ins Lehrerzimmer und stürze mich auf die Kaffeemaschine wie *Miss Undercover* auf das Brötchenbüfett, nachdem ihr die gesamte Körperbehaarung ausgerissen wurde. Warmwachs hört sich für mich gerade richtig harmlos an. Gracie Hart hätte mal als Englischlehrerin undercover gehen sollen. Wenn mir jetzt noch irgendjemand sagt, dass unsere gute alte Kaffeemaschine den Geist aufgegeben hat, und mir eine Lauchstange als Ersatz anbietet, dann mutiere ich zur Kampfbestie.

Das erlösende Gurgeln ertönt sowie die unvermeidbare Stimme neben mir: »9C?«

»9C«, wiederhole ich in meinem düstersten Hiobstonfall.

»Emily?«

Ich nicke. »Emily. Und der Vokalkurs. Und der Regen da draußen.« Und männliche Hinterteile am Fenster. Und mein Panda in der Werkstatt.

Augenblicklich beginnt ein Lied in meinem Kopf abzuspielen: *Seid fröhlich, i-h-ihr Christen, hört auf, immerfort zu klagen …*

Zugegeben. Ich klage eine ganze Menge in der letzten Zeit. Damit gebe ich bestimmt nicht das allerbeste Bild von einer Christin ab.

Auch Stefan gibt ein missbilligendes Zungenschnalzen von sich und schüttelt grinsend den Kopf. »Du wirst dich doch wohl nicht über das Wetter beschweren wollen.«

Mir ist völlig klar, was unser nicht gläubiger Relilehrer damit sagen will. Wie meine Mutter früher immer meinte: »Wer hat denn das Wetter gemacht, Lena?«

Aber damit kommt Stefan nicht so einfach davon. »Noch nie die Psalmen gelesen?«, frage ich brummig. »Da wird sich auch dauernd beschwert.« Mein einziger Trost an besonders schlimmen Tagen. Selbst David, der Mann nach Gottes Herzen, fühlte sich schon mal von Gott vergessen und verlassen und hat sogar mehrmals gefragt: *»Herr, wie lange noch?«* Wenn der das durfte, dann darf ich das auch.

Stefan setzt sich wieder an seinen Platz. »Ist das jetzt ein Wink mit dem Zaunpfahl in Richtung Bibel?«

»Nö. Aber wenn du es so verstehst, umso besser.« Mutige Worte, hier mitten im Lehrerzimmer. Aber in meinem Zustand gerade ist mir ziemlich egal, was meine Kollegen von mir denken könnten. Ich trinke einen Schluck von dem heißen, duftenden Kaffee und setze mich an den Nebentisch.

»Nein danke«, sagt Stefan und kramt in seiner Tasche herum.

»Was?«

»Na, wegen Bibellesen«, sagt er und betont das, als wäre es das Langweiligste auf der Welt, während er einen Stapel Hefte aus seiner Tasche holt und vor sich auf den Tisch legt. »Das musste ich schon im Studium. Bin froh, dass ich es hinter mir hab.«

»Warum?«, hake ich nach.

Er schlägt eins der Hefte auf und zuckt mit den Schultern. »Zu viele düstere Beschreibungen. Zu viel Intoleranz.«

»Komisch. Ich lese darin von Hoffnung … Güte … Liebe …«

Stefan schaut auf und gibt einen kurzen Lacher von sich. »Liebe, he?« Seine Augenbrauen gehen bedeutungsvoll in die Höhe.

So schnell lasse ich mich heute nicht aus dem Konzept bringen. Emily und Konsorten haben mich abgebrüht. »Für Liebe gibt es verschiedene Definitionen.«

»Ganz offensichtlich.«

»Aber nur eine davon trifft auf die wahre Liebe zu.«

»Ach ja? Und welche?« Jetzt verschränkt er die Arme vor sich auf dem Tisch und schaut mich offen an.

»Die Definition, die besagt, dass Liebe im Licht geschieht und nicht in der Dunkelheit.« Das war jetzt sogar noch mutiger. Ich weiß selber nicht, woher diese Worte kamen.

In Stefans Kopf scheinen sie allerdings nicht ganz so anzukommen, wie sie gemeint waren, denn auf seinem Gesicht erscheint ein unverschämtes Schmunzeln, das mir gar nicht gefällt. »Ähm. Reden wir hier über das Thema Tag oder Nacht?«

»Nein. Und dieses Gespräch ist hiermit offiziell beendet.«

Einige unserer Kollegen haben schon ein paarmal merkwürdig zu uns herübergeschaut.

Stefan lacht. »Feigling.«

»Worte-im-Mund-Verdreher.«

Er schüttelt grinsend den Kopf und ich wende mich der Vorbereitung meiner nächsten Englischarbeit zu.

Es ist nicht das erste Mal, dass ich wegen meiner moralischen Überzeugungen belächelt werde.

Als ich vor Jahren in die Oberstufe kam, hieß ich auf einmal nicht mehr Lena, sondern Helene. Irgendein Witzbold fing damit an und die anderen fanden anscheinend, dass dieser Name wie auf mich zugeschnitten war. Alle fingen an, mich so zu nennen, obwohl ich mich nicht erinnern kann, jemals um einen altmodischen Spitznamen gebeten zu haben oder wenigstens gefragt worden zu sein, und im Gegensatz zu neunundneunzig Prozent meiner ehemaligen Mitschüler wurde mein Erinnerungsvermögen in meinem ganzen Leben noch nie von irgendeiner zweifelhaften Substanz vernebelt. Aber vielleicht war ja genau das der Grund dafür, dass ich mit dem altmodischen Vornamen beehrt wurde. Das und mein fester Vorsatz, bis zur Ehe zu warten. Beziehungsweise eine Ehe überhaupt in Erwägung zu ziehen.

Irgendwann nahm sich einer meiner Mitschüler offenbar vor, sich über die gute »Helene« zu erbarmen, sie unter seine Fittiche zu nehmen und ihr beizubringen, wie Spaßhaben aussieht. Von diesem Klassenkameraden, dessen gute Absichten genauso zweifelhaft waren wie die oben erwähnten chemischen Substanzen, kam die einzige Einladung zu einem Date, die ich jemals bekommen habe. Und ich habe noch nie in meinem ganzen Leben eine Einladung zu einem »Musikkonzert« so gerne abgelehnt.

Erstens: Bezeichne Katzengejaul und heiseres Gekreische niemals – *niemals!* – als Musik.

Zweitens: Ich habe in meinem ganzen Leben nur ein einziges Mal das Bedürfnis nachvollziehen können, ein Headbanger zu sein. Und das war ziemlich genau eine Sekunde, nachdem mein Bruder auf meine Haare gezeigt und das Wort »Vogelspinne« ausgesprochen hatte. Sprach's, zückte sein Handy und begann zu filmen. Die Aufnahme ist zum Glück total verwackelt, weil er sich gleichzeitig weggeschmissen hat vor Lachen. Wer behauptet hat, nur Kleinkinder würden Filmszenen bis ins Detail nachspielen, hat meinen Bruder noch nicht kennengelernt. *Nix zu verlieren* ab zwölf Jahren freizugeben, war einer der größten Fehler Hollywoods. Zwanzig, ja, wenn sich all diese bösen Hormone wieder beruhigt haben, aber nicht zwölf.

Auf jeden Fall bestätigt das Gespräch mit Stefan gerade mal

wieder meine Überzeugung, dass aus uns beiden nie etwas werden wird.

Macht nichts. Gestern Abend habe ich im Internet eine Studie aus den USA entdeckt, bei der tatsächlich herausgekommen ist, dass – man höre und staune – Lehrer doch nicht immer nur unter sich heiraten. Es darf auch gerne mal ein Arzt, ein Architekt, ein Anwalt oder ein Richter sein.

Höre ich da jemanden das Wort »Elite« flüstern?

Genau.

Nur dumm, dass ich leider gerade keinen Richter oder Anwalt oder Architekten kenne, der verfügbar wäre und meinen Vorstellungen entspräche. Und da mein Lebensplan wohl auch keinen gut aussehenden jungen Kinderarzt enthält, der wie in *Wedding Planner* nach Pfefferminzkaugummi riecht und mich vor einem rollenden Müllcontainer retten muss, weil ich mit meinen nicht existierenden Gucci-Schuhen im Gullideckel hängen geblieben bin, sollte ich vielleicht mal ernsthaft in Erwägung ziehen, mich doch auf einer von diesen Partnervermittlungsseiten anzumelden. Vielleicht komme ich auf diese Weise zu meinem Anwalt oder Richter oder Architekten. Oder zu einem Unternehmer! Wäre das nicht romantisch, einen netten reichen Geschäftsinhaber kennenzulernen, mit dem ich per e-m@il über das Leben und Schmetterlinge in der U-Bahn philosophieren kann (also nicht in der U-Bahn philosophieren, sondern über die Schmetterlinge, die in die U-Bahn ein- und wieder aussteigen) und dem ich im wahren Leben bereits begegnet bin, es aber nicht weiß, mich in beide beziehungsweise ein und denselben Mann zu verlieben und am Ende in einem Blumenpark in seinen Armen zu schluchzen: »Ich hab mir gewünscht, dass du es bist! Ich hab mir *so* gewünscht, dass du es bist!«, während er mit der freien Hand die nasse Schnauze seines schwanzwedelnden zotteligen Hundes streichelt?

Oder auch nicht. Mich auf so einer Seite anmelden, meine ich.

Es mag wohl Leute geben, die auf diese Weise ihr Glück finden, aber ich habe irgendwie Hemmungen bei der Vorstellung, mich auf eine virtuelle Plattform zu begeben, wo ich niemanden kenne, mich Leuten vorstellen muss, die ich nicht kenne, und von Männern, die ich nicht kenne, betrachtet und beurteilt und eventuell angefragt werde, ob wir uns nicht mal irgendwo treffen wollen.

Örrrg.

Dann schon lieber auf eine christliche Freizeit mitfahren, wo ich keinen kenne.

Aber genauso gut könnte ich mir auch ein Schild umhängen, auf dem steht: *Verzweifelt auf der Suche.*

Und noch einmal: Es mag Leute geben, die auf diese Weise ihr Glück finden. Für mich persönlich wäre das nichts. Ich würde mich vollkommen fehl am Platz fühlen.

Vielleicht bin ich zu kompliziert. Oder verklemmt.

Oder einfach nur, wie gesagt, wunderbar normal.

Kapitel acht

Noch besser als ein Abendessen mit meinem Bruder, meiner Schwägerin und meinem Neffen ist ein Abendessen mit meinem Bruder, meiner Schwägerin, meinem Neffen und meiner kleinen Schwester.

»Na, Schwes'?«, sagt Kim gut gelaunt und legt mir den Arm um die Schulter, während wir zusammen auf dem Sofa sitzen und Mats anhimmeln, der soeben seinen Schnulli aus dem Mund geholt hat und damit nasse Streifen auf den Couchtisch malt.

Ich grinse. »Na?« Seit dem Tag, als ich damals von meinem USA-Aufenthalt wieder nach Hause kam und die Frechheit besaß, Kim mit »sis'« anzusprechen, nennt sie mich nur noch »Schwes'«.

»Wie viele Nachtschichten hast du eigentlich in der letzten Zeit geschoben?«, frage ich sie. Ich habe den Eindruck, als hätte ich meine Schwester seit Ewigkeiten nicht gesehen. Dabei leben wir in der gleichen Stadt.

Kim winkt ab. »Frag nicht. Zu viele.«

Ich nicke nur und schmunzle, weil: Kim liebt Nachtschichten. Irgendwann hat sie es sogar mal geschafft, mir nahezubringen, warum. Wenn es überhaupt möglich ist, mir eine berufliche Tätigkeit nahezubringen, die mit glibberigen schreienden Wesen zu tun hat und mitten in der Nacht ausgeübt wird. Ich weiß nicht mehr, welches Argument sie verwendet hat. Irgendwas mit: »Nachts ist alles stiller und intimer.«

Genau.

Je mehr ich über den Berufsalltag meiner kleinen Schwester erfahre, desto mehr komme ich zu der Überzeugung, dass Hebammen zu einer anderen Sorte Mensch gehören.

Nicht, dass ich als Lehrerin in dieser Hinsicht irgendetwas zu sagen hätte.

Meine Schüler lassen sich von mir und meinesgleichen allerdings leider wenig einschüchtern. Aber die lassen sich sowieso von nichts und niemandem einschüchtern. Noch nicht einmal von diesen riesigen, düsteren, fiesen Monstern, die sie sich tagtäglich auf Netflix reinziehen. Ich glaube, ihr Gehirn hat sich bereits an diese Viecher angepasst, sodass sie bei ihrem Anblick nichts mehr empfinden. Was ein dicker, fetter Punkt gegen die Glaubwürdigkeit der Evolutionstheorie wäre, wenn Evolution tatsächlich bedeutet, dass die Menschheit sich immer mehr zum Positiven entwickelt. Falls Anpassung an fiese Monster und Abstumpfung der Gefühle Fortentwicklung bedeutet, dann bin ich heilfroh, dass ich an einen Schöpfer glaube, der uns vor dem Untergang retten will.

Jan kommt ins Wohnzimmer, nimmt Mats den Schnuller aus der Hand und hält mir einen Zettel hin. »Hier. Das ist für dich«, sagt er und hebt seinen Sohn hoch, dessen Gesichtsfarbe binnen einer Sekunde von Zartrosa auf Knallrot gewechselt hat – und der Geräuschpegel von idyllischer Ruhe auf wütendes Kreischen.

»Danke.« Ich nehme den Zettel entgegen und lese ihn stirnrunzelnd. Eine Einladung zu einer Evangelisationsveranstaltung. »Äh … Bin ich da nicht irgendwie die Falsche?«, frage ich halb verwirrt, halb amüsiert.

»Nö, gar nicht«, gibt Jan unbekümmert zurück. »Wir gehen auch dahin.«

»Und was ist mit mir?«, protestiert Kim.

Ich grinse meinen Bruder an. »Hast dich wohl nicht getraut, eure Nachbarn einzuladen, was?«, necke ich ihn. Nicht, dass ich mich trauen würde, meine einzuladen.

»Doch. Der Heiko hat sogar gesagt, er wäre interessiert.«

Ich bin beeindruckt. Mein kleiner Bruder macht sich. Ich glaube nicht, dass ich den Mumm hätte, meinen Nachbarn dieses Blatt zu geben. Im Prinzip steht da nämlich so ziemlich alles drauf, was potenziell einen riesigen Graben zwischen mir und ihnen auftun könnte: *Der wahre Sinn im Leben. Samstag, 27. April, 16 Uhr 30. Freie evangelische Gemeinde. Eintritt frei.*

Vielleicht ist mein Bruder ja der Meinung, dass ich einen evangelistischen Abend nötig habe. Ganz von der Hand zu weisen ist es nicht, wenn ich mein aktuelles Gebetsleben und meine Bibellese betrachte. Siehe Jesaja Kapitel zweiundsechzig, das immer noch auf mich wartet.

Kurze Zeit später schaufeln wir alle Lauras geniales Brathähnchen in uns hinein, als Kim sich räuspert. »Ähm … Ich muss euch was sagen …«

Jan, Laura und ich hören augenblicklich auf zu essen und starren sie an. Meine Schwester ist kein Mensch, der es ankündigt, wenn er etwas zu sagen hat. Wenn sie etwas sagen will, dann sagt sie es, ohne großes Federlesen.

Ein verlegenes Lächeln hat sich auf Kims Gesicht gestohlen. »Also … Ich hab da jemanden kennengelernt …«

Es gab noch nicht viele Momente in meinem Leben, in denen mein Herz stehen geblieben ist. Ich meine, so richtig stehen geblieben. Für mehrere Sekunden.

Einer war vor Jahren, als mein Vater mit roten Augen in mein Zimmer kam und mit zitternder Stimme sagte: »Lena. Der Opa ist gestorben.«

Ein anderes Mal war, als Tim und Janina zum ersten Mal im selben Auto zur Gemeinde gefahren kamen und sich beim Aussteigen auf diese ganz besondere Weise anlächelten.

Und das letzte Mal war vor ein paar Monaten, als Mats sich an einem kleinen Plastikteil verschluckte, das er vom Boden aufgelesen hatte.

Jedes Mal hatte ich denselben Gedanken: *Nein. Nein. Bitte nicht!*

Und dies ist ein solcher Moment. Sobald ich die Worte »jemanden kennengelernt« aus Kims Mund höre, sträubt sich alles in mir.

Die Sache ist die: Ich gönne meiner Schwester von Herzen alles Glück der Welt. Besonders seit der Geschichte mit Lukas damals. Aber ich habe immer fest daran geglaubt, dass ich *vor* meinen jüngeren Geschwistern heiraten würde. Jan ist zwei Jahre jünger als ich und Kim fast fünf! Mein Leben begnügt sich also nicht damit, eine Abzweigung genommen zu haben. Es hat soeben eine Abzweigung von der Abzweigung genommen.

Jan grinst von einem Ohr zum anderen. »Hey, cool!«

Ich spüre Lauras Blick auf mir ruhen und schlucke. Mein Lächeln fühlt sich total gezwungen und falsch an, weil ich es nur in meinen Gesichtsmuskeln spüre, aber nicht in meinem Herzen. »Wie cool!«, kommt es auch mir über die Lippen und ich fühle mich wie die größte Heuchlerin der Welt. Und wie die schlimmste Schwester. Was sind all diese dunklen Dinge, die gerade in mir hochkommen?

»Wie heißt er denn?« Jan ist bereits über die Überraschung hinweggekommen und dazu übergegangen, die wichtigen Fragen zu stellen.

»Patrick.« Kim grinst. »Und er ist kleiner als ich.«

»Kleiner«, wiederhole ich nur.

Meine Schwester zuckt unbekümmert mit den Schultern. »Drei Zentimeter oder so. Na und?«

»Wo hast du ihn denn kennengelernt? Auf der Arbeit?«

Ich höre Lauras Frage und in der Denkblase, die im Comic jetzt über meinem Kopf aufblubbern würde, steht ein klein gewachsener junger Mann im weißen Kittel mit Nadel und Faden am Bettrand einer frischgebackenen Mutter und sagt lächelnd: »Sooo, jetzt müssen wir Sie nur noch ein bisschen zusammenflicken, aber davon spüren Sie kaum was.«

Jan scheint das gleiche Bild vor Augen zu haben, denn ich sehe die Gabel in seiner Hand auf halber Höhe zwischen Teller und Mund erstarren.

Kims Blick wandert zwischen Laura, Jan und mir hin und her und dann fängt sie an, schallend zu lachen. »Euer Gesichtsausdruck ist Gold wert!«, ruft sie, als sie sich wieder einigermaßen gefangen hat.

Laura schaut leicht verzweifelt drein. »Würdest du bitte meine Frage beantworten?«, sagt sie mit Nachdruck.

Mein Bruder nickt heftig. »Ja, weil, äh … Wir hätten gerne Klarheit. Und zwar so schnell wie möglich.«

Kim schüttelt langsam den Kopf. »Ihr habt sie nicht mehr alle.« Dann nimmt sie seelenruhig ihre Hähnchenkeule in die Hand und wir müssen mit ansehen, wie sie völlig gelassen den gesamten Knochen abknabbert.

Jan, Laura und ich schauen uns hilflos an. Sie hat allen Ernstes vor, uns zappeln zu lassen.

»Nena?« Mats, der neben mir auf seinem Hochstuhl sitzt, legt sein beschmiertes Patschhändchen auf meinen Arm.

»Ja, kleiner Mann?«

»Äddi«, sagt er und klingt dabei sehr überzeugt. Sein Blick ist richtig ernst.

Ich nicke. »M-hm.«

Er zeigt auf eine Stelle im Raum. »Äddi. Dim. Äddi. Da!«

»Ja klar.« Ich hab keine Ahnung, was er meint, aber ich drücke ihm trotzdem einen Schmatzer auf die Backe und wuschle ihm durch die weichen Haare.

»Er meint mich«, erklärt Kim stolz und grinst unseren Neffen an. »Ja, die Dim ist da, genau, Matse.«

Jan beginnt zu lachen und geht zu der Stelle, auf die Mats gezeigt hat. »Dim heißt Kim und Äddi heißt Handy.«

Kim fährt zusammen. »Nein! Ich warne dich!« Sie springt auf.

»Zu spät!« Triumphierend hält Jan das Handy unserer kleinen Schwester in die Höhe. »Ich bin dann mal kurz für kleine Jungs, ne?«

»Hey! Das ist fies!« Kim hängt sich an seinen Arm und versucht verzweifelt, das Handy zu erreichen.

»Nö«, ruft Jan, entwischt ihr und rennt auf den Flur. »Das ist männlicher Beschützerinstinkt. Ich hab doch keine Ahnung, was für einen Vogel du dir da an Land gezogen hast. Vielleicht wirst du mir eines Tages danken.« Jetzt kommt seine Stimme aus dem verschlossenen Badezimmer.

Man hört Kim mit der Faust an die Badezimmertür hämmern. »Wehe, du liest meine Nachrichten!«

Ich schüttle nur den Kopf. Ehrlich. Das hier ist meine Kindheit, meine Jugend und ganz offensichtlich auch meine Erwachsenenzeit, im Zeitraffer.

Mats schaut mich mit großen Augen an. »Nena?«

»Ja, Matse?«

»Dim. Äddi.«

Ich seufze. »Genau.«

»In Portugal hab ich ihn kennengelernt, meine Güte noch mal! Auf der Missionsfreizeit im Herbst!«

Laura grinst breit.

Und im Flur öffnet sich ein Türschloss. »Ja, sag das doch gleich.«

Kapitel neun

Wieder zu Hause, schenke ich mir ein Glas Milch ein, setze mich an den Küchentisch und zünde das Teelicht in dem Gläschen an, das Laura letztes Jahr vor der Adventszeit mit weißer Spitze beklebt und mir dann geschenkt hat. Weil sie weiß, dass ich Spitze liebe.

In Gedanken verloren schaue ich zu, wie das sanfte Licht leicht hin und her tanzt.

Egal, wie glücklich ich noch vor wenigen Tagen darüber war, dass ich als alleinstehender Mensch ganz normal bin – das eben hat mich irgendwie umgehauen.

Kim hat einen Freund. Diese Neuigkeit kam völlig unerwartet.

Obwohl … Sie ist fast fünfundzwanzig Jahre alt. In dem Alter hatte meine Mutter schon zwei Kinder.

Ob es wohl was Ernstes ist mit meiner kleinen Schwester und diesem Patrick? Wenn ja, dann werden wir wohl bald wieder eine Hochzeit in unserer Familie feiern. Ich sehe mich bereits unter den Gästen sitzen. Als fünf Jahre ältere Schwester der Braut. Ohne Begleitung. Da werden die Leute ja wieder was zu reden haben.

Und in ein paar Monaten werde ich am Klavier sitzen und den Hochzeitsmarsch für Tim und Janina spielen.

Sozusagen als VIP. Wie so oft werde ich die beste Sicht von allen Hochzeitsgästen haben.

Ich habe einen Stammplatz als Zuschauerin. Verdammt dazu, die anderen anzufeuern und zu unterstützen und sich mit ihnen zu freuen, wenn sie die Ziellinie überqueren, während ich noch nicht mal den Startpunkt erreicht habe.

Seufzend stehe ich auf, hole meine Handtasche aus dem Flur und krame den Briefumschlag heraus. Es spricht für sich, dass ich fast eine Woche gebraucht habe, um ihn überhaupt aus der Versenkung zu holen. Ein paar Augenblicke halte ich ihn zögernd in der Hand, dann öffne ich ihn und nehme die Karte heraus.

Wir sagen Ja!

Tim und Janina

Wortlos betrachte ich die geschmackvoll aufgemachte Einladungskarte in meiner Hand.

Vor ein paar Jahren hieß es noch *Tim und Lena*. Jedenfalls in meinem Kopf. In seinem offenbar nicht.

Das Kerzenlicht flackert über ein Foto, auf dem Janina und Tim händchen haltend nebeneinanderher laufen und sich anlächeln. Während ich die Karte in meiner Hand auf- und zuklappe, die Fotos anschaue und mir den Einladungstext immer wieder durchlese, kann ich der Wahrheit nicht länger aus dem Weg gehen. Dieser Zug ist abgefahren. Endgültig.

Hätte ja auch zu sehr nach Märchen geklungen.

Tims Mama und meine Mama sind beste Freundinnen. Im Fotoalbum meiner Mutter tauchen Tim und ich auf fast jeder zweiten Seite auf. Auf dem Geburtstag seiner Mama, auf dem Geburtstag meiner Mama. Im Sandkasten, im Planschbecken, beim Kuchenessen, auf der Schaukel. Es gibt sogar ein Foto, auf dem Klein-Lena praktisch auf Klein-Tims Schoß die Rutsche heruntersaust. Tim und ich waren in derselben Kindergartengruppe und in derselben Grundschulklasse. Als kleines Mädchen habe ich mir nichts weiter dabei gedacht. Er war halt dieser Junge in meinem Alter, aus meiner Gemeinde, ein Teil des Freundeskreises unserer Familie. Und dann kam die Phase, in der … iiiih! … Jungs doch sowieso alle blöd und eklig waren.

Kurz bevor wir an die weiterführende Schule kamen, zog Tims Familie in einen anderen Stadtteil und von da an begegneten wir uns nur noch im Kindergottesdienst und später in der Jungschar und in der Jugendgruppe.

Irgendwann während unserer gemeinsamen Jugendzeit beschloss Tim, dass diese ganze Sache mit der Gemeinde und mit Gott und dem Glauben nichts mehr für ihn war. Meine Eltern fingen an, für ihn zu beten, und ich war irgendwie sauer auf Tim, weil seine Mutter sonntags Tränen in den Augen hatte und er es noch nicht einmal mitbekam. Schließlich wurde mir klar, dass es wohl herzlich wenig brachte, sauer auf ihn zu sein, weil er das auch nicht mitbekam und es nichts änderte, und ich begann ebenfalls, für ihn zu beten.

Dann kam ich ein paar Monate später voll neuer Hoffnung an die Uni und hing eines Morgens wie gebannt an den perfekt geschminkten Lippen meiner Dozentin für Sozialwissenschaften, die verschwörerisch schmunzelnd ins Mikrofon rief: »Die Uni ist Deutschlands Heiratsmarkt Nummer eins!«

In diesem Moment spürte ich, dass ich genau an dem Platz war, wo ich hingehörte.

Drei Jahre später machte ich meinen Bachelor und ich hatte keinen einzigen Mitstudenten kennengelernt, der auch nur annähernd meinen Vorstellungen entsprach.

Mein Jahr als Englischassistentin in den USA war in dieser Hinsicht genauso fruchtlos. Was vielleicht auch daran lag, dass ich nicht unbedingt geplant hatte, meine Kinder achttausend Kilometer von ihren Großeltern entfernt großzuziehen.

Als ich aus Amerika zurückkam, hatten Jan und Laura schon ihren ersten Jahrestag und Paul verliebte sich in Tina. Feli lernte Marco kennen und Phillip machte Caro einen Heiratsantrag.

Und ich? Ich betete weiter für Tim.

Der Tag, an dem ich mein Diplom in der Hand hielt, war gleichzeitig einer der besten und einer der ernüchterndsten Tage meines Lebens. Ich hatte meinen Studienabschluss in der Tasche … aber keinen Verlobungsring am Finger. Und auch niemanden, der in naher Zukunft mit mir nach Ringen schauen wollte.

Zu diesem Zeitpunkt waren alle meine Freundinnen bereits verlobt oder auf dem besten Weg dahin und eine hatte bereits geheiratet.

Als Tim eines Sonntagmorgens durch die Tür des Gemeindesaals geschlendert kam, mit einem Strahlen in den Augen, das man bis in die letzte Reihe sehen konnte, war ich wie vom Donner gerührt.

Es war ein dicker Wink mit dem Zaunpfahl für mich. Der Mann, mit dem ich quasi meine gesamte Kindheit geteilt hatte und für den ich monatelang gebetet hatte, war zu Gott zurückgekehrt.

Das konnte nur eins bedeuten.

Tim selbst kam dummerweise nicht auf den gleichen Gedanken wie ich. *Er* kam auf den Gedanken, dass es doch bestimmt eine gute Idee sei, sich für seine Kommilitonin aus Mecklenburg-Vorpommern zu interessieren, die ziemlich genauso aussah wie die blonde, natürlichere Version von Miss USA 2011 und die – nein, was für ein Zufall – eine Gemeinde suchte.

Verliebt, verlobt, verheiratet. So einfach geht das.

Für alle anderen.

Es war, als wäre mir mein eigener Lebensplan aus der Hand gerissen worden, um sich im Leben all der Frauen um mich herum zu erfüllen.

Und hier sitze ich. Fast dreißig und alleine. Und stehe vor dem gleichen Rätsel wie König Salomo – *»Begreife ich nicht: den Weg des Mannes zu einer Jungfrau«*.

Im Prinzip stelle ich mir die gleichen Fragen wie meine Schülerinnen aus der 5B.

Wie kriegt man es hin, dass ein Junge sich in einen verliebt?

Wie kriegt man es hin, dass der Richtige sich in einen verliebt?

Wie kriegt man es hin, dass der Richtige einem überhaupt erst mal über den Weg läuft?

Ich fühle mich erbärmlich.

In meiner Kehle hat sich ein dicker Kloß gebildet.

Ich weiß, dass es falsch ist, so zu denken, aber manchmal kann ich einfach nicht anders. Manchmal fühle ich mich richtig … veräppelt. Betrogen.

Irgendwie hat Gott mich ausgelassen.

Und es tut richtig, richtig weh.

Ich stehe auf, gehe durch den dämmrig beleuchteten Flur meiner Wohnung ins Badezimmer und hole Zahnbürste und Zahnpasta aus dem Spiegelschrank. Als ich die Tür zuklappe, blickt mich mein fast dreißig Jahre altes Gesicht an und schneidet mir eine Grimasse.

Nächsten Monat »feiere« ich meinen dritten runden Geburtstag.

Vielleicht sollte ich so langsam mal damit anfangen, Luftballons und bunte Luftschlangen zu kaufen.

Und diese lauten Papiertröten.

Tröt, tröt.

Ich spüle meinen Mund mit kaltem Leitungswasser aus, wasche und trockne mir das Gesicht ab und schalte das Licht über dem Spiegelschrank wieder aus.

Im Wohnzimmer krabble ich auf das Sofa unter die kühle Bettdecke und warte fröstelnd, bis meine Körperwärme sich auf den Stoff überträgt. Schon komisch, dass man jeden Abend von der Decke erwartet, dass sie einen sofort wärmt, und dann jedes Mal enttäuscht wird, weil man sie erst mal selber wärmen muss, bevor sie einen zurückwärmt.

Auf dem niedrigen Couchtisch liegt meine Bibel. Sie ist schon ganz schön abgegriffen, teilweise haben die Seiten Eselsohren, und wenn ich das Buch jetzt aufschlagen würde, dann sähe ich überall Markierungen in allen möglichen Neonfarben und an den Rändern minikleine, mit Bleistift gekritzelte Kommentare. Aber heute Abend hab ich nicht die Energie dazu, die Bibel aufzuschlagen. Ich kann mich noch nicht einmal zu Jesaja zweiundsechzig aufraffen. Irgendwie fühle ich mich … erschöpft.

Ich denke daran, wie glücklich meine kleine Schwester sein muss. Wie glücklich Janina sein muss. Wie sehr sie sich auf die Hochzeit freut. Und auf das Leben nach der Hochzeit.

Und dann denke ich daran, wie gerne ich auch mit jemandem nach einer gemeinsamen Wohnung suchen würde. Nach einer, in der die Heizung gescheit funktioniert.

Ich ignoriere meine Bibel, greife zu meinem Handy, schaue

meine E-Mails durch, surfe ein bisschen im *s.Oliver*-Shop herum und bin schließlich so müde, dass meine Augen von alleine zufallen.

Kapitel zehn

Am nächsten Morgen nach dem Gottesdienst kommt Janina auf mich zu. Mit dem gleichen strahlenden Lächeln wie am vergangenen Sonntag.

»Hi, Lena!«, sagt sie und umarmt mich.

»Hi.« Ich lächle sie an.

»Guck mal. Tim und ich haben unser Eingangsstück ausgewählt.« Janina hält mir ein paar Notenblätter hin und ich nehme sie entgegen.

»Cool.«

»Ja, das ist ein total geniales Stück! Ich hoffe, es ist nicht zu kompliziert zu spielen.«

Ich werfe einen flüchtigen Blick auf die Noten und winke ab. »Nee, das passt schon.« Da hab ich schon kompliziertere Klavierstücke gespielt.

»Hi, Mädels.« Tina und Caro gesellen sich zu uns. Tina schaut sich vorsichtig um und senkt die Stimme. »Alles klar für Freitagabend?«

Janina nickt.

Ich nicke ebenfalls. »Sie ist völlig ahnungslos.«

Seit ein paar Wochen planen meine Freundinnen und ich eine Überraschungsfeier für Lauras dreißigsten Geburtstag.

»Perfekt«, sagt Tina mit einem Augenzwinkern. Dann runzelt sie die Stirn. »Ruhe.«

»Hi!« Laura taucht ganz plötzlich neben uns auf.

Ich krame augenblicklich in meinem Gehirn nach einem guten Gesprächsthema. Vergeblich. »Hi! Na?«

»Na?«, gibt sie zurück.

Dann stehen wir alle da rum und es sieht ganz danach aus,

als erlebe unser Gemeindeflur den zweiten Colgate-Moment für diesen Monat.

Lauras Blick wandert von einer zur anderen. »Ist was?«, fragt sie mit einem etwas seltsamen Gesichtsausdruck.

»Neee?«, macht Caro und dann schweigen wir wieder alle.

Caros Tochter Nele kommt angerannt. »Mama?«

»Ja?« Caro nimmt ihre Tochter auf den Arm und säuselt: »Willst du der Mama was erzählen?«

Lauras rechte Augenbraue geht in die Höhe.

Ich blicke mich Hilfe suchend um und entdecke Kim im Gewühle. »Kim!« Ich winke ihr zu und glücklicherweise kommt sie sofort zu uns rüber. Mit Mats auf dem Arm.

»Na, Matse?«, sage ich und wuschle ihm durch die weichen Haare, die nach diesem genialen Babyshampoo riechen.

Er grinst mich an und legt sich einen seiner Speckärmchen quer über den Kopf. »Nena Haa'!«

»Ja, super! Genau, das sind deine Haare! Und wo sind deine Ohren?«

Ich spüre Lauras Blick auf mir. Sie weiß hundertpro, dass ich ihren Sohn benutze, um von unserem verdächtigen Schweigen abzulenken, aber sie sagt nichts.

Mein Neffe ist völlig ahnungslos. »Daaa, Ohr!«, sagt er strahlend.

»Super, Matse!« Kim gibt ihm ein Küsschen auf die Schmusebacke. »Und wo ist dein Kinn?«

»Daaa!«

»Und deine Backe?«

»Daaa, Kabbe!«

Kim bricht in helles Lachen aus und Mats gluckst begeistert mit.

Ich verspüre Dutzende kleiner Nadelstiche in meinem Brustkorb. Meine Schwester wird mal eine gute Mama. Vielleicht schon in wenigen Jahren.

Und dann wird sie mich dreimal im Monat anrufen und ich

werde so etwas sagen wie: »Ja, selbstverständlich passe ich auf deine drei Kleinkinder auf, damit du endlich noch mal einen ungestörten Abend mit deinem Mann verbringen kannst.«

Ich muss damit aufhören. Und zwar auf der Stelle. Das mit diesen miesen Gedanken ist nicht mehr normal.

Eine Viertelstunde später lasse ich mich auf dem Fahrersitz meines frisch reparierten Pandas nieder und lege Janinas Klavierstück auf den Beifahrersitz. Nachdenklich schaue ich die Blätter an.

Warum kann ich mich nicht einfach für die anderen freuen? Bin ich denn wirklich so egoistisch, dass ich mich über das Glück der Menschen ärgere, die ich eigentlich lieb habe?

Was um alles in der Welt stimmt nicht mit mir?

Kapitel elf

Schuhekaufen ist bei mir immer so eine Sache. Ich liebe es, wenn ich genau weiß, was ich mir vorstelle, und spätestens im zweiten Geschäft das perfekte Paar finde. Wenn dieses Paar dann auch noch in meiner Größe vorhanden ist, ich gut darin laufen kann und es nicht überteuert ist, dann ist alles paletti.

Aber. Ich liebe es nicht, wenn ich genau weiß, was ich mir vorstelle, aber erst mal *fünf* Läden abklappern muss, bis ich ein schönes Paar Schuhe finde, und wenn dieses Paar dann nur in 39 statt in 40 verfügbar ist und ich nur noch zwanzig Minuten Zeit habe, um ein anderes zu finden, weil mein Panda sonst die bezahlte Parkzeit überzieht und unsere Polizei dafür bekannt ist, dass sie quasi mit dem Abschleppdienst im Schlepptau spazieren fährt. Obwohl ich nicht glaube, dass man wegen Parkzeitüberschreitung abgeschleppt werden würde, aber man kann ja nie wissen. Sachen gibt's, die gibt's nicht. Wenn man so die Nachrichten hört, dann ist schon mehr als ein Polizist mit dem falschen Fuß aufgestanden.

»Kann ich Ihnen helfen?«, höre ich eine Frauenstimme schräg über mir und schaue auf. Eine Verkäuferin mit zu viel Make-up und zu viel Parfüm beobachtet aus der Vogelperspektive, wie ich auf dem Boden kauere und verzweifelt versuche, meine Füße in diese total süßen schwarzen Lackballerinas zu quetschen.

Es war Liebe auf den ersten Blick. Nur leider mal wieder Liebe, die wehtut.

»Äh … Haben Sie diese Schuhe auch in vierzig auf Lager?« Ich strecke der Frau den linken Schuh entgegen und sie nickt. »Ich schau mal nach.«

»Danke.«

»Da drüben haben wir übrigens auch Sitzgelegenheiten, zum Anprobieren.«

»Danke«, sage ich noch mal. Eben saßen da drei kleine Kinder und der älteste Junge versuchte alle zwei Minuten, seine kleineren Geschwister von der Bank zu schubsen, während die Mutter hektisch hin und her lief und einen Kinderschuhkarton nach dem anderen anschleppte. Vielleicht sind sie jetzt weg. Jedenfalls habe ich schon seit ein paar Minuten kein Geheule und Geschimpfe mehr gehört.

Ich gehe um die Ecke. Und runzle die Stirn. »Stefan?«

Mein Kollege sitzt auf der Bank, wo vorhin noch die Kinder saßen, und probiert ein Paar Schuhe an, das aussieht, als bräuchte er mal wieder was Neues zum Joggen. Er schaut auf und sieht genauso erstaunt aus wie ich. »Hi!« Seine Überraschung weicht einem breiten Grinsen. »Was machst *du* denn hier?«

Ich zucke die Achseln. »Das Gleiche wie du, denk ich mal. Brauchst du neue Laufschuhe?«

Er sieht mich an und hat dabei ein seltsames Lächeln auf dem Gesicht. So, als hätte er meine Frage nicht wirklich gehört. »Äh …« Er schaut hinunter auf die Turnschuhe, die er gerade anprobiert. »Jep. Aber die hier passen mir nicht.« Er wickelt die Schuhe wieder in das raschelnde Papier ein, packt sie sorgfältig in den Karton zurück und legt den Deckel darauf.

Stefan ist in jeder Hinsicht ordentlich. Eine angenehme Eigenschaft bei einem Mann.

Ich reibe mir die Stirn. Sonst geht's mir noch gut.

»Ähm, also … Ich warte dann mal auf die Verkäuferin.« Ich deute auf die Regalreihe, aus der ich gekommen bin.

»Kommst du öfters hierher?«

Ich bleibe stehen. Offenbar hat Stefan schon wieder nicht gehört, was ich gerade gesagt habe.

»Äh … nee, nicht so oft«, sage ich.

Er nickt. »Okay. Ich eigentlich auch nicht.«

»Ich geh eher zum *Feder.*«

»Ich zum *Intersport*. Aber da hatten sie diesmal keine vernünftigen Schuhe.«

»Ja, beim *Feder* auch nicht.«

Er nickt wieder und lächelt mich an. Länger als nötig. »Glück im Unglück, he?«

Und dann trägt er den Schuhkarton zu einem Regal hinüber, nimmt einen Stapel Kartons davon herunter, stellt ihn auf dem Boden ab, legt seinen Schuhkarton an die Stelle, wo die Schuhgröße hingehört, und setzt den Stapel wieder darauf.

Nicht, dass ich ihn irgendwie dabei beobachten würde oder so.

Stefan nimmt sich einen anderen Schuhkarton und kommt zurück. Dann sieht er mich da stehen. Und legt den Kopf schief.

Erwischt. Jetzt weiß er, dass ich zugeschaut hab.

Ich Trottel.

»Willst du mir beim Aussuchen helfen?«, fragt er schmunzelnd.

»Ähm. Nein?«, gebe ich zurück und verdrehe die Augen, während ich ganz deutlich spüre, wie mir die Wärme ins Gesicht steigt.

Mich muss eine unkurierbare, mutierte Variante der Krankheit namens Torschlusspanik befallen haben, wenn der Anblick eines gut aussehenden, durchtrainierten Kollegen, der die Kartons in einem Schuhgeschäft der Größe nach ordnet, in meinem Kopf ein regelrechtes Tohuwabohu anrichtet. Und das, obwohl ich doch längst beschlossen hatte, dass er nicht mein Typ ist.

»Hm.« Stefan umschlingt den Schuhkarton mit beiden Armen und stellt einen Fuß auf die Anprobebank. »Dann müssen wir wohl was anderes zum Aussuchen für dich finden. Lass mal sehen … Vielleicht … einen Kinofilm?«

Was? Völlig überrumpelt starre ich meinen Kollegen an, während er sich jetzt auf die Bank setzt und die Turnschuhe aus dem Schuhkarton holt.

Stefan lädt mich ins Kino ein?

Stefan lädt mich ins Kino ein!

Leichte Panik steigt in mir hoch.

Oh Gott. Was soll ich jetzt sagen? Ich kann doch nicht einfach mit ihm ins Kino gehen!

Vor allem nicht, wenn ich genau weiß, dass die Sache für ihn mehr bedeuten würde, als einfach nur einen netten Abend mit einer Kollegin zu verbringen, mit der er sich gut versteht.

Ich sehe mich bereits mit ihm dasitzen, mitten im verdunkelten Saal, Seite an Seite. Wir lachen bei den witzigen Stellen und mitten in einer romantischen Szene greift er auf einmal nach meiner Hand.

Mein Gedankenstrang kommt zu einem jähen Halt.

Nein. Das kann ich nie und nimmer zulassen. Das will ich auch gar nicht.

Aber wie um alles in der Welt soll ich ihm das beibringen?

»Ach, hier sind Sie!« Wie aus dem Nichts steht plötzlich die Schuhverkäuferin neben mir. Ihre atemlose Stimme reißt mich aus meinen verzweifelten Gedanken. »Tut mir leid, dass es so lange gedauert hat! Aber ich hab das Paar in vierzig gefunden. Hier.« Stolz überreicht sie mir den Schuhkarton.

Ich könnte die Frau umarmen, so erleichtert bin ich über die Unterbrechung. »Danke«, sage ich und fliehe aus Stefans Gegenwart, zurück in meine Regalreihe, von wo aus ich ihn nicht sehen kann und er mich nicht.

Ich lasse mich auf den Boden sinken.

Denk nach, Lena. Denk scharf nach.

Stefan hat mich ins Kino eingeladen. Eigentlich sollte mich das gar nicht so fürchterlich überraschen. Habe ich denn nicht schon seit Langem gemerkt, dass er Interesse an mehr als nur einer beruflichen Beziehung hat? Es war doch nur eine Frage der Zeit, bis er einen Vorstoß wagen würde.

Jetzt, wo ich den ersten Schock überwunden hab, steigt ein anderes Gefühl in mir hoch. Ein angenehmes. Da ist einer, der mich mag. Der es soeben offen zugegeben hat. Na ja, fast offen jedenfalls. Ich nehme nicht an, dass er regelmäßig weibliche Kollegen zum gemeinsamen Kinobesuch einlädt.

Und Gott hat es zugelassen. Nicht nur das. Jetzt mal ehrlich: Wie hoch standen die Chancen, dass wir uns außerhalb der Schule über den Weg laufen? In einem Geschäft, das wir beide so gut wie nie betreten, und dann auch noch zur gleichen Zeit? Könnte das nicht irgendetwas zu bedeuten haben?

»Ihr jungen Leute dürft nicht immer so wählerisch sein.«

Hatte Tante Ilse vielleicht doch recht?

Da drüben sitzt ein sympathischer, humorvoller junger Mann, der nicht nur Verständnis für meinen Beruf hat, sondern ihn sogar mit mir teilt, und der ganz offensichtlich Interesse an mir hat. Zielstrebiges Interesse. Was will ich denn noch mehr? Vielleicht war es damals ein Irrtum, *gut aussehend* und *ordentlich* von meiner Liste zu streichen. Vielleicht sollte ich stattdessen mein erstes Kriterium über Bord werfen. Das, was ganz oben auf der Liste steht.

Vielleicht ist diese Begegnung mit Stefan Gottes Art und Weise, mir beizubringen, dass meine sorgfältig erstellte Liste nichts weiter als die Frucht meiner eigenen Vorstellungen war und seine Gedanken höher sind als meine. Vielleicht soll ich mich nicht auf meinen Verstand verlassen …

Wie war das denn noch bei *Nur mit Dir*? Das Mädchen hatte ursprünglich auch keine Beziehung zu ihrem ungläubigen Mitschüler gewollt und am Ende ist er durch sie ein besserer Mensch geworden. Genauso wie in der Geschichte neulich, wo der Hollywoodstar sich in die Christin verliebt und durch sie zu Gott gefunden hat.

Es gibt doch so viele Romane, in denen sich eine Christin in einen Nichtchristen verliebt oder andersherum und der Nichtchrist jedes Mal schlussendlich zu Jesus findet.

Vielleicht ist das ja der Weg, den Gott für mich vorgesehen hat, und ich habe es bislang nicht kapiert, sodass er mich jetzt ganz deutlich darauf hinweist.

»Und? Passen sie?«

Ich schrecke auf. Die Verkäuferin steht wieder neben mir und schaut erwartungsvoll auf mich herab.

»Äh …« Hastig ziehe ich die Ballerinas an, die ich reglos in den Händen gehalten habe, stehe auf und laufe ein paarmal hin und her.

»Ja … Ja, ich glaub, die passen.« Wie zur Bestätigung schüttle ich meinen rechten Fuß. *Sehen Sie? Der Schuh bleibt dran.*

Peinlich.

Wenn die Frau gemerkt hat, dass ich mit den Gedanken ganz woanders war als bei den Ballerinas, lässt sie es sich nicht anmerken. »Soll ich sie schon mal an der Kasse für Sie zurücklegen?«

»Ja, bitte. Danke.« Ich ziehe die Ballerinas wieder aus und versuche, Vorfreude auf den bevorstehenden Kauf zu verspüren. Aber die bleibt aus. Das ist mir noch nie passiert. Sonst bin ich immer ganz aufgeregt vor Begeisterung, wenn aus Schuhliebe-auf-den-ersten-Blick Schuhliebe-zum-Behalten wird.

Die Verkäuferin nimmt den Karton von mir entgegen, geht zur Kasse, legt ihn auf die Ladentheke und geht dann zu Stefan hinüber. »Kann ich Ihnen helfen?«

Ich nehme seine Antwort kaum wahr. In meinem Kopf herrscht ein einziges Durcheinander. Soll ich absagen? Oder zusagen? Ich hab absolut keine Ahnung mehr, was richtig ist.

Mit einer Absage vergraule ich den einzigen Mann seit Jahren, der ernsthaftes Interesse an mir zeigt, und verbaue mir die vielleicht letzte Chance auf das, was ich mir schon seit Jahren wünsche.

Mit einer Zusage würde die Erfüllung meines Wunsches zum Greifen nahe rücken …

Und was, wenn nicht? Was, wenn ich jeden Sonntag alleine in die Gemeinde gehen muss? Den Kindern erklären, warum der Papa nie mitkommt? Nach dem Gottesdienst die Fragen nach meinem Mann beantworten und dauernd erklären, dass er dem Glauben leider immer noch skeptisch gegenübersteht?

Will ich das?

Werde ich das?

Ich kenne mich. Das würde mir einmal, höchstens zweimal

passieren und es könnten mich keine zehn Pferde mehr in die Gemeinde kriegen.

Und dann?

Bedächtig hänge ich mir die Handtasche um und gehe auf die Kasse zu.

Ich weiß, dass meine erste Reaktion auf Stefans Frage die richtige war. Ich weiß es mit absoluter Gewissheit.

Die Verkäuferin kommt hinter die Kasse gelaufen, ich bezahle, und als ich zu meinem Kollegen hinüberschaue, ist der gerade damit beschäftigt, einen neuen Schuhkarton aus einem Stapel zu fischen.

Ich überlege. Soll ich zu ihm hingehen und die Karten auf den Tisch legen? Oder soll ich den bequemeren Weg wählen und einfach abhauen?

Ich beschließe, fair zu Stefan zu sein und es hinter mich zu bringen.

Langsam gehe ich zu ihm hinüber. »Ähm … Stefan?«

»Ja?« Er balanciert den Stapel auf der rechten Hand und hält den Karton in der linken.

»Äh … sorry, aber … ich kann nicht.«

Ohne mich anzusehen, reicht er mir den Schuhkarton und schiebt den Stapel aufs Regal. Dann nimmt er mir den Karton wieder ab, wirft mir einen undefinierbaren Seitenblick zu und geht hinüber zur Bank. Ich dackele hinter ihm her wie ein Entenküken hinter seiner Mama.

Das hier ist doof.

Er setzt sich, schaut zu mir hoch und nickt einmal. »Okay.«

Jetzt fühle ich mich noch blöder. »Tut mir leid.«

Er zuckt die Achseln und macht den Schuhkarton auf. »Ist schon okay. Ich hatte im Prinzip sowieso nichts anderes erwartet.«

Das sitzt. Hilflos schaue ich zu, wie er die Turnschuhe anprobiert, und spüre förmlich, wie mein Selbstwertgefühl zusammenschrumpft. *Frrrrrr.* Ich muss hier weg, bevor es sich völlig in Luft auflöst.

»Okay, dann … bis morgen«, sage ich.

Er nickt wieder, schaut mich aber nicht an. »Okay. Bis morgen.«

Ich laufe auf den Ausgang zu.

»Ich hatte im Prinzip sowieso nichts anderes erwartet.«

Während ich über die Straße zu meinem Panda laufe, fühle ich mich wie ein kleines, naives Grundschulmädchen, das keine Ahnung hat von der großen, weiten Welt.

Helene ist zurück.

Ich setze mich in mein Auto und ärgere mich. Über Stefans Kommentar. Über mich selbst. Und ich ärgere mich über die Leute, die behaupten, ein Christ, der fest genug glaubt, hätte keine Probleme.

Während ich den Motor anmache, fällt mein Blick auf ein kleines weiß-rosafarbenes Kärtchen, das ich mir vor ein paar Jahren an die Windschutzscheibe geklebt habe.

Denn ich weiß wohl, was ich für Gedanken über euch habe, spricht der HERR: Gedanken des Friedens und nicht des Leides, dass ich euch gebe Zukunft und Hoffnung.

Die Jahreslosung von anno Tobak. Ich verkneife mir ein zynisches Lachen. Frieden, kein Leid, Zukunft und Hoffnung. Ich wette, an jenem ersten Januar bin ich besonders hoffnungsvoll ins neue Jahr gegangen. Und an Silvester genauso ernüchtert wieder heraus. War das nicht der einunddreißigste Dezember, an dem ich vorgegeben habe, mir am Gemeindebüfett irgendeine komische Magenverstimmung eingefangen zu haben, um mich in meine eigenen vier Wände verkriechen zu können? Oder vielleicht war das auch in dem Jahr, das unter dem Motto gestanden hatte: *Siehe, ich will ein Neues schaffen, jetzt wächst es auf, erkennt ihr's denn nicht?*

Öhm. Sorry, aber … Ich sehe nichts. Bis heute noch nicht.

Alles, was ich sehe, ist ein Kollege, der vielleicht meine allerletzte Chance auf ein Leben zu zweit gewesen ist. Und diese Chance war im Prinzip auch nur eine Pseudochance. Eine Versuchung, um zu sehen, was wirklich in meinem Herzen ist. Soll das jetzt immer so laufen? Ist das die hoffnungsvolle Zukunft ohne Leid, die ich angeblich zu erwarten habe?

Meine Hände umklammern das Lenkrad und meine Augen beginnen zu brennen.

Gott, was soll das alles? Warum tust du mir das an?

Alles, was ich jemals gewollt habe, ist, von einem Mann geliebt zu werden und mit ihm ein glückliches Leben zu führen. Ist das denn wirklich zu viel verlangt?

Kapitel zwölf

»Sagst du mir jetzt endlich, wo wir hinfahren?«

»Nein.«

Auf dem Beifahrersitz neben mir verschränkt Laura die Arme und bemüht sich höchstwahrscheinlich um ein finsteres Gesicht, was ich aber nur daran erkennen kann, wie sie die Lippen verzieht, weil ihre Augen verbunden sind. Ihre hellbraunen Locken quellen über der Augenbinde heraus und ihre runde Stupsnase guckt darunter hervor.

»Kann es sein, dass wir irgendwie im Kreis fahren?«

Ich grinse. »Nein.«

»Klar fahren wir im Kreis! Wir sind bei uns zu Hause rechts abgebogen, dann noch mal rechts, dann bist du rechts auf die Hauptstraße gebogen und dann wieder rechts gefahren!«

»Geduld aber habt ihr nötig«, zitiere ich Paulus.

Laura dreht ihr augenverbundenes Gesicht zu mir hin. »Hatte ich schon erwähnt, dass Jans Mitarbeiter Benjamin auch mal in Amerika war?«

»Hatte ich schon erwähnt, dass mich Jans Mitarbeiter nicht die Bohne interessiert?«

Lauras Mund unter der Augenbinde grinst breit. Dann sagt sie: »Lena?«

»Ja?«

»Ich bin froh, dass wir endlich noch mal was zu zweit unternehmen können.«

»Ich auch.«

»Die Augenbinde hier ist zwar irgendwie lächerlich, aber ich bin trotzdem froh.«

Ich lache.

»Dir ist schon klar, dass die Polizei dich anhalten könnte?«

»Hast du hier irgendwo ein Polizeiauto gesehen?«

»Ähm.« Sie deutet auf ihre Augenbinde.

»Okay. Stimmt.«

Kurze Zeit später parke ich vor dem Mehrfamilienhaus, in dem Janina wohnt. »Wir sind da.«

»Endlich.«

Vor dem Haus stehen schon die Autos unserer Freundinnen. »Lass die Augenbinde mal noch dran«, sage ich deshalb.

»Okay«, seufzt Laura.

Ich gehe um meinen Panda herum, mache die Beifahrertür auf und komme mir dabei vor wie ein Gentleman aus einem meiner Liebesschmöker.

Während wir durch den knirschenden Kies auf das Haus zugehen, stütze ich Laura. Janina steht schon auf der Türschwelle und strahlt ihr berühmtes Strahlen. Als wir näher kommen, legt sie den Zeigefinger auf den Mund und deutet nach oben.

Ich nicke grinsend. Das hier macht Spaß.

»Hey! Da ist doch *noch* jemand!«, ruft Laura und dreht ihren Kopf hin und her.

»Ach. Meinst du echt?«, frage ich. »Wer soll denn da sein?«

Janina zwinkert mir verschwörerisch zu und schließt die Haustür.

»Die Person, die uns gerade eingesperrt hat!«

»Hast du Klaustrophobie?«

»Nee.«

»Dann halt den Mund und geh die Treppe rauf.«

»Jetzt hörst du dich an wie dieser eine Bankräuber auf dieser einen Kassette.«

»Welche? *Die Abenteuerklasse – Der Banküberfall*?«

»Ja.«

»Laura?«

»Ja?«

»Wir kennen uns schon zu lange.«

Wir erreichen das erste Stockwerk. Die Tür steht offen und im Rahmen drängen sich Feli, Caro und Tina in schicken Klamotten und grinsen, was das Zeug hält.

»So, meine Liebe. Bereit für die Überraschung?«, frage ich.

»Mehr als bereit.«

»Na dann …« Ich ziehe ihr die Augenbinde vom Kopf. »Tadaaaaa!«

Der überraschte Schrei, den Laura im nächsten Moment loslässt, war die ganze Mühe bereits wert.

Alle fangen an zu lachen und durcheinanderzureden und Laura wird von einer Freundin nach der anderen umarmt. Unser »Happy birthday to you« schallt durch den ganzen Hausflur.

Laura lässt einen weiteren Quietscher los, und als das Lied vorbei ist, sagt sie sichtlich berührt: »Aber mein Geburtstag ist doch erst am Donnerstag!«

»Ja, aber wir konnten nicht nachfeiern, weil nächste Woche meine Mutter und meine Schwestern kommen, um die Hochzeitsdeko vorzubereiten«, erklärt Janina lachend und führt uns ins Esszimmer.

Ich spüre, wie meine Augen größer werden. Weiße und altrosafarbene Luftballons hängen unter der Zimmerdecke. Auf dem Tisch in der Mitte des Raumes liegt eine festliche weiße Tischdecke. Darauf stehen Stumpenkerzen – ebenfalls in Weiß und Altrosa – auf runden gläsernen Untersetzern und Kirschblütenzweige in hohen Glasvasen. Auf jedem Teller steht eine kunstvoll gefaltete Serviette.

»Wow«, macht Laura überwältigt. »Jetzt ist mir klar, warum ihr alle am Sonntag so geheimniskrämerisch wart.«

Mein Blick wandert von der wunderschönen Deko zu Janina, die mit glücklich strahlenden Augen am Durchgang zum Esszimmer stehen geblieben ist, und ich schlucke. Janina ist eine gute Freundin. Ich habe kein Recht, eifersüchtig auf sie zu sein. Absolut keins. Ich hoffe, mein Herz hat diese Botschaft klar und deutlich empfangen und für alle Zeit abgespeichert.

Kurze Zeit später sitzen wir alle um den Tisch herum und lassen uns die Salate schmecken, von denen jede von uns einen mitgebracht hat.

»Oh Mann, das hier ist echt so lieb von euch!« Laura hat sich immer noch nicht von ihrer Überraschungsfreude erholt. »Was habt ihr euch denn für eine Arbeit gemacht?«

»Jetzt mach uns nicht selbstloser, als wir sind«, entgegnet Tina grinsend. »Was meinst du, wie froh ich bin, mal von zu Hause wegzukommen?«

»Allerdings.« Caro schaufelt sich den Teller voll mit Eissalat und streut eine Handvoll undefinierbarer Körner darüber. »Endlich mal kein Geschrei, kein Gezeter, kein ›Mama, die Nele hat mir meine Duplomännchen geklaut!‹.«

Feli seufzt. »Ich will gar nicht wissen, in was für einer Stimmung der Marco gleich ist, wenn ich nachher zurückkomme.«

»Denk nicht dran. Genieß das hier mal für einen Abend«, sagt Tina. »Vielleicht merkt er dann, was du alles den lieben langen Tag für ihn tust. Und für eure Kids.«

Laura lacht. »Als ob unsere Männer jetzt gerade dabei wären, den Abwasch zu machen. Oder Wäsche aufzuhängen.«

»Oder Windeln zu wechseln.«

»Hm. Je nachdem wird ihnen nix anderes übrig bleiben«, sagt Caro grinsend. »Philipp hat wenigstens während seines Vaterschaftsurlaubs ordentlich mit angepackt, aber in letzter Zeit hat das leider wieder etwas nachgelassen …«

Feli bedient sich am Kartoffelsalat. »Neulich hat meine Nachbarin so eine Andeutung gemacht von wegen ich wär im Dauerurlaub. Ich würde ja nicht arbeiten.«

»Ja, das kenn ich. Meine Schwägerin kommt auch dauernd damit an. ›Du hast es so gut! Du hast so viel Zeit!‹« Caro äfft den Tonfall der mir unbekannten Frau nach.

Tina legt ihre Gabel nieder. »Zeit. Hm, lasst mich mal nachdenken. Windel wechseln, Tisch decken, mit den Kindern frühstücken, Milchfläschchen geben, Tisch abräumen, den Kindern die Zähne putzen, sie anziehen und kämmen, mich waschen und anziehen und kämmen – «

»Ja!«, wirft Caro dazwischen.

»… Leon zum Kindergarten bringen, Wäsche sortieren, Waschmaschine anstellen, sauberes Geschirr aus der Spülmaschine holen und wegräumen, trockene Wäsche abhängen und falten und wegräumen – «

»Ja-aaaa!«, ruft Laura.

»… Mittagessen vorbereiten, Tisch decken, Leon vom Kindergarten abholen, mit den Kindern essen, Tisch abräumen, dreckiges Geschirr in die Spülmaschine räumen, Max schlafen legen, Wäsche aus der Waschmaschine holen und aufhängen –«

»Ist gut, ist gut, ist gut!«, Feli hebt die Hand in die Höhe. »Du hast mich gerade an mindestens drei Sachen erinnert, die ich heute Abend noch erledigen muss.«

»Und das, meine liebe Janina, ist noch nicht einmal ein Viertel von dem, was dich in nächster Zukunft erwartet«, schließt Tina ihren monotonen Redeschwall und wirft unserer Gastgeberin einen Luftkuss zu.

Ich schaue Janina an. Die grinst nur unbekümmert.

»Hey, das ist nicht fair«, sagt Laura zu Tina. »Sie hatte die ganze Arbeit mit der Deko hier, obwohl sie sowieso schon alle Hände voll zu tun hat mit der Hochzeitsvorbereitung, und jetzt kommst du mit unserem grauen Alltag an!«

»Bedenke, dass ich noch nicht einmal von den schlaflosen Nächten und den Schwangerschaftsstreifen gesprochen habe.«

»Ein Thema, das du hiermit zur Genüge abgedeckt hast«, fällt ihr Caro ins Wort.

»Wir wollten das hier doch genießen, oder wie war das?«, versucht Feli den anderen ins Gedächtnis zu rufen.

»Glaub mir, Janina.« Tina ist völlig unbeeindruckt. »Helle Streifen, quer über den Bauch. Und das ist nicht das Einzige, was du jeden Tag im Spiegel bewundern darfst.« Sie deutet auf ihre Augen. »Dunkle Augenringe. Schlafmangel. Keine Lust mehr zum Shoppen. Keine *Zeit* mehr zum Shoppen. Kein *Geld* mehr zum Shoppen.«

»Wir hätten dich ausladen sollen«, sagt Caro.

»Du isst gerade meinen genialen Nudelsalat.«

»Und höre deinen wenig genialen Ausführungen zu. Willst du ihr die Vorfreude aufs Heiraten verderben?«, Caro wendet sich an Janina. »Hör nicht auf sie.«

»Ja, hör nicht auf sie«, stimmt Feli ihr zu.

Laura nickt. »Ignorier sie. Iss ihren genialen Nudelsalat und ignorier sie.«

Janina lacht ihr herzliches Lachen. Mir selbst ist nach etwas ganz anderem zumute als nach Lachen. Jetzt mal ehrlich. Haben meine Freundinnen den Verstand verloren? Das hier ist Jammern auf hohem Niveau! Lieber liefe ich für den Rest meines Lebens mit Ringen unter den Augen und Streifen auf dem Bauch herum, als weiterhin partnerlos und dafür ständig ausgeschlafen und stolz auf meinen Bauch zu sein. Den, nebenbei bemerkt, sowieso keiner zu Gesicht bekommt. Wie gesagt: Bauchfrei und ich werden nie eine Friedenspfeife miteinander rauchen.

Diese Frauen um mich herum *haben* wenigstens jemanden, mit dem sie sich über ihr Monatsbudget streiten können. Und der Grund, warum sie jede Nacht ein paarmal aufstehen müssen, sind süße kleine Wesen, die sie für nichts auf der Welt hergeben würden.

Von da an bekomme ich nicht mehr allzu viel von den Gesprächen mit. Und irgendetwas in mir weigert sich, bei den Anekdoten mitzulachen, die die anderen zum Besten geben.

Gegen halb zehn schwärmen meine verheirateten Freundinnen aus, über den Hof zu ihren komfortablen Familienvans, um zurück zu ihren freiheitsbedrohenden Ehemännern und Kindern zu fahren.

Laura und Janina stehen noch am Hauseingang. Das Licht von drinnen fällt auf den dunklen Hof. Während Laura sich noch einmal bei Janina für den schönen Abend bedankt, laufe ich zu meinem einsamen Panda hinüber.

Immerhin einer, der schon seit Jahren treu auf mich wartet. Und in der Werkstatt ist er ganz brav gewesen, hat mir der Automechaniker letzte Woche berichtet. Ich sollte meinem treuen Gefährt demnächst mal wieder einen Abstecher in die Waschstraße gönnen. So ein Programm mit Lotusblüteneffekt.

Ich schaue mich möglichst unauffällig um, und als ich sicher bin, dass keine meiner ach so unglücklichen Freundinnen mich sieht und mich für noch unglücklicher erklären kann, tätschle ich meinem Panda das Dach.

Eine Minute später winken Laura und ich Janina zum Abschied zu und fahren davon.

»Alles in Ordnung mit dir?«, fragt meine beste Freundin.

Ich seufze. Ehrlich gesagt hab ich absolut keine Lust, darüber zu reden. Neidisch zu sein, ist schon eklig genug. Es zugeben zu müssen, ist noch ekliger.

Laura ahnt wohl, dass ich nicht darüber reden will, denn sie hakt nicht weiter nach. Eine Weile fahren wir schweigend durch die dunklen Straßen. Dann sagt sie: »Danke für die Überraschung.« Aber es hört sich etwas gezwungen an.

»Gerne.«

Mann. Ich komme mir vor wie die allerletzte Egoistin, dass ich ihr wegen ein paar blöder Bemerkungen die Stimmung verderbe.

Nach einer Weile halte ich die Stille nicht mehr aus. »Tut mir leid, dass ich so … komisch war heute Abend.«

Sie winkt ab. »Jeder hat mal einen schlechten Tag.«

»Nein, das ist es noch nicht mal, ich … Ach, ich weiß auch nicht.«

Laura nickt, aber sie sagt nichts.

»Ich hab mich nur irgendwie über Tina geärgert.«

»Wegen dem, was sie gesagt hat?«

»Ja. Ich denke halt, ihr seid wirklich die Letzten, die sich zu beklagen haben.« Ich beiße mir auf die Unterlippe. »Tut mir leid. Das hört sich jetzt voll blöd an.«

»Nee. Ich versteh schon, was du meinst.« Laura bleibt einen

Moment lang still. Dann sagt sie: »Aber ich glaube, das Gras ist eben immer grüner auf der anderen Seite. Du beneidest uns um unsere Familien und wir beneiden euch Singles um eure Unabhängigkeit. Man kann immer einen Grund finden, warum die anderen es besser haben als man selbst.«

»Meinst du wirklich?«

»Klar. Wir Menschen sind halt so. Wir sind nie zufrieden mit dem, was wir haben. Guck dir die Eva an. Den ganzen Garten voller leckerer Früchte und dann war sie auf einmal fest davon überzeugt, diese eine fehlt ihr noch zum Glück.«

Ich werfe meiner Freundin einen Seitenblick zu. »Du willst mir also sagen, ich soll mich nicht nach der verbotenen Frucht der Ehe ausstrecken?«

»Leenaaa.«

Ich grinse nur.

»Und? Was fehlt dir im Moment so alles?«, frage ich Laura, als wir vor ihrem Haus anhalten.

»Ein Videoabend mit meiner besten Freundin. Ohne Mann und Kind. Oder ein Bastelabend.«

»Nächsten Freitagabend um halb acht bei mir.«

Sie umarmt mich. »Du bist die Beste.«

Kapitel dreizehn

»Jan, wo ist die Wickeltasche?«

Es ist Samstagnachmittag und wir befinden uns auf dem Weg zu der Evangelisation. Mein Bruder sitzt am Steuer, Laura eingequetscht zwischen Mats und mir auf der Rückbank.

»Im Kofferraum«, sagt Jan. »Wo sonst.«

Laura dreht sich zum bestimmt vierten Mal um und schaut nach hinten. »Nee, da ist sie nicht.«

»Klar ist die da drin. Ich hab sie doch da reingetan.«

»Da rei? Da rei?«

Ich grinse meinen Neffen an und er grinst vergnügt zurück.

»Bevor ich Mats gewickelt hab oder danach?«

Jan wirft einen Blick in den Rückspiegel. »Wie – hast du ihn noch mal gewickelt, bevor wir losgefahren sind?«

Laura und ich schauen uns an. »Jaaa-a«, sagen wir wie aus einem Munde, denn: Wenn sie ihn nicht gewickelt hätte, hätte Jan es sehr bald gemerkt.

»Jaaaaaa? Jaaaaaa?«, äfft Mats uns nach und lacht.

»Okay …«, sagt Jan.

»Und … wo ist die Tasche jetzt?«, fragt Laura.

Mein Bruder zuckt die Achseln. »Keine Ahnung. Hast du sie nicht wieder reingeworfen?«

»Nee.« Laura ringt sichtlich um Geduld. »Ich hab sie nebens Auto gestellt, weil du meintest, du müsstest erst noch den Kinderwagen da reintun.«

»Okay.«

»Jan!«

»Was denn?«

»Wenn die Tasche nicht im Auto ist, dann – «

»… dann gibt es da bestimmt noch zig andere Mütter mit kleinen Kindern und von denen wird bestimmt eine ihre Wickeltasche dabeihaben. Wenn wir jetzt nach Hause fahren, kommen wir zu spät.«

»Ja, meinst du, ich frag einfach irgendeine wildfremde Frau, ob ich eine Windel haben kann?«

»Warum denn nicht?«

Laura grummelt irgendetwas vor sich hin, wovon ich nur das Wort »Ehe« verstehe, und auf einmal macht etwas in meinem Kopf klick.

Ehe?

Ups.

Das hier ist Ehe.

Romantik?

Äh. Wohl eher nicht.

Chaos vielleicht. Aber nicht Romantik. Keine Chemie. Keine Funken. Wenn man einmal die unbeachtet lässt, die gerade aus den Augen meiner Schwägerin sprühen.

Diskussionen über zu Hause gebliebene Windeln und Wickeltaschen. Genervt sein von der Schludrigkeit des anderen. Stinknormaler Alltag zu zweit. Das scheint Ehe die meiste Zeit über zu sein. Nicht mehr und nicht weniger.

Laura betrachtet mich besorgt. »Was ist? Fährt er dir zu schnell?«

»Was? Nein! … Nee, keine Angst. Ich hab nur gerade … Ach, nix.«

»Sie ist jahrelang mit mir Auto gefahren, Laura. Warum sollte es ihr auf einmal zu rasant zugehen?«

Laura schüttelt nur den Kopf und ich schüttle meinen, aber nicht aus dem gleichen Grund. Irgendetwas stimmt an meiner bisherigen Definition von Ehe nicht. War Ehe nicht bislang immer diese große, wahnsinnig tolle Sache, die lauter wunderbare Gefühle in einem auslöst und einen glücklich bis ans Lebensende macht?

Hm. Anscheinend nicht.

Ich kann zwar nicht für Laura sprechen, aber ich glaube nicht, dass diese Autofahrt bisher lauter wunderbare Gefühle in ihr ausgelöst hat. Und nach dem, was sie mir gestern Abend gesagt hat, kommt es durchaus häufiger vor, dass ihre Ehe keine wahnsinnig tolle Sache zu sein scheint. Und meine anderen verheirateten Freundinnen haben auch nicht gerade so geredet, als wäre die Tatsache, verheiratet zu sein, im Begriff, sie bis ans Lebensende rundum glücklich zu machen.

Ich denke mal, sie sind im Grunde genommen schon froh, aber … Vielleicht hat meine Fantasie bisher immer eine zu große Sache aus dem Ganzen gemacht.

War das Zusammenleben meiner Eltern in irgendeiner Weise spektakulär? Nicht, dass ich wüsste. Jedenfalls lief meine Mutter nicht den lieben langen Tag mit einem seligen Lächeln durch die Gegend und mein Vater hat seine Zeit nicht damit verbracht, ihr pausenlos seine unsterbliche Liebe zu bekunden …

Sie leben einfach zu zweit. Sie haben sich lieb, aber sie müssen auch gegenseitig ihre Macken und Eigenarten ertragen. So wie Laura und Jan. So wie meine Freundinnen und ihre Männer.

Scheinbar bleibt das Leben, was es ist. Ob zu zweit oder alleine. Und als Single erspare ich mir bestimmt so manches Haareraufen. Siehe Fehlkommunikation um eine Wickeltasche.

Vielleicht hatte Laura doch recht. Vielleicht ist mir das Gras auf der anderen Seite bisher wirklich immer grüner vorgekommen, als es wirklich ist.

Eine knappe Viertelstunde später sitzen wir in einem sonnendurchfluteten Gemeindesaal, den ich bisher immer nur von der Hauptstraße aus gesehen hatte. Aus dem Lautsprecher an der Wand schräg über mir tönt ruhige Instrumentalmusik und die meisten Leute unterhalten sich.

Ich beuge mich zu Jan hinüber und raune: »Kommt euer Nachbar eigentlich auch?«

Er zuckt mit den Schultern. »Ich weiß es nicht. Wir haben uns gestern vorm Haus gesehen, aber er hat nichts mehr zu der Einladung gesagt.«

Ich nicke. Das heißt wohl eher Nein. Verübeln kann ich es ihm nicht. Ich hätte auch Hemmungen, in einen Saal zu kommen, in dem ein Glaube gepredigt wird, mit dem ich bisher nichts anfangen konnte. Aber ich denke mal, Gott hat viele Wege, das Herz der Menschen anzurühren.

Ein Mann, den ich auf Mitte fünfzig schätze, kommt nach vorne und begrüßt alle, die gekommen sind. Er spricht ein kurzes Gebet und dann bittet er das Gesangsteam nach vorne. Ungefähr zwanzig Männer und Frauen steigen auf das Podium und schlagen blaue Liederbücher auf. Ein dunkelhaariger Mann setzt sich ans Klavier und stimmt ein Vorspiel an.

»Bänänä!«, sagt Mats laut und deutet mit seinen Speckärmchen auf den Mann am Klavier.

»Psssst, Matse.« Laura legt ihrem Sohn den Zeigefinger auf den Mund und schaut mich mit einer seltsamen Mischung aus Beschämung und entwaffnendem Grinsen an.

Ich runzle die Stirn. *Bänänä?*

Mein Blick fährt zu dem Mann am Klavier. Ist das etwa …?

»Sorry«, raunt Laura mir ins Ohr. »Ich wollte dich vorwarnen, aber Jan hat's mir verboten.«

Ich verkneife mir eine Antwort, beuge mich vor und werfe meinem Bruder einen finsteren Blick zu. Der grinst nur breit zurück.

Na super.

Und hiermit erübrigt sich also die Frage, warum mein fürsorglicher kleiner Bruder meinte, ich hätte eine Evangelisationsveranstaltung nötig. So was kann auch nur ihm einfallen. Und natürlich hat er alles darangesetzt, dass ich den wahren Grund für die Einladung nicht erfahre.

Laura zuckt entschuldigend mit den Schultern. Dann schaut sie nach vorne und ich versuche ebenfalls, mich auf das Chorlied zu konzentrieren. Aber stattdessen ertappe ich mich dabei, wie ich den Mann am Klavier, bei dem es sich also um Jans Mitarbeiter Benjamin handelt, heimlich mustere. Das ist also der Mann, von dem mein Bruder mir dauernd vorschwärmt.

Er scheint ungefähr in meinem Alter zu sein und trägt eher lässige Klamotten, ein kurzärmliges weißes Hemd, Jeans und blaue Sneakers. Und ich muss meinem Bruder zugutehalten, dass sein Arbeitskollege, wie er so da vorne sitzt, nicht den Eindruck macht, als würde er regelmäßig Thunfischbüchsen als Hockey-Pucks zweckentfremden.

Hatte Jan nicht auch erwähnt, sein Mitarbeiter ginge in eine Gemeinde? Offenbar in diese.

Ich zwinge meine Aufmerksamkeit erneut zurück zur Musik. Das Chorlied ist schön. Eins, das ich noch nie gehört habe. Und dieser Benjamin begleitet richtig gut. Er scheint eher ein Freund des Improvisierens zu sein, aber er spielt sehr dezent, in keiner Weise aufdringlich. Und irgendwie bin ich erleichtert festzustellen, dass er keinerlei Ähnlichkeit mit meinem ehemaligen Musikprofessor hat. Jedenfalls trägt er keinen schwarzen Frack und statt wilder Locken hat er diese Kurzhaarfrisur mit dem Seitenscheitel, die zurzeit jeder zweite junge Mann trägt.

Klavierkonzerte. Ich verkneife mir ein Augenrollen. Mein Bruder und seine präzisen Definitionen.

Als das Lied zu Ende ist, erzählen mehrere Chormitglieder, wie sie den wahren Sinn ihres Lebens gefunden haben. Aber so richtig gelingt es mir nicht, mich auf das, was sie sagen, zu konzentrieren. Ich bin viel zu sehr damit beschäftigt, so zu tun, als würde ich nicht heimlich Jans Mitarbeiter beobachten. Während der Zeugnisse der anderen hat er den Kopf gesenkt und schaut auf seine Hände, die in seinem Schoß liegen. Vielleicht ist er schüchtern. Vielleicht besieht er sich auch einfach nur seine Fingernägel und denkt sich, dass es langsam wieder mal Zeit wäre –

Laura versetzt mir einen Stoß in die Rippen.

Au! Ich werfe ihr einen bösen Blick zu und sehe, wie sie in die blonden Haare ihres Sohnes hineingrinst.

Ertappt. Ich spüre, wie meine Wangen heiß werden. Auch das noch.

Ich muss mich zusammenreißen. Wir wollen ja nicht riskieren, dass mein kleiner Bruder mein rotes Gesicht bemerkt und mitten in dieser Veranstaltung in eine seiner berühmten Tom-Hanks-Nachahmungen ausbricht. *»Seeeht euch nur mein Werk an! Öööch habe … Feuer gemacht!«* Mit achtzehn war das ja noch ganz amüsant. Mit achtundzwanzig und als gestandener Familienvater … peinlich.

Ob dieser Benjamin wohl genauso verrückt ist wie mein Bruder? Jetzt gerade sieht er nicht danach aus.

Nach einem weiteren Lied biegt Jans Kollege das Mikrofon, das auf dem Klavier steht, zu sich hin. »Hallo, ich bin Benjamin«, tönt eine ziemlich tiefe Männerstimme aus den Lautsprechern. »Ich möchte euch erzählen, wie Gott mir den wahren Sinn meines Lebens gezeigt hat.«

Meine Wangen werden noch heißer. Frag mich bloß keiner, warum.

»Bis vor ein paar Monaten war ich ein eingefleischter Fußballfan«, beginnt er zu erzählen. »Jeden Samstagabend saß ich vorm Fernseher und schaute mir die Bundesliga an. Wenn ich mal ein Spiel aus irgendeinem Grund nicht gucken konnte, war ich schlecht gelaunt. Und wenn meine Mannschaft verlor, dann war der ganze restliche Abend gelaufen. Vor der EM hatte ich sogar ernsthaft überlegt, mir ein Ticket zu kaufen, um die DFB-Jungs vor Ort im Stadion anzufeuern. Aber der Spaß wäre dann doch ein bisschen teuer geworden.« Er grinst schief und die Leute im Saal lachen leise.

Mats kichert laut und Laura legt ihm wieder eine Hand auf den Mund.

»Und dann wurden unsere Jungs von den Engländern aus

dem Achtelfinale gekickt. Ich weiß noch genau, wie ich vor dem Fernseher saß und völlig fassungslos war. Ich war richtig wütend. Auf die Engländer, auf die dummen Spieler, auf den dummen Trainer … Ich weiß noch, wie ich gedacht hab: ›Was fällt denen eigentlich ein, mich so zu enttäuschen! Den Kerlen müsste ich am Flughafen auflauern und ihnen mal richtig die Meinung geigen!‹ Ich lief in meiner Wohnung hin und her und war einfach nur … sauer. Und wie ich da so vor mich hin wütete, hab ich plötzlich gedacht: ›Wie armselig bist du eigentlich, Benni, dass du hier vor dem Fernseher sitzt und dich über Typen aufregst, die du überhaupt nicht kennst, und deine Laune von Ereignissen abhängig machst, die überhaupt nichts mit dir zu tun haben!‹ Auf einmal hab ich gemerkt, wie leer das alles war. Jeden Samstagabend vorm Fernseher hängen. Mir Gekicke angucken, das in meinem Alltag absolut keinen Unterschied macht. Außer, dass es meine Stimmung beeinflusst. Ich glaube, an dem Abend hat Gott mir einen Spiegel vorgehalten und gesagt: ›Guck mal, Benni. Das hier ist zurzeit dein Leben. Soll das wirklich so bleiben?‹«

Die Frage trifft mich bis ins Mark. Ich sitze da wie vom Donner gerührt.

Man setze meinen Namen da ein: *Guck mal, Lena. Das hier ist zurzeit dein Leben. Soll das wirklich so bleiben?*

Ja, das hier ist zurzeit mein Leben. Jeden Morgen fahre ich auf die Arbeit und rege mich über die kleinste Widrigkeit auf, die meine Schüler oder meine Kollegen mir bescheren. Jeden Sonntag gehe ich in den Gottesdienst und suhle mich im Selbstmitleid, weil andere es vermeintlich besser haben als ich. Jeden Herbst, Winter und Frühling ärgere ich mich über die kalte Heizung in meinem Schlafzimmer und über meinen Vermieter. Jedes Mal an Silvester laufe ich mit einem aufgesetzten Lächeln durch die Gegend, um meine innere Verzweiflung zu kaschieren. Und jedes Jahr kreist mein Leben um den gleichen Wunsch, um die gleiche Sehnsucht. Seit Jahren fühle ich mich immer wieder enttäuscht, frustriert, unzufrieden und irgendwie … leer. Soll das wirklich so bleiben?

Ich spüre, wie Laura mich leicht mit der Schulter anschubst, aber ich schüttle unmerklich den Kopf. Aus dem Augenwinkel sehe ich sie immer noch grinsen. Sie denkt garantiert, ich wäre völlig fasziniert von dem Mann. Aber ehrlich gesagt will ich jetzt einfach nur hören, wie seine Geschichte ausgeht.

»An dem Tag hab ich begriffen, dass ich völlig falsche Prioritäten gesetzt hatte. Gott hat mich nicht geschaffen, damit ich für den Fußball lebe. Er hat mich geschaffen, damit ich ihn mit meinem Leben ehre. Davon war ich meilenweit entfernt. Gott hat mir gezeigt, dass ich für *ihn* leben soll. Das ist das Ziel meines Daseins hier auf der Erde. Nur darin bekommt mein Leben seinen wahren Sinn. Wenn ich anderen Dingen nachjage und von ihnen erwarte, dass sie mich glücklich machen, dann werde ich auf jeden Fall enttäuscht. Und letzten Endes fühlt es sich an, als hätte mein Leben keinen Sinn.«

Gott … Das gilt mir, oder? Ich weiß ganz genau, dass du mich meinst.

Welchem Ziel bin ich bisher in meinem Leben nachgejagt? Die Antwort liegt auf der Hand.

Ist das Ziel, die Liebe meines Lebens zu finden, wirklich der Sinn, den Gott für mein Leben vorgesehen hat? Was ist, wenn ich irgendwann bekomme, was ich mir so sehnlich gewünscht habe – nur um schnell festzustellen, dass es absolut nicht das ist, was ich mir darunter vorgestellt hatte? Was, wenn ich eines Tages auch in einem Auto sitze und mich mit meinem Mann streite, weil er die Wickeltasche nicht ins Auto geladen hat? Was, wenn ich heirate und irgendwann völlig desillusioniert dasitze, weil die große Liebe mich enttäuscht hat? Weil sie mich *nicht* glücklich gemacht hat?

Kapitel vierzehn

Nachdem Jan und Laura mich wieder nach Hause gebracht haben, sitze ich auf meinem Sofa und habe die Bibel auf meinem Schoß liegen. Wie lange ist es jetzt her, dass ich sie das letzte Mal aufgeschlagen habe? Wohl schon eine ganze Weile.

Benjamins Worte laufen in Dauerschleife in meinem Kopf ab. »*Wenn ich anderen Dingen nachjage und von ihnen erwarte, dass sie mich glücklich machen, dann werde ich auf jeden Fall enttäuscht. Und letzten Endes fühlt es sich an, als hätte mein Leben keinen Sinn.*«

Mein Blick fällt auf das Bücherregal, in dem meine DVDs nebeneinander aufgereiht stehen. Alles Filme, die sich um die Liebe drehen. Romantikkomödien, Romantikdramen. Mit meinen Büchern sieht es nicht viel anders aus. Wenn es keine Schnulze ist, dann ist es ein Ratgeber zum Thema Partnersuche oder Partnerwahl. Ich besitze kein einziges Buch und keinen einzigen Film, in dem es nicht um die große Liebe geht.

Wann hat mein Leben angefangen, sich nur noch um diese eine Sache zu drehen? Ich weiß es nicht genau. Vielleicht hat es schon in meiner Kindheit angefangen. Mit den Liebesromanen, die ich aus dem Bücherregal meiner Mutter stibitzt habe. Oder mit den Filmen, die meine Freundinnen mit mir zusammen anschauen wollten. Irgendwie redeten alle um mich herum dauernd vom Verliebtsein und von Jungs, davon, wie toll sie diesen oder jenen fanden, und ich sah jedes Mal ihre strahlenden Augen und ihre roten Wangen, hörte ihrem aufgeregten Kichern zu und ließ mich davon anstecken. Bis ich schließlich der Überzeugung war, dass die Liebe und das schöne Gefühl des Verliebtseins *die* Sache war, die ein erfülltes Leben ausmacht.

Und dann, als die große Liebe nicht am Horizont auftauchte, kam ich zu dem Schluss, dass ich das Pferd wohl von der falschen Seite aufgezäumt haben musste.

Ich hörte diese inspirierende Predigt über Matthäus sechs Vers dreiunddreißig – *Trachtet zuerst nach dem Reich Gottes und nach seiner Gerechtigkeit, so wird euch das alles zufallen* – und kritzelte wie verrückt Notizen nieder, während der Prediger sagte: »Hör auf, dir Sorgen zu machen, dass Gott dich zu kurz kommen lassen könnte. Fang an, dich für das einzusetzen, was Gottes Reich dient, und Gott wird dir alles geben, was du brauchst.« Es klang total überzeugend und genial, wie nach einem tollen Deal. Tu dieses und jenes und du wirst diese und jene Belohnung erhalten. Es war *die* Gebrauchsanleitung, nach der ich gesucht hatte.

Also hörte ich auf, an das zu denken, was mir fehlte, und fing an, intensiv die Bibel zu lesen. Ich stellte extra meinen Wecker auf eine Stunde früher und opferte dafür meinen Schlaf. Ich begann, auch unter der Woche in Veranstaltungen meiner Gemeinde zu gehen, saß unter all den überwiegend alten Leuten und war davon überzeugt, dass Gott mich sah und meinen Einsatz belohnen würde. Ich trug mich auf der Liste des Gemeindeputzdienstes ein, meldete mich als Mitarbeiterin in der Jungschar und rief ein jährliches Kinderweihnachtsmusical ins Leben. Ich löste den alt gewordenen Bruder am Klavier zur Begleitung des Gemeindegesangs ab und übte jeden Tag zwanzig Lieder aus unserem Gesangbuch. Und das alles zusätzlich zu meiner Lernerei für die Abiprüfungen und später zusätzlich zu den Referaten, Hausarbeiten, Tests und Prüfungen an der Uni.

Bis irgendwann alle um mich herum anfingen, feste Freunde zu haben und sich zu verloben. Irgendwie stolperte eine Freundin nach der anderen über ihren Traummann.

Ich bekam Hochzeitseinladung Nummer eins, Nummer zwei, drei, vier und packte ein Geschenk nach dem anderen ein. Bei jeder Trauung saß ich auf meinem Platz, sah den Bräutigam da vorne stehen und mit strahlendem Gesicht auf seine Braut warten und kämpfte gegen den dicken Kloß in meiner Kehle an. Nach der Trauung setzte ich ein fröhliches, unbekümmertes Lächeln auf und wünschte der Braut alles Gute und Gottes Segen, während dieses böse, dunkle Etwas tief in mir drin flüsterte, dass ich das hier mindestens genauso verdient hätte wie sie.

Irgendwie beschlich mich immer mehr das Gefühl, dass Gott nicht fair zu mir war. Sah er denn nicht, wie ich mich für sein Reich abrackerte? Wie sehr ich mich bemühte, so zu leben, wie es ihm gefiel? Sah er nicht all die Opfer, die ich für ihn brachte? Was war mit all den Verheißungen, die sich vor ein paar Jahren noch so wunderbar angehört hatten? Mit »Mir wird nichts mangeln« und mit »Er wird's wohlmachen«? Wo blieb die Erfüllung seiner Versprechen? Und wie konnte es sein, dass er den anderen Mädchen, die sich längst nicht so intensiv in der Gemeinde einbrachten wie ich, das, wonach ich mich so sehr sehnte, einfach in den Schoß fallen ließ und mir vorenthielt?

Mir fehlte doch nur noch diese eine Sache zum Glücklichsein. Warum gab Gott sie mir nicht? Meine Schlussfolgerung war, dass es ihm ganz einfach nicht so wichtig war, ob ich glücklich bin.

Kein Wunder, dass ich schon seit Jahren mit dem unterschwelligen Gefühl herumlaufe, Gott hätte mich betrogen. Kein Wunder, dass ich schon vor langer Zeit die Lust verloren habe, sein Wort zu lesen.

Ich habe versucht, einen Deal mit Gott abzuschließen, und dabei völlig übersehen, dass er diesen Vertrag niemals unterzeichnet hat. Hat er mir jemals versprochen, dass ich eines Tages einen netten jungen Mann kennenlernen und heiraten und Kinder haben würde?

Nein. Ich habe mir bloß eingeredet, es wäre so. Ich habe mein Lebensglück von der Frage abhängig gemacht, ob ich einen Partner bekomme oder nicht, und fest geglaubt, ich hätte es verdient. Gott wäre verpflichtet, meinen Wunsch zu erfüllen. So, als hieße es: »Trachtet zuerst nach dem Reich Gottes und nach seiner

Gerechtigkeit, so werden euch Nahrung und Kleidung und ein Ehepartner zufallen.«

In wie viele biblische Verheißungen habe ich wohl einen Ehemann hineininterpretiert, der da überhaupt nichts verloren hatte?

Gott ... Ich hab mich so geirrt. Es tut mir so leid.

Gott hat mich nicht betrogen. Nicht ein einziges Mal in den vielen Jahren des Wartens und Hoffens.

Ich habe mich selbst betrogen. Indem ich einer Sache nachgejagt bin, die Gott niemals als meinen Lebenssinn vorgesehen hatte.

Die Erkenntnis ist hart. Seit so langer Zeit habe ich alles auf die falsche Sache ausgerichtet. Ich habe die ganzen letzten Jahre am wahren Sinn meines Lebens vorbeigelebt.

Wow.

Zitternd atme ich ein und starre mit brennenden Augen auf die Bibel in meinem Schoß. Meine Finger streichen über den Einband und dann schlage ich sie auf.

Bei Jesaja zweiundsechzig.

> *Und du sollst mit einem neuen Namen genannt werden, welchen des HERRN Mund nennen wird. Und du wirst sein eine schöne Krone in der Hand des HERRN und ein königlicher Reif in der Hand deines Gottes. Man soll dich nicht mehr nennen »Verlassene« und dein Land nicht mehr »Einsame«, sondern du sollst heißen »Meine Lust« und dein Land »Liebe Frau«; denn der HERR hat Lust an dir und dein Land hat einen lieben Mann. Denn wie ein junger Mann eine Jungfrau freit, so wird dich dein Erbauer freien, und wie sich ein Bräutigam freut über die Braut, so wird sich dein Gott über dich freuen.*

Die Tränen, die sich den ganzen Abend lang in meiner Kehle aufgestaut haben, laufen mir ungehindert übers Gesicht. All die Enttäuschung, all die erniedrigenden und demütigenden Gefühle der vergangenen Jahre, all meine Eifersucht und mein Neid auf die Leute, die mehr »Glück« hatten als ich, all der Frust über meine eigenen Misserfolge, all die Angst, mein ganzes Leben lang alleine zu bleiben.

Die ganze Zeit war Gott an meiner Seite und wartete auf mich. Wartete darauf, dass ich mich so sah, wie er mich sah. Wertvoll wie eine schöne Krone. Gesucht und geliebt wie eine Braut. Wenn es nach ihm ginge, dann müsste ich mir nie verlassen vorkommen. Dann müsste ich mich niemals einsam fühlen. Er ist bei mir. Und er freut sich an mir. Wie ein Bräutigam sich an seiner Braut freut.

Kapitel fünfzehn

Montagnachmittag nach Feierabend betrete ich einen Ort, den ich niemals alleine betreten wollte. Wer hätte gedacht, dass mir die Tatsache, nicht an der Seite eines Mannes hergekommen zu sein, nichts ausmachen würde?

Die Glocke über der Tür kündigt meine Ankunft an, ich gehe in den großen, mit Teppichboden ausgelegten Raum hinein und hinter dem Empfangstisch geht der Kopf einer jungen Frau in die Höhe. Sie trägt eine Hornbrille im Nerd-Stil, ihre Augen sind geschminkt und ihr roter Mund verformt sich zu einem professionellen Lächeln, als sie mich sieht. »Hallo, wie kann ich Ihnen helfen?«

Mein Lächeln fühlt sich alles andere als professionell an. Mein Herz klopft wie sonst was. »Hallo, ähm … Ich würde mir gern ansehen, welche Wohnungen im Moment hier in der Gegend zum Verkauf stehen …«

Mein Kopf ist mit Sicherheit knallrot und ich fasse es nicht, dass ich wirklich hier stehe. Alleine. Das ist ein großer Schritt.

Eine halbe Stunde später verlasse ich das Gebäude mit mehreren Wohnungsangeboten in der Hand. Ich atme tief durch. Das hier fühlt sich gut an. Richtig, richtig gut.

So gut, dass ich gleich hier und jetzt mein Handy aus der Jackentasche kramen und Laura eine Nachricht schreiben muss. Sonst platze ich vor Aufregung.

Vor mir rauschen die Autos vorbei, während ich tippe: *Rate mal, wo ich gerade war …*

Ich bin keine zwanzig Meter weit gelaufen, da bekomme ich eine Antwort von ihr: *Hm. Im Schuhgeschäft?*

Neeeein … beim Immobilienmaklerbüro.

Laura reagiert nur zehn Sekunden später. *Was??? Geht's dir gut???*

Ich grinse. *So gut wie schon lange nicht mehr*, schreibe ich zurück, stecke mein Handy wieder in die Jackentasche und laufe weiter, während die warme Frühlingssonne mein Gesicht wärmt.

Das mit der Wohnung war schon lange fällig. Viel zu lange.

Nur war ich irgendwie immer der Meinung, es würde erst Sinn machen, über einen Wohnungskauf nachzudenken, wenn ich mit meinem zukünftigen Mann zusammen suchen würde. Nach einer Wohnung für uns beide.

Seit ein paar Tagen wird mir immer mehr bewusst, wie verdreht diese Sichtweise eigentlich war.

Im Prinzip hab ich jahrelang im Wartezimmer gesessen und darauf gehofft, dass Gott irgendwann die Tür zum Sprechzimmer aufmacht und sagt: »Hier ist er, dein Traumprinz!« Ich habe geglaubt, erst dann finge das wahre Leben an. Erst dann könne ich meine Träume und Pläne verwirklichen. Den Umzug in eine schönere Wohnung, die mir gehört, zum Beispiel. Ich war überzeugt, dass ein erfülltes Leben unmöglich wäre, solange ich meinen zukünftigen Mann noch nicht kennengelernt habe.

Aber was ist, wenn diese Beziehung mein ganzes Leben lang auf sich warten lässt? Will ich dann bis zu meinem Lebensende in einer Wohnung bleiben, über die ich mich dauernd ärgern muss?

Ganz bestimmt nicht.

Ich lebe jetzt, im Hier und Heute. Gott hat mir mein Leben nicht geschenkt, damit ich es mit Warten verschwende. Und schon gar nicht mit Warten auf etwas, das vielleicht nie kommt.

Ab heute will ich leben. Das Beste aus meinem Leben machen.

Und eine neue Wohnung steht ziemlich weit oben auf meiner Wunschliste.

In meiner Jackentasche ertönt meine Handymelodie. Als ich sehe, wer anruft, muss ich lachen. »Ja?«

»Hi! Was ist los?«

»Ich suche eine Wohnung. Zum Kauf.«

»Geht's dir gut?«, fragt meine Freundin erneut.

»Warum sollte es mir nicht gut gehen?«

»Ja, weil … Ich weiß nicht. Du hast doch immer gesagt, du willst damit noch warten …«

»Wollte ich auch. Aber jetzt nicht mehr.«

»Okay …«

»Ich bin raus aus dem Wartezimmer, Laura.«

Eine Mutter mit drei Kindern, von denen das jüngste sich lauthals quengelnd im Kinderwagen hin und her windet, kommt mir entgegen.

Am liebsten würde ich ihr zurufen: »Ja! Auch Sie können rauskommen aus dem Wartezimmer!« Sicherlich wartet eine Mutter mit drei Kindern, von denen eins lauthals quengelt, auch schon mal darauf, dass sich ihre Situation ändert. Aber ich halte mich zurück, denn …

1. befinden wir uns hier mitten in der Fußgängerzone, umgeben von Dutzenden anderen Menschen, die sich alle angesprochen fühlen könnten,
2. hatte ich vor, mein Leben, so wie es gerade ist, zu genießen, und lege darum keinerlei Wert darauf, in dem Gebäude zu landen, in dem meine kleine Schwester arbeitet, weil jemand um die nächste Ecke gerannt ist und außerhalb meiner Hörweite den Krankenwagen gerufen hat, und
3. rede ich gerade mit meiner besten Freundin und jeder weiß, dass es unhöflich ist, mitten in einem Gespräch auf einmal eine andere Person anzusprechen.

Apropos beste Freundin … Die ist so merkwürdig still geworden am anderen Ende.

»Hallo? Noch da?«

»Wie genau … meinst du das gerade? Das mit dem Wartezimmer?«, fragt Laura vorsichtig.

»Ich warte nicht mehr, Laura.«

»Äh … Hat das irgendwas mit deinem Kollegen zu tun, ich meine … Lena. Mach bitte nichts Überstürztes! Irgendwann kommt bestimmt noch der Rich–«

»Laura!«, raune ich entrüstet ins Telefon. »Hast du sie noch alle? Das meinte ich doch überhaupt nicht!«

»Uff!«, seufzt sie, offenbar sehr erleichtert. »Okay. Wie denn?«

»Oh Mann.« Meine beste Freundin hält mich tatsächlich für fähig, in Torschlusspanik zu verfallen und Dummheiten zu machen! Ich hätte Laura niemals von der Sache mit Stefan erzählen sollen. Sie hat doch tatsächlich geglaubt, ich hätte vor, mit ihm zusammenzuziehen. Das darf der niemals erfahren.

»Lena!«

»Sorry. Ich meinte damit, dass … Also … Ich freunde mich gerade mit dem Gedanken an, mein Leben lang Single zu bleiben.« Das sage ich mit extrem gedämpfter Stimme, denn, wie gesagt, es laufen hier viele Leute um mich herum. Vielleicht zufällig die Mutter einer meiner Schülerinnen. Die von Emily zum Beispiel.

»Meinst du, dass Gott das von dir will?«

Ich zucke die Achseln, obwohl Laura das natürlich nicht sehen kann. »Ich weiß es nicht. Aber ich will offen für seinen Willen sein. Ich hab genug Zeit damit verschwendet, ihm meinen eigenen zu diktieren.«

Seit ich diese Entscheidung getroffen habe, ist mein Herz irgendwie … zur Ruhe gekommen. Und leicht. Total leicht. Ich kann dieses Gefühl gar nicht richtig beschreiben.

Dass sich in mir etwas verändert hat, ist mir erst so richtig bewusst geworden, als mir gestern nach dem Gottesdienst Tim über den Weg gelaufen ist. Ich bin völlig ruhig geblieben. Richtig gelassen und unbeschwert. Es war ein Durchbrucherlebnis.

Wieder ist Laura eine Weile still. Dann fragt sie: »Hat das was mit Samstagnachmittag zu tun? Du warst danach so still.«

Ich lächle. »Ja.«

»Okay … Ich freu mich für dich, Lena.« Und jetzt höre ich das Lächeln auch in ihrer Stimme.

Es gibt bestimmt nicht viele Menschen, die einer jungen Frau gratulieren würden, weil sie soeben beschlossen hat, sich auf ein Leben als alleinstehende Frau einzustellen. Aber es gibt auch bestimmt nicht viele Freundinnen, die so genial sind wie Laura.

Ich bin so reich beschenkt. Ich hab eine Familie, die mich lieb hat, die für mich betet und der mein Wohl am Herzen liegt. Und ich habe Gott, der mich mehr liebt, als irgendein Mensch es jemals könnte.

Was auch immer er für meine Zukunft bereithält – ich weiß, dass sein Plan seiner Liebe zu mir entspringt.

Wenn das nicht genug ist, dann weiß ich es auch nicht.

Kapitel sechzehn

Interessant, was man so alles zu brauchen scheint als Hauseigentümer oder Bauherr oder was weiß ich. Neugierig schaue ich mich im Materialhof des Baumarktes um und versuche, dabei nicht so auszusehen, als wäre ich zum ersten Mal hier.

Ich bin zum ersten Mal hier.

Die Regale sind riesig. Da hinten fährt ein piepsender, rumpelnder orangefarbener Gabelstapler hin und her und es riecht nach Holz und Staub. Von der roten Farbe meines Pandas ist nicht mehr allzu viel zu erkennen.

»Mein Kollege kommt gleich«, versichert mir die Frau hinter der Theke und redet weiter in das kleine Mikrofon vor ihrem Mund.

Ich nicke. »Danke.«

Ziemlich viele Kunden hier. So, wie es aussieht, wird das »gleich« wohl etwas länger dauern, als es klingt. Macht nix. Ich hab ja Zeit. Im Gegensatz zu meinem Bruder.

»Lena, kannst du bitte vorher noch zum Obi fahren und vier Säcke Zement mitbringen?«, hat er mich völlig verzweifelt vor einer halben Stunde am Telefon gefragt. Keine Ahnung, wofür er so viel Zement braucht. Vermutlich für einen seiner Aufträge.

Vor ein paar Jahren hat Jan sich selbständig gemacht. Im Prinzip baut und renoviert er Terrassen und manchmal Balkone. Neulich hat er mir ein paar Vorher-Nachher-Fotos von bereits erfüllten Aufträgen gezeigt. Und als große Schwester musste ich mich sehr zurückhalten, meine Begeisterung nicht allzu offen zu zeigen. Es ist mir sehr schwergefallen. Beziehungsweise nicht wirklich gelungen, seinem breiten, stolzen Grinsen nach zu urteilen.

Aber jetzt ist Wochenende. Wofür braucht Jan an einem Samstagabend vier Säcke Zement?

Ich habe gelernt, meinem Bruder nicht allzu viele Fragen zu stellen. Solche Gespräche gehen nie gut aus. Außerdem tut es gut, etwas für andere zu tun.

In dieser Woche habe ich meiner Oma einen Überraschungsbesuch abgestattet, nach einer Lösung für meinen Problemschüler Noah gesucht und einen Sprechtermin mit seiner Mutter vereinbart, das Eingangsstück für Janinas Hochzeit geübt und einen Bastelabend mit Laura gemacht. Es war die beste Woche seit Jahren.

Die Frau hinter der Theke winkt jemandem hinter mir zu und ein junger Mann in einem orange-weiß karierten kurzärmligen Hemd taucht neben mir auf. »Hallo.«

Ich nicke ihm zu. »Hallo.«

Er ist größer als ich, braun gebrannt und gut aussehend. Vor nicht allzu langer Zeit hätten diese Eigenschaften bei einem Mann schwache Knie bei mir verursacht. Jetzt bin ich selber überrascht, wie gelassen ich bleibe.

»Die Kundin hier braucht vier Säcke Zement«, erklärt ihm seine Kollegin.

»Alles klar.« Der junge Mann zwinkert mir zu und läuft los.

Ich muss mich anstrengen, um bei seinem Tempo mitzuhalten. Was das Augenzwinkern sollte, ist mir schleierhaft, aber ich denke nicht weiter darüber nach. Wahrscheinlich freut sich der Typ einfach nur über die Anwesenheit einer hübschen jungen Kundin.

»Wie schwer sollen die Säcke sein?«

»Fünfundzwanzig Kilo.«

»Und wer soll die in Ihr Auto laden?«

»Äh …« Er?

Außer, Obi will gleich einen Krankenwagen wegen eines Hexenschusses rufen. Falls man für so etwas einen Krankenwagen ruft.

»Beim nächsten Mal bringen Sie bitte jemanden mit, der Ihnen die Sachen ins Auto laden kann«, sagt der Mitarbeiter. »Wir dürfen das eigentlich nicht.«

Ich beiße mir auf die Unterlippe. Das habe ich nicht gewusst. Und mein mitdenkender Bruder wohl auch nicht.

Der Mann sieht mein Gesicht und lacht. »War nur 'n Witz.« Mit einem schelmischen Grinsen bückt er sich und beginnt, einen großen Sack aus dem Regal zu zerren.

Okay …

Ich öffne den Kofferraum und er lädt einen Sack nach dem anderen in meinen Panda.

»Sicher, dass der das mitmacht?«, fragt er, während er den letzten einlädt.

Ich zucke die Achseln. »Ich hoffe mal.«

»Na dann«, sagt er augenzwinkernd. »Viel Erfolg.«

»Danke.«

»Schönen Tag noch«, sagt er lächelnd und schlendert zurück zum Empfangsbereich.

Ich muss mir ernsthaft das Lachen verkneifen. Offensichtlich habe ich soeben eine weitere gute Tat vollbracht. Ich habe einem Menschen Grund zu guter Laune gegeben.

Kurze Zeit später fahre ich aus dem Materialhof raus und kann den Eindruck nicht abschütteln, als läge mein Panda im hinteren Bereich etwas schwer auf der Straße. Ist schon länger her, dass ich den Reifendruck überprüft habe. Hoffentlich werden die Hinterreifen nicht platt. Die Autowerkstatt würde sich bestimmt freuen, so rasch wieder Geld an mir zu verdienen. Aber man muss es ja nicht gleich übertreiben mit den Gefälligkeiten.

In Schrittgeschwindigkeit fahre ich über die Bodenschwellen auf dem Obi-Parkplatz. Bei jeder einzelnen habe ich den Eindruck, meine Vorderräder heben gleich ab. Ein Wheelie mit meinem Panda. Meine Schüler wären begeistert.

Nach einer abenteuerlichen Fahrt und unablässigem Gebet sitze ich eine Viertelstunde später bei Jan und Laura auf dem Wohnzimmerteppich und baue mit Mats einen Duploturm. Er ist der Einzige, der meine Ankunft gebührend gefeiert hat. Jan hat fast gar nicht wahrgenommen, dass ich gekommen bin, denn er ist damit beschäftigt, den Fernsehbildschirm richtig einzustellen, den er sich bei einem Freund geliehen hat, und Laura schmiert Brote in der Küche.

Fußballabend. Gibt es eine bessere Art und Weise, seinen Samstag ausklingen zu lassen, als mit Bruder, Schwägerin und Neffe vor einem überdimensionalen Bildschirm zu sitzen, auf dem erwachsene Männer mit bizarren Frisuren hinter einem Ball herrennen? Kommt drauf an, wen man fragt.

Ganz ehrlich – ich bin lediglich gekommen, weil Deutschlands Gegner heute England ist und um Laura moralische Unterstützung zu leisten. Jan und Fußball: Es war früher traurig. Es ist heute traurig. Ich lasse sie das nicht alleine durchstehen.

»Magst du rausgehen und spielen, Matse?«, frage ich meinen Neffen, der mit mir auf dem Teppich sitzt und den Traktor herumschiebt.

»Nix da, der bleibt hier.«

Ich schaue zu meinem Bruder hoch. »Wie war das noch mal? Bildschirm erst ab sieben Jahren?«

»Fußball ist eine Ausnahme. Da lernt er wenigstens was bei. Ne, Matse?«

Mats zeigt auf den Bildschirm. »Wubaaaaaaj!«, kommt es euphorisch hinter seinem Schnulli hervor.

Jan grinst. »Das ist mein Sohn.«

Ich nehme meinen Neffen in die Arme und rede mit beruhigender, sanfter Stimme auf ihn ein: »Ja. Genau. Fußball. Und heute lernst du, wie man das auf Englisch sagt.«

Der berühmte Stechmückenblick ist zurück. »Wie war das?«

Ich grinse meinen Bruder unschuldig an. Und mache meine Jeansjacke auf.

Er starrt auf das T-Shirt darunter. »Nein. Nein! Geh weg! Geh dich umziehen! Lass meinen Sohn los!«

»Was denn? Magst du auf einmal kein Weiß mehr?«

»Das«, er deutet mit dem Zeigefinger auf mein Trikot, »ist Weiß mit zwei verräterischen roten Streifen.«

Ich lache. »Du wolltest mich unbedingt dabeihaben. Hier bin ich.« Mein Outfit entspricht sogar dem neuesten Modetrend: Oversize-Shirt mit klarem Statement, Zipfel in die Jeans gestopft.

Die Klingel ertönt.

Super, also konnte Kim doch kommen!

Jan macht sich wieder am Bildschirm zu schaffen. »Zur Strafe musst du jetzt die Tür aufmachen.«

»Laura, da kommt unsere moralische Unterstützung!«, rufe ich und laufe zur Tür. Im Flur hänge ich im Vorbeigehen meine Jeansjacke an die Garderobe.

Strahlend öffne ich die Tür. »Hi, sis!«

Ich erstarre.

Keine Kim, sondern ein Mann mit dunkelbraunen Haaren, Dreitagebart und einer großen roten Tüte im Arm steht da und schaut mich verwirrt an.

Jans Arbeitskollege Benjamin.

»Äh … hallo«, sagt er.

»Hallo.« Ochs am Berge, eins, zwei, drei. Ich glaube, die zwei roten Streifen färben gerade auf mein Gesicht ab.

Wie zur Bestätigung bemerkt er das Trikot. Und runzelt die Stirn. »Ich glaub, ich hab mich im Stockwerk vertan.«

Ich schüttle den Kopf. »Äh, nein, ich bin Jans Schwester.«

Einen Augenblick lang steht er reglos da. Dann beginnt er zu schmunzeln. »Okay.« Er lacht leise und dann ruft er in den Flur hinein: »Jan? Warum hat deine Schwester ein England-Trikot an?«

»Weil sie nicht alle Tassen im Schrank hat!«

Prächtig.

Benjamin grinst mich an. »Jetzt weiß ich, dass ich hier richtig bin.« Er hält mir die Hand hin. »Benjamin.«

»Lena.« Ich schüttle seine Hand, lasse sie wieder los und halte ihm die Tür auf. Offenbar will er mit uns das Fußballspiel anschauen.

Das wird Jan mir büßen.

»Bänänäääää!« Der Jubelschrei kommt aus dem Wohnzimmer.

Ich höre Benjamin lachen. »Hey, kleiner Mann! Alles klar bei dir?«

Ich gehe den Stimmen nach und sehe einen begeistert lachenden Mats auf dem Arm eines grinsenden Benjamin. »Jetzt bin ich mir hundertprozentig sicher, dass ich hier richtig bin.« Er sieht mich in der Tür stehen, schaut meinen Bruder an und macht eine Kopfbewegung in meine Richtung. »Sicher, dass du sie mitgucken lassen willst?« Da er immer noch grinst, nehme ich einfach mal an, er meint es nur halb ernst.

»Solange sie bei jedem der fünf deutschen Tore mitjubelt ...«, sagt mein gnädiger jüngerer Bruder.

Benjamin nickt langsam und betrachtet mich aus dem Augenwinkel. »Ja ... und nicht in Tränen ausbricht bei jedem englischen Torschuss, der danebengeht.« Ein spitzbübischer Ausdruck tritt auf sein Gesicht. »Oder bei den zwei englischen Eigentoren.«

»Meinst du wirklich, wir hätten Eigentore nötig, um gegen die zu gewinnen?«, entgegnet Jan entrüstet und macht sich wieder an dem Fernsehbildschirm zu schaffen.

»Matse?«, säusle ich und strecke die Arme nach meinem Neffen aus. »Komm, die Lena nimmt dich weg von diesen bösen Männern. Und bringt dir bei, wie man Europameisterschaft und teures Flugticket auf Englisch sagt.«

Benjamins Mund geht auf. Aber es kommt nichts heraus.

Jan grinst. »Sie war bei der Evangelisation, Benni.«

Der Mund klappt wieder zu. Benjamin reicht mir Mats und nickt. »Verstehe. Ich muss also aufpassen, was ich hier von mir gebe, he?«

Ich setze mein unschuldigstes Lächeln auf und sage nichts.

»Hm«, macht er und verschränkt die Arme. »Okay ... Lena ... Damit ich weiß, auf was ich mich heute Abend so alles einstellen muss: Bist du die Schwester mit den schreienden Babys oder die mit den pubertierenden Kids?«

»Sie hat ein England-Trikot an, Benni. Meinst du allen Ernstes, unsere unschuldigen deutschen Babys würden ihren geschützten Platz im Mutterleib verlassen wollen, wenn da draußen eine Hebamme mit so was auf sie wartet?«

»Hm. Ich glaub eher nicht. Aber ich hab mal gehört, dass Neugeborene noch keine Farben unterscheiden können.«

»Aber sie würden das Kreuz sehen«, argumentiere ich.

Benjamin verzieht nachdenklich den Mund und nickt. »Hm. Stimmt. Die Deutschlandflagge hat kein Kreuz.«

»Schwarz für die Sünde, Rot für den Tod, Gold für das Himmelreich«, doziert mein Bruder. »Hast wohl nix gelernt im Kindergottesdienst, was?«

Benjamin grinst. »Ich war nie im Kindergottesdienst, Jan. Außerdem reden wir hier wie gesagt von Wesen, die noch keine Farben unterscheiden können. Du musst zugeben, dass das Kreuz in diesem Fall die bessere Wahl ist.«

Jan seufzt. »Ich geb's auf.«

Benjamin lacht. Und löst damit irgendetwas Verwirrendes und Angenehmes in mir aus, das ich sofort zum Schweigen bringen muss. »Bei der EM bin ich mit dem Trikot in die Schule gegangen«, sage ich deshalb.

Das Lachen verstummt. Zwei Augenpaare voller Fassungslosigkeit blicken mich an.

Dann schüttelt Benjamin langsam den Kopf. »Falsch. So was von falsch.«

»Für eine Englischstunde über Fußball.«

»Trotzdem falsch. Oh, *so* falsch.« Er schnalzt ein paarmal mit der Zunge.

»Es kam nicht wirklich gut an«, gebe ich zu.

Jan grunzt ironisch.

Benjamin runzelt die Stirn und nickt mit ernster Miene. »Mhm …«, macht er mit übertrieben beruhigender Stimme. Er setzt sich auf das Sofa, schlägt die Beine übereinander und deutet auf den Sessel gegenüber. »Möchten Sie darüber reden, Frau, äh …?«

Ich verdrehe die Augen. »Oh boy. Eure armen Kollegen.«

»Wir haben keine.« Das Grinsen ist zurück. Seine Augen bekommen dabei an den Seiten kleine Lachfältchen und es sieht unverschämt gut aus.

Und mich ruft die Küche. Lautstark. »Gut für sie.« Ohne einen weiteren Kommentar gehe ich los.

»Oh boiii. Oh boiii.« Mats hüpft fröhlich lachend vor mir her, während ich durch den Flur in Richtung Küche laufe. »Boiii! Boiii!«

»Mats! Bitte nicht!«

Ich höre Benjamin aus dem Wohnzimmer lachen. »Vielleicht wird er der nächste David Beckham, Jan. Gib's zu, wenn er der nächste David Beckham würde, hättest du nicht allzu viel dagegen.«

»Na?« Laura grinst mich an, als ich in die Küche komme.

»Na?«, sage ich, weil: Was soll man anderes sagen, wenn man urplötzlich dem Mann gegenübersteht, mit dem der eigene Bruder einen seit Monaten verkuppeln will, und wenn die eigene Schwägerin, und nebenbei bemerkt beste Freundin, es noch nicht einmal für nötig gehalten hat, einen vorzuwarnen, damit man wenigstens die Chance gehabt hätte, Kopfschmerzen oder Magen-Darm-Beschwerden oder meinetwegen auch PMS vorzutäuschen, um nicht hier erscheinen zu müssen?

Dummerweise kann ich mich im Augenblick nicht einmal entscheiden, ob ich ihr böse sein soll oder nicht.

»Boiii! Nena! Boiii!«

Ich schaue meinen Neffen an, lege den Zeigefinger auf meinen Mund und drücke die Küchentür zu. »Nicht so laut, Matse. Sonst steckt der Papa dich ins Bett.« Die ist zu.

»Nein! 'aia, nein!«

»Ja, das dachte ich mir.« Ich hebe ihn hoch und drücke ihm einen Schmatzer auf die Wange.

Laura lehnt mit verschränkten Armen an der Arbeitsplatte und hat mich seit meiner Ankunft in der Küche keine Sekunde aus den Augen gelassen.

»Und?«, fragt sie und hat diesen Blick drauf, den sie immer draufhat, wenn sie glaubt, genau zu wissen, was in mir vorgeht. Aber eine Verräterin, die vorgibt, die beste Freundin zu sein, hat kein Recht darauf, »Und?« zu sagen und einen wissenden Blick draufzuhaben.

Laura konnte mich schon immer lesen wie ein offenes Buch. Meistens ist es nett, weil man nicht immer alles laut aussprechen muss – vor allem, wenn man selber noch gar nicht weiß, wie man das, was man empfindet, in Worte fassen soll. Aber manchmal ist es auch weniger nett – gerade dann, wenn man noch gar nicht weiß, wie man das, was man empfindet, in Worte fassen soll. So wie jetzt gerade.

Ich verschränke ebenfalls die Arme und runzle die Stirn. »Hatte er nicht gesagt, er würde kein Fußball mehr gucken?«

Laura lacht leise. »Der Abend dürfte interessant werden.«

Ich werfe ihr einen vielsagenden Blick zu. Was sie nicht sagt … Das ist er bereits. Und dummerweise muss ich mir eingestehen, dass ich doch ein klitzekleines bisschen gespannt darauf bin, Jans Mitarbeiter näher kennenzulernen. Wer hätte das gedacht?

»Lass mich raten. Er hatte eine Flipstüte im Arm.«

»Waren das Flips? Keine Ahnung. Könnten auch Chips gewesen sein. Ich hab nicht so genau hingeguckt.« Letzteres sage ich mit mehr Betonung als nötig.

»Hundertpro Flips. Die bringt er jedes Mal mit.« Laura hat mir gerade einen Seitenblick zugeworfen, der eine Millisekunde länger gedauert haben könnte als ein normaler Seitenblick.

Ich versuche, möglichst unbeeindruckt auszusehen. Was nicht so einfach ist, denn: Laura und ich wissen beide haargenau, wie ich zu Flips stehe.

Die Teile haben Albträume von mir. Ich verschlinge sie. Sobald jemand sie vor mich hinstellt. Beim letzten Mal wurde ich von meiner Familie ins Nachbarzimmer verbannt, bis mein Anfall vorüber war.

Wenn gepuffte Erdnüsse Augen und Münder hätten, würden Flips-Eltern ihren Flips-Kindern und -Enkeln von Generation zu Generation in gedämpfter Stimme die Legende von der bösen gefräßigen Riesin erzählen, die jeden Augenblick den Kopf zur Tüte hereinstecken kann.

Kurz gesagt: Ich weiß nicht, ob es eine gute Sache ist, wenn ein potenziell netter Mann sich mit einer übergroßen Flipstüte in meine Nähe begibt. Sein erster Eindruck von mir könnte interessant ausfallen. Aber für den ersten Eindruck hat ja bereits mein heiß geliebtes Trikot gesorgt. Von daher kann es nicht mehr viel schlimmer werden.

»Es geht los!«, ruft Jan aus dem Wohnzimmer.

Laura schnappt sich das Tablett mit den Butterbroten und ich schnappe mir Mats.

Vorm Wohnzimmer angekommen, bleiben Laura und ich stehen und wechseln einen vielsagenden Blick. Jan und sein Freund thronen unbeweglich in der Mitte des Sofas und starren mit vorgebeugten Oberkörpern auf den Bildschirm.

Meine Freundin nimmt neben ihrem Mann am Rand des Sofas Platz und stellt das Tablett mit den Broten auf den Couchtisch.

Benjamin lächelt ihr zu. »Danke, Laura.«

Mir bleibt wohl nichts anderes übrig, als mich auf die andere Seite neben Jans Kollegen zu setzen. Ich achte darauf, genug Platz zwischen uns zu lassen.

Damit der Flipsduft nicht so in meine Nase weht, versteht sich.

»Schon öfter Fußball geguckt?«, fragt Benjamin mich, ohne direkt zu mir zu schauen.

»Eher gehört. Jedenfalls früher. Jeden Samstagnachmittag. Aus Jans Zimmer heraus.«

Er grinst. »Verstehe. Und … weißt du auch, was Abseits ist?«

Ich schiele zu der Tüte in seiner Hand. »Wenn du mir drei Flips abgibst, beweise ich es dir.«

Benjamin lacht. »Okay …« Er hält mir die Flipstüte hin. »Sorry, ich dachte, du hättest die gleichen Gene wie Jan. Sonst esse ich die Dinger immer alleine, wenn ich hier bin.«

»Heute nicht, Benni«, bemerkt Laura. »Glaub mir. Heute ist ein völlig anderer Tag.«

»Okay …«, sagt er wieder und betrachtet mich mit einer Mischung aus Misstrauen und Neugierde. Dann lugt er in die Tüte hinein. »Hey!«

Ich setze meine unschuldigste Miene auf und mache nur: »Hm?«, da man mit vollem Mund bekanntlich nicht spricht.

»Von wegen drei!« Er starrt mich ungläubig an.

Ich deute auf die drei Flips, die fein säuberlich auf dem Couchtisch liegen.

»Hmmmm-m. Klar.«

Ich kaue und schlucke. »Abseits«, sage ich, sobald mein Mund leer ist, und schiebe die drei Flips auf ihre Positionen. »Der Erste schießt den Ball zu seinem Mitspieler. Sein Mitspieler schießt aufs Tor, aber der Torwart erwischt den Ball und kickt ihn aus dem Spielfeld raus. Dann ist der Ball im Abseits.« Ich sammle die drei Flips ein und lasse sie in meinen Mund wandern.

Benjamins Augenlider klappen ein paarmal auf und zu und sein Gesicht ist völlig unbeweglich. Dann dreht er sich zu meinem Bruder um. »Jan?«

»Hm?«

»Wir hätten sie nicht mitgucken lassen sollen.«

»Ich weiß.«

»Nicht nur, dass sie keine Ahnung hat und die Farben des Feindes trägt. Sie isst dazu auch noch meine ganzen Flips auf.«

»Wir müssen aber trotzdem lieb zu ihr sein.«

»Warum?«

»Sie hat deinen Zement besorgt.«

Was? Ich starre meinen Bruder an und spüre gleichzeitig Benjamins verwunderten Blick auf mir. Der Zement war gar nicht für Jan? Er war für Benjamin?

»Hä? Warum bist du nicht selber gefahren?«, fragt Benjamin.

Tja. Das würde mich jetzt auch mal interessieren. Die einzige Erklärung, die mir dazu einfällt, ist eine neue Verkupplungsmasche. Von der Tatsache, dass Jans Schwester und Jans Mitarbeiter nebeneinander auf Jans Sofa sitzen, reden wir erst gar nicht.

Mein Bruder zuckt die Achseln und nickt zum Bildschirm hin. »Ich musste mich um das Ding da kümmern.«

»Du schickst deine Schwester in den Baumarkt und lässt sie Zement transportieren, nur weil dein Fernsehbildschirm nicht funktioniert?«

»Falsch«, widerspricht mein Bruder mit erhobenem Zeigefinger. »Ich habe organisiert. Damit wir das Fußballspiel von Anfang an gucken können und du ebenfalls noch heute Abend zu deinem Zement kommst.«

Benjamin wendet sich kopfschüttelnd an mich. »Ich muss mich entschuldigen. Ich habe in meiner Pflicht als Arbeitskollege und Freund kläglich versagt.«

»Glaub mir. An ihm hat bisher jeder versagt.«

»Gut zu wissen.«

»Du darfst es aber gerne weiter versuchen.«

»Ja, bitte«, meldet sich Laura vom rechten Sofaende.

»Danke, Schatz«, sagt mein Bruder trocken.

»Bitte. Willst du noch eins?« Sie hält Jan den Teller mit den Broten hin. Der nimmt sich eine Schnitte und drückt ihr einen Kuss auf die Lippen.

Ich schaue weg. Zu viel Ehebeziehung in der Öffentlichkeit.

»Danke«, sagt Benjamin neben mir.

»Wofür? Ach so!« Ich winke ab. »Kein Thema.«

»Ich wäre selber gefahren, wenn ich gekonnt hätte. Aber ich wollte meinen Vater nicht unnötig alleine lassen. Er sitzt seit letzter Woche im Rollstuhl. Jetzt ist mein Bruder bei ihm.«

»Hatte er einen Unfall?«

Er schüttelt den Kopf. »Schlaganfall.«

»Oh.«

Eine Weile sagt keiner von uns etwas. Nur die enthusiastische Stimme des Fußballkommentators plappert begeistert in die Stille hinein und ist absolut fehl am Platz.

Benjamin und sein Bruder kümmern sich um ihren Vater …

»Und … deine Mutter?«, frage ich vorsichtig.

»Meine Mutter ist vor zwei Jahren an Krebs gestorben.« Sein Blick weicht nicht vom Fernsehbildschirm.

Mir fehlen die Worte. Am liebsten würde ich irgendetwas Tröstendes sagen, aber alles, was mir einfällt, klingt einfach nur flach und unzureichend.

Wir vier sitzen da und starren auf den Bildschirm. Ich höre Benjamin neben mir einen Flips nach dem anderen zerkauen und ich bete einfach nur für ihn. Und für seinen Vater. Wie schrecklich muss das sein, den Menschen zu verlieren, mit dem man jahrzehntelang verheiratet war, und ohne ihn klarkommen zu müssen?

»Wofür brauchst du den Zement eigentlich noch heute Abend?«, fragt Laura in das Schweigen hinein.

Benjamin räuspert sich. »Ich hab meinem Vater versprochen, nachher bei ihm die eine Mauer am Haus auszubessern.«

»Aber nach dem Fußballspiel ist es doch schon dunkel.«

Benjamin zuckt mit den Schultern. »Er hat eine große Stehlampe.«

»Und eine Mischmaschine, hoffe ich?«, fragt Laura.

»Nee. Das bisschen Zement misch ich mit der Schaufel in der Schubkarre.«

»Das bisschen?«, wiederhole ich mit hochgezogenen Augenbrauen. »Viermal fünfundzwanzig Kilo?«

Er grinst schief. »Jaaaa. Das meiste davon ist für die Terrasse, die er hinterm Haus machen will.«

Wohl besser gesagt: die *Benjamin* für seinen Vater hinterm Haus machen will. Nach Feierabend, nehme ich an.

»Foooooooul!!!«, schreit Jan und springt vom Sofa auf.

Mats, dessen Schmusebacke sich an meiner Schulter zerdrückt, weil er innerhalb der ersten Minuten eingeschlafen ist, zuckt leicht zusammen und schmatzt ein paarmal im Schlaf.

Benjamin betrachtet ihn lächelnd, bevor er wieder zum Bildschirm schaut.

Ein deutscher Fußballspieler segelt in Zeitlupe zu Boden, während ein Engländer die Arme in die Höhe hebt und protestierend den Mund aufreißt.

»Das war eine Schwalbe, Jan«, sagt Benjamin.

»Was?«, frage ich. »Eine Schwalbe?«

»Ja.« Laura beugt sich vor und schaut mich mit großen Augen an. »Eine Schwalbe. Weißt du? Diese schwarzblauen Vögel mit weißem Bauch, die ihre Nester aus Spucke und Lehm bauen. Hast du denn nichts von Waldemar und Kleopatra gelernt?«

»Ach ja, klar, eine Schwalbe!« Ich haue mir mit der flachen Hand an die Stirn. »Die Schwalbe baut nach außen fest, nach innen warm und hohl«, zitiere ich aus den *Drei vom Ast.*

Laura nickt eifrig. »So hat auch jeder Mensch sein Nest und fühlt sich darin wohl.«

Benjamin schaut zwischen uns beiden hin und her. »Jan?«

»Hm?«

»Beim nächsten Mal gucken wir bei mir.«

»Okay.«

Laura grinst. »Lena?«

»Ja?«

»Wenn das nächste Fußballspiel ist, dann findet hier ein Stampin' Up-Abend statt.«

Mein Bruder seufzt. »Oh nein.«

»Jan? Was ist Stampin' Up?«

»Glaub mir. Das willst du gar nicht wissen.«

»Okay.«

Laura und ich grinsen uns an.

»Benni?«

»Ja, Laura?«

»Willkommen bei den Heymanns.«

»Ich war schon ein paarmal hier, Laura.«

»Trotzdem willkommen.«

Benjamin schüttelt grinsend den Kopf. »Okay. Danke.«

Ich grinse ebenfalls. Jans Frau konnte nur Laura sein. Eine andere hätte in unserer Familie gar nicht überlebt.

Nachdem die deutsche Elf gewonnen hat und ich von meinem Bruder und seinem Kollegen ausgiebig dafür geneckt worden bin, steht Benjamin auf. »So, Leute. Es war schön mit euch, aber ich muss mich jetzt auf den Weg machen.«

Jan steht ebenfalls auf und die zwei machen einen Handshake. »Wir sehen uns am Montag.«

»In alter Frische. Danke für das Essen, Laura.«

»Gerne. Viel Erfolg noch heute Abend.«

»Ach so.« Benjamin schaut mich an. »Ich müsste noch an deinen Kofferraum.«

»Klar.« Ich versuche, mit dem schwer gewordenen Mats aufzustehen.

Laura nimmt mir ihren Sohn ab und trägt ihn aus dem Wohnzimmer. »Bis morgen«, raunt sie mir über die Schulter hinweg zu.

Ich lächle als Antwort und hole den Autoschlüssel aus meiner Handtasche.

Benjamin verabschiedet sich von Jan und dann läuft er hinter mir her die Treppe hinunter. »An welcher Schule unterrichtest du denn eigentlich?«, fragt er hinter mir.

»Am Emil-Berliner-Gymnasium.«

»Meine älteste Schwester ist Deutsch- und Biolehrerin am Paul-Ehrlich.«

»Unterrichtet sie gerne?«

»Ich glaub schon. Sie erzählt zwar oft Geschichten von irgendwelchen nervigen Schülern, aber ich glaub, im Großen und Ganzen ist sie gerne Lehrerin.«

Ich nicke.

»Und du?«, fragt er, als wir aus dem Haus treten.

»Ich auch. Ich mag die meisten Schüler. Einige sind anstrengend und manche auch schon mal fies, aber ich unterrichte gerne.«

»Und wie behauptest du dich gegen solche anstrengenden Schüler und fiese Schülerstreiche?« Ein leises Funkeln ist in seine Augen getreten und ich kann mich des Eindrucks nicht erwehren, dass ich so einen ehemaligen Streichespieler vor mir stehen habe.

Ich verschränke die Arme. »Als Lehrerin hat man da so seine Kniffe und Tricks …«, antworte ich vage und gebe seinen Blick unbeeindruckt zurück.

»M-hmmm.« Schmunzelnd nickt er und drückt auf einen Knopf in seiner Hand. An dem dunkelblauen Polo neben meinem roten Panda blinken die Lichter auf. Benjamin öffnet seine Kofferraumklappe und ich meine.

Er macht sich daran, den obersten Zementsack herauszuzerren.

»Die sind schwer«, warne ich. »Soll ich von innen schieben?«

Er hält inne, schaut mich einen Moment lang an, dann huscht ein undefinierbarer Ausdruck über sein Gesicht und er nickt langsam. »Ja, das wär super.«

Ich krabble auf die Rückbank und bin heilfroh, dass ich mich vor dem Abstecher in den Baumarkt gegen den süßen Midi-Rock mit den apricotfarbenen Rosen entschieden habe. »Ich bin so weit«, verkünde ich.

»Okay«, sagt er. »Eins … zwei … drei.«

Ich schubse mit aller Kraft – und kippe im nächsten Moment fast kopfüber in den Kofferraum.

»Wow!«, höre ich Benjamin aufjaulen und sehe durch den offenen Kofferraum einen Fuß auf dem Bürgersteig auf und ab hüpfen.

»Mist. Alles in Ordnung?«, rufe ich und krabble wieder aus dem Auto.

Benjamin steht da, mit dem Zementsack im Arm, und grinst von einem Ohr zum anderen.

»Nee, oder?« Ich stemme die Hände in die Hüften.

»Sie haben zu viel Kraft, Frau Lehrerin.«

Ich verschränke die Arme. »Die anderen darfst du jetzt alleine da rauszerren.«

»So was Dummes«, sagt er, immer noch grinsend. Und dann wuchtet er in null Komma nichts alle vier Säcke in seinen Kofferraum.

Ich versuche, währenddessen nicht seine Oberarme anzustarren. Was essen Männer eigentlich heutzutage? Fünf halbrohe Steaks am Tag?

»Angeber«, kommentiere ich, als er fröhlich pfeifend die Heckklappe seines Polos zufallen lässt.

»Neidhammel«, gibt er zurück und reicht mir ein paar Geldscheine. »Danke noch mal fürs Holen. Und fürs Schubsen.« Er nickt zur Rückbank meines Pandas hin.

»Haha. Wie viel kriegst du zurück?«

»Gar nix. Ist Trinkgeld. Für die Kaffeekasse im Lehrerzimmer.«

»Danke«, sage ich lächelnd.

Er reicht mir die Hand zum Abschied und lächelt ebenfalls. »Bis demnächst.« Seine Augen sind warm und freundlich, während seine große Hand meine schüttelt.

Ich nicke nur, denn diese ganze Sache mit dem Atmen geht plötzlich nicht mehr so einfach vonstatten wie noch vor einer Sekunde. Ich reiße meinen Blick los von diesen braunen Augen.

Er hat ein nettes Lächeln. Nicht so ein Ich-weiß-wie-ich-gerade-auf-dich-wirke-Lächeln, das viele gut aussehende Männer draufhaben.

Benjamin steigt in sein Auto, lässt den Motor an und hebt die Hand zum Gruß, bevor er davonfährt.

Ich zwinge mich, ihm nicht hinterherzuschauen. Aber während ich den Kofferraum meines Pandas wieder zuklappe, zurück ins Haus gehe und die Treppe hochsteige, weil ich meine Jeansjacke oben gelassen habe, spüre ich immer noch das Lächeln auf meinem Gesicht.

Ich habe keine Ahnung, ob die heutige Begegnung mit Benjamin irgendeine Bedeutung hat. Ich weiß auch nicht, ob wir uns irgendwann wiedersehen werden. Aber ich weiß, dass Gott Benjamin dazu gebraucht hat, mich zurück zu ihm zu ziehen.

Und auch wenn ich ihn niemals wiedersehen werde, dann ist diese eine Sache Grund genug, Gott mein Leben lang für diesen Mann zu danken.

Kapitel siebzehn

»Also, ich halte fest …« Unser Mathe-Kollege Alex tippt auf seiner Tastatur herum. »Noah darf die letzte Klassenarbeit in allen Hauptfächern nachschreiben … in Mathe, Deutsch und Englisch … und wenn die Ergebnisse sehr gut sind, bieten wir seinen Eltern an, dass er im kommenden Schuljahr an Kursen der Begabtenförderung teilnehmen kann.«

»Ja.« Ich nicke und schaue mich in der Runde um. Dankbarkeit durchströmt mich.

Es war gar nicht so schwierig, die Kollegen, bei denen Noah ebenfalls Unterricht hat, zu überzeugen. Alex und Silke, Noahs Deutschlehrerin, waren auch schon zu dem Schluss gekommen, dass der Junge völlig unterfordert ist. Unterfordert und immer demotivierter. Noah braucht Herausforderung. Er *will* lernen. Im Prinzip war seine Arbeitsverweigerung ein Hilferuf.

Ich freue mich schon auf sein Gesicht.

Gott, danke!

Ich bedanke mich auch bei meinen Kollegen und der Kreis löst sich auf.

Übermorgen werden das gesamte Kollegium und unser Direx hier sitzen und dann darf jeder angeben, in welcher Klasse er welches Fach unterrichten möchte und an welchen Tagen ihm welche Zeiten passen. Nach seinem Urlaub kommt der Direx zwei Wochen vor Ende der Sommerferien wieder hierher, um mit Alex gemeinsam Stundenpläne für jeden Lehrer und für jede Klasse und für jeden einzelnen Oberstufenschüler zu erstellen.

Ich will niemals Schulleiterin werden.

Anfangs hat es mich fürchterlich gewurmt, dass ich meinen

Stundenplan erst eine Woche vor Beginn des neuen Schuljahres bekommen habe. Ich habe Kollegen, die beschweren sich jedes Jahr darüber. Mittlerweile finde ich es gut. Wenn ich schon vor den Sommerferien wüsste, in welchen Klassen ich im kommenden Schuljahr welches Fach unterrichte, dann würde ich keine einzige meiner sechs wohlverdienten Wochen genießen. Ich würde bei dem herrlichsten Wetter in meiner Wohnung hocken und das neueste, modernste Lehrmaterial heraussuchen und Unterrichtseinheiten vorbereiten, während andere sich im Freibad tummeln oder Eis essen gehen.

Jeder muss mal so richtig von der Arbeit wegkommen. Also habe ich mich damit abgefunden, dass das neueste, interessanteste Unterrichtsmaterial auch nicht unbedingt immer das beste ist und dass ich meine Sommerferien genießen darf.

Nur noch anderthalb Wochen, dann ist es so weit.

Ich packe meine Siebensachen zusammen, verlasse das Gebäude und überquere den Schulhof in Richtung Turnhalle. Für Noah habe ich eine Lösung gefunden. Stefan ist eine andere Sache. Seit unserer peinlichen Begegnung im Schuhgeschäft macht er einen großen Bogen um mich. Und ich habe nicht vor, mit diesem Gefühl in die Sommerferien zu gehen und zu hoffen, dass er mir in siebeneinhalb Wochen wieder völlig unbeschwert begegnen kann. Dann wäre ich ziemlich naiv.

Nach und nach treten die Schüler der Jahrgangsstufe zwölf aus der Hallentür ins Freie. Ein paar sehen mich dastehen und begrüßen mich freundlich, weil sie mal bei mir Englisch oder Musik hatten, und andere laufen einfach so an mir vorbei.

Stefan müsste auch jeden Moment herauskommen. Laut seinem Stundenplan hat er jetzt zwei Freistunden.

Gott, zeig mir bitte einfach, was ich sagen soll.

Die Tür geht auf und ein stirnrunzelnder Stefan kommt heraus. »Hi!«

»Hi. Wir müssen reden.« Das ist der lahmste Satz, den ich hätte von mir geben können, und ich habe ihn bisher auch nur in Filmen gehört, wenn einer mit dem anderen Schluss machen wollte oder so was.

Stefan verschränkt die Arme. »Worüber?«

Ich atme aus. »Ich möchte mich bei dir entschuldigen.«

Er blickt mich an und sagt nichts und sein Stirnrunzeln bleibt.

»Neulich im Schuhgeschäft … Ich wollte dich nicht verletzen.«

»Ich weiß«, sagt er, aber es klingt ziemlich kühl.

Und jetzt weiß ich nicht mehr, was ich sonst noch sagen soll. Irgendwie war das schon alles, aber offenbar hat es die Sache nicht besser gemacht.

Stefan betrachtet mich ein paar Augenblicke lang, dann geht er ohne ein weiteres Wort an mir vorbei in Richtung Schulgebäude.

Ich zögere. Soll ich ihm hinterherlaufen? Ich glaube nicht, dass das etwas bringen würde.

Ein paar Meter weiter bleibt er plötzlich stehen und dreht sich noch einmal zu mir um. »Soll ich dir mal ganz ehrlich was sagen?«, fragt er.

Ich weiß ganz genau, dass ich das, was jetzt kommt, nicht hören will, aber ich nicke trotzdem.

Er kommt näher und sagt: »Ihr Christen tut mir leid.« Seine Augen haben einen Ausdruck, der mich innerlich ganz klein und erbärmlich werden lässt. »Ihr stellt euch selber Hindernisse in den Weg, die eigentlich keine sein müssten. Ihr haltet euch selbst davon ab, das Leben zu genießen, weil ihr irgendwelche Regeln befolgt, die irgendein unsichtbares Wesen angeblich aufgestellt haben soll.« Er deutet auf mich. »Und das ist *genau* der Grund, warum ich mich nie irgendeiner Religion anschließen werde. Die einen schotten sich von den anderen ab, weil sie nicht dasselbe glauben wie sie. Und wozu führt das? Zu Distanz, Vorurteilen, Fremdenhass, Religionskriegen …« Sein Blick ist eine einzige Anklage.

Ich weiß nicht, was ich erwidern soll. Menschlich gesehen hat er völlig recht. Und doch liegt er völlig falsch.

»Mir geht es nicht um irgendwelche religiösen Regeln oder Abgrenzungen, Stefan.«

»Um was denn dann?«, fragt er und es ist völlig klar, dass er mir nicht glaubt.

»Um die Beziehung zu Gott.«

Er gibt ein humorloses Lachen von sich. »Ach so, ja. Zum Schöpfer, den bisher noch kein Mensch gesehen hat.«

Es hat keinen Zweck. Er wird es nicht verstehen. Wie soll er auch begreifen, dass ich Gott mehr brauche als alles andere im Leben? Dass ich mich ohne ihn leer und hoffnungslos fühlen würde? Dass ich um nichts in der Welt meine Beziehung zu ihm riskieren will? Wie soll er das alles nachvollziehen können, wenn er gar nicht glaubt, dass es diesen Gott überhaupt gibt?

Vielleicht war er noch nie an dem Punkt, an dem man sich die ernsthafteren Fragen des Lebens stellt. Oder er hat sie bisher immer verdrängt. Vielleicht habe ich Glück, dass mir diese Fragen quasi mit in die Wiege gelegt wurden und die Antworten gleich dazu.

Wozu lebe ich? Warum bin ich überhaupt hier? Wohin gehe ich, wenn das hier alles vorbei ist?

Vielleicht wird Stefan eines Tages an diesen Punkt kommen. Aber dahin kann ihn nur Gott bringen. Mit Reden und Erklären werde ich erst mal nichts bei ihm bewirken können. Der Glaube ist ein Wunder. Ein Wunder, das nur Gott bewirken kann.

»Fühlt ihr Christen euch etwa nicht besser als eure Mitmenschen?«, will Stefan wissen.

Ich blicke meinen Kollegen an und schüttle langsam den Kopf. »Wenn irgendein Christ meint, was Besseres zu sein als die anderen, dann hat er seine Bibel nicht richtig gelesen.«

»Aha?«

»Ja. Da steht nämlich drin, dass kein Mensch was von Gott wissen will. Und dass jeder von Natur aus Böses im Herzen hat.«

Er sieht mich schweigend an. Der ablehnende Ausdruck ist von seinem Gesicht verschwunden.

»Jeder von uns braucht Gott und die Rettung, die er uns anbietet«, fahre ich leise fort und mein Herz pocht wie verrückt.

»Der einzige Unterschied zwischen einem Christen und einem Nichtchristen ist, dass der Christ seine Verlorenheit eingesehen hat und sich hat retten lassen. Und bereit ist, sein Herz von Gott verändern zu lassen.«

Und daraus ergibt sich im Prinzip der ganze Rest. Ich weiß, dass ich Gott brauche und dass ich mein Herz von ihm verändern und reinigen lassen muss, immer wieder aufs Neue. Wie soll ich mit einem Menschen mein Leben teilen können, der all das genauso nötig hat wie ich, es aber nicht wahrhaben will?

Stefan blickt in die Ferne. Dann sieht er mich mit zusammengekniffenen Augen an. »Schon mal fachfremd unterrichtet?«

»Ähm. Nein?«, erwidere ich, ehrlich gesagt etwas perplex.

Er nickt und sagt mit einem schiefen Grinsen: »Ich schlag dich als Relilehrerin vor, fürs kommende Schuljahr.«

Erleichterung steigt in mir hoch. »Ich glaub, ich hab genug Arbeit, vielen Dank«, erwidere ich lachend.

Und ich glaube, dass er das mit dem Unterschied zwischen der Religion und dem christlichen Glauben noch nicht ganz verinnerlicht hat, aber das kann ja noch kommen. Ich bin einfach nur froh, dass Stefan mir nicht mehr böse ist.

Kapitel achtzehn

Ich stehe im leeren, lichtdurchflutenden Wohnzimmer einer Wohnung im dritten Stock eines Mehrfamilienhauses am Rande der Stadt und es gibt Dinge, die man niemals seiner Mutter erzählen sollte, denn meine steht hier neben mir, auf meiner anderen Seite mein Vater, und da draußen begutachtet mein Bruder das Balkongeländer. Vor wenigen Wochen bin ich dreißig geworden, aber offenbar kann eine dreißigjährige Englisch- und Musiklehrerin zwar von Montag bis Freitag mit übergroßen Gruppen pubertierender, ohrenbetäubender Teenies klarkommen, aber nicht mit einer freundlichen, höflichen Dame Mitte fünfzig an einem ruhigen Samstagmorgen.

»Und wie sieht es mit der jährlichen Überprüfung der Gasheizung aus? Haben die ehemaligen Eigentümer dafür einen Vertrag abgeschlossen?«

Ich überlasse das Thema der jährlichen Gasheizungsüberprüfung meinem Vater und gehe hinüber ins Badezimmer. Und mein Herz beginnt höherzuschlagen. Taubenblaue Fliesen an den Wänden und auf dem Boden. Ich stelle mir vor, wie meine hellbraunen Eichenholzmöbel hier drin aussähen.

»Die sind auf jeden Fall pflegeleichter als weiße Fliesen. Darauf sähst du nämlich jedes Haar.« Meine Mutter ist neben mich getreten.

Ich nicke nur. »Weiße Fliesen mag ich sowieso nicht.«

Zum dritten Mal gehe ich hinüber in das helle Wohnzimmer, höre meinen Vater irgendwas von WLAN-Anschluss sagen, aber ich bekomme nur halb mit, was die Dame ihm erklärt.

Mein Blick wandert über die weißen Wände und durch das

große Fenster hinaus nach draußen. Bei dem Ausblick auf den kleinen See da drüben neben dem Wäldchen atme ich tief durch.

Ich spüre Mamas Blick. »Schöne Aussicht.«

»Allerdings.«

Kurze Zeit später treten wir aus dem Treppenhaus ins Freie, verabschieden uns von der netten Dame und das Erste, was ich höre, sobald sie ihre Autotür zugezogen hat, ist Papas: »Bisschen hohe Stromkosten, würde ich sagen.«

»Der Balkon ist auch ziemlich überholungsbedürftig«, sagt mein Bruder mit gerunzelter Stirn.

»Und die kaputte Türklinke in der Küche hätten sie ruhig austauschen können. So 'n Ding kostet doch nix.« Wieder mein Vater.

Ich begegne dem Blick meiner Mutter und sie lächelt wissend. »Du nimmst sie, oder?«

Papa und Jan verstummen und blicken mich an.

Ich zucke mit den Achseln, grinse und nicke.

Ein warmes, kribbelndes Gefühl breitet sich in meiner Brust aus.

Meine eigene Wohnung.

Kapitel neunzehn

Ich liebe meinen Bruder.

Ich liebe ihn wirklich.

Aber in vier Meter Höhe in einem Baum voller rot-gelb gereifter Kirschen zu sitzen und zu versuchen, mich auf die Ernte zu konzentrieren und mich auf den saftig-süßen Genuss zu freuen, während er mit zwei Eimern die lange Leiter hoch- und runterklettert und bei jedem Hochklettern eine neue glänzende Idee auf Lager hat, kann auf die Dauer ziemlich anstrengend sein.

Es lebe der erste Samstag meiner Sommerferien.

»Sobald du im September da eingezogen bist«, meint Jan, als er mit den leeren Eimern wieder die Leiter raufkommt, »renovieren wir deinen Balkon.«

»Wir«, sage ich trocken, pflücke eine Handvoll Kirschen und lege sie in den ersten Eimer. »Wir wie in: du und ich? Oder wir wie in: du und Papa?«

Ablenkungsmanöver können manchmal funktionieren …

Jan grinst. »Wir«, sagt er betont langsam, »wie in: ich und mein sympathischer Kollege.«

… manchmal auch nicht.

»Here we go again«, kommentiere ich seufzend und wende mich wieder den Kirschen zu.

Jetzt mal ehrlich. Dieser Benjamin scheint ja wirklich ein netter Mensch zu sein, aber nach seinem *»Bis demnächst«* vor einigen Wochen habe ich ihn nicht wieder zu Gesicht bekommen. Und ich war jeden Samstag bei Jan und Laura. Ich glaube, man braucht nicht viel Interpretationsvermögen, um zu begreifen, was das heißt.

Außerdem bin ich glücklich, so wie alles gerade ist. Ich muss den Mann nicht wiedersehen. Ich bin mir ziemlich sicher, dass mein Leben dadurch kein Stückchen glücklicher werden würde.

Jan verlagert sein Gewicht auf der Leiter und balanciert den halbvollen Eimer auf seinem Knie. »Ach, komm schon, ihr habt euch doch neulich gut – «

»Mats!! Nein!!«, schreit Laura. »Jan! Pass auf!!«

Lautes Geraschel und Gekrache direkt neben mir. Ich reiße den Blick von den Kirschen los, schaue direkt in die weit aufgerissenen Augen meines Bruders und dann sehe ich nur noch, wie die Leiter mitsamt Jan Richtung Boden kippt.

Der dumpfe Aufprall hallt in meinem Kopf wider und mein Herz steht still. Dann beginnt es zu rasen.

Vier Meter unter mir knien meine Schwägerin und mein kleiner Neffe auf dem Boden. Neben ihnen liegt die Leiter. Wie durch einen Nebel höre ich Laura »Jan! Jan!« rufen und Mats laut weinen, mein Vater kommt angerannt, dann meine Mutter, dann meine Oma.

Ich halte mich krampfhaft an dem dicken Ast fest und starre wie betäubt nach unten.

Nein, Gott. Nein!

Kapitel zwanzig

Meine gesamte Familie steht um das Krankenhausbett meines Bruders herum. Sogar Oma ist mitgekommen.

Jan hat den Kopf an die Wand gelehnt. Er wurde untersucht und geröntgt und hat mit zusammengebissenen Zähnen Fragen beantwortet. Jetzt sind seine Augen zu und so bleich habe ich ihn noch nie gesehen.

»Hast auch schon mal besser ausgesehen, Junge«, versucht mein Vater zu witzeln, aber ich höre die Besorgnis in seiner Stimme.

Mein Bruder öffnet die Augen und ich beschließe in diesem Moment, dass er mich bis an mein Lebensende mit seinem Kollegen nerven darf. Alles ist besser als dieser Ausdruck in seinen Augen. Sein Blick wandert von Papa zu Laura und bleibt dort hängen.

Ich schaue meine Schwägerin an. Ihre Unterlippe klemmt zwischen ihren Zähnen und ihre Augen glänzen feucht. Der Schock sitzt ihr wohl noch mindestens genauso in den Gliedern wie mir. In der vergangenen Stunde hat sie sich mindestens viermal bei Jan entschuldigt, aber ich habe den Eindruck, dass mein Bruder gerade nicht besonders aufnahmefähig ist.

Wenn ich alles richtig verstanden habe, dann hat Mats an der Leiter gerüttelt, als Laura gerade nicht aufgepasst hat. Ich schaue den kleinen Kerl an, der völlig erschöpft von dem ganzen Aufruhr in den Armen seiner Mutter eingeschlafen ist, und habe immer noch Mühe zu begreifen, wie so ein kleiner, unschuldiger Kerl derartige Kräfte aufbringen kann. Und was manchmal in den Köpfen kleiner Jungen vor sich geht.

Die Tür des Krankenzimmers geht auf und ein Mann im weißen Kittel kommt herein. Und bleibt abrupt stehen. »Oh. Hier ist wohl die gesamte Familie versammelt.« Er lächelt uns allen zu, wirft einen Blick auf das Blatt in seiner Hand und bahnt sich einen Weg zum Krankenbett. »Na, Herr Heymann, was haben Sie denn da angestellt?«

»Bei der Kirschernte von der Leiter gefallen.«

»Ha. Nicht besonders schlau.«

»Nee, nicht wirklich.«

Besonders wenn man es eigentlich gewohnt ist, auf Leitern zu stehen und dabei Balkongeländer anzustreichen und ähnliche Scherze. Nur dass da keiner an der Leiter rüttelt, während man mit den Eimern balanciert.

Irgendwie fühle ich mich schuldig. Ich weiß auch nicht genau, warum.

»Die Kirschernte wird wohl ohne Sie weitergehen müssen, befürchte ich«, sagt der Doktor und lächelt mitleidig. »Die Schulter bleibt jetzt erst mal ein paar Wochen in der Schlinge.«

Jan stöhnt auf.

»Ja, tut mir leid, das muss leider sein.«

»Wie lange?«, fragt Laura und starrt den Mann mit großen Augen an.

»Das kommt darauf an, wie gut und wie schnell das Schlüsselbein verheilt. Drei bis vier Wochen? Und dann darf die Schulter auch erst nach sechs Wochen wieder voll belastet werden. Wenn alles gut läuft«, fügt er hinzu. »Sonst werden es auch schon mal acht Wochen.«

Jans Augen gehen wieder zu.

»Danke, Doktor«, sagt Papa und nickt dem Mann zu.

Der Arzt nickt zurück und geht in Richtung Tür. »Ich hätte gern bessere Nachrichten für Sie gehabt. Aber trotz allem ist der Sturz glimpflich ausgegangen.« Er verlässt den Raum und schließt die Tür hinter sich.

»Jan?« Lauras Stimme ist fast tonlos. Sie greift nach der Hand meines Bruders.

»Du weißt, was das bedeutet.« Jans Augen sind immer noch geschlossen.

Meine Schwägerin nickt. »Ja«, sagt sie leise und drückt seine Hand noch fester.

Sein Unternehmen. Jan macht sich Sorgen um sein Geschäft.

»Gibt es im Moment denn viel zu tun?«, frage ich. »Die meisten Kunden sind doch bestimmt im Urlaub, oder?«

Jan gibt ein ironisches Lachen von sich. »Nee«, sagt er und es hört sich einfach nur bitter an.

Papa schaut mich an. »Die meisten Leute warten extra auf den Sommer, um ihre Terrasse oder ihren Balkon machen zu lassen. Weil es da am wenigsten regnet.«

Ich nicke nur und schlucke.

Gott, das hier ist nicht fair.

»Ich helfe«, sagt mein Vater entschlossen. »Ich hab früh Feierabend und am Samstag hab ich den ganzen Tag Zeit.«

»Mit deinem Knie?« Mama wirft ihm einen vielsagenden Blick zu.

Mein Vater ist vor gut einem Jahr am Knie operiert worden. Ganz in Ordnung ist es wohl immer noch nicht.

»Könnt ihr nicht vertretungsweise jemanden einstellen?«, fragt Mama.

Jan öffnet die Augen und schüttelt den Kopf. »Das können wir uns finanziell nicht leisten, Mama.«

»Bei so vielen Aufträgen?«

»Wir haben einen Kredit abzubezahlen.«

Er hört sich dermaßen resigniert an, dass es mir das Herz bricht.

Oh Gott, bitte. Das hier ist so eine verfahrene Kiste. Und es ist irgendwie auch meine Schuld. Oder?

Jans letzter Satz vor seinem Sturz geht mir durch den Kopf. Er war nicht konzentriert. Weil ich ihn abgelenkt hab. Oder er sich selbst. Wie auch immer. Es ging um mich. Und dann ist er gestürzt.

»Soll ich Benni anrufen oder willst du?«, fragt Laura leise.

Jan schüttelt stirnrunzelnd den Kopf. »Ich mach das schon.«

Eine halbe Stunde später fahre ich nach Hause. Die Luft ist etwas abgekühlt und der Himmel ist mit kleinen hellrosa-orange gefärbten Wolken überzogen.

Meine Gedanken sind bei meinem Bruder. Und bei Laura. Immer dann, wenn alles perfekt ist, muss irgendetwas passieren. Die ganze Familie freut sich auf das Baby, betet für einen ruhigen Schwangerschaftsverlauf und jetzt muss der zukünftige Vater von der Leiter stürzen.

Meine Gedanken wandern zu Jans Kollegen. Auf Benjamin wird jetzt eine ganze Menge Arbeit zukommen.

Willkommen auf meiner Gebetsliste. Gleich hinter meinem Bruder.

Kapitel einundzwanzig

Es ist Dienstagvormittag und das Eingangsstück für Janinas und Tims Hochzeit sitzt.

Zufrieden falte ich die Partitur zusammen und stecke sie zurück in die Klarsichthülle. Wenn mich um drei Uhr heute Nacht jemand weckt und mich bittet, mal eben im Schlafanzug ans Klavier zu springen und das Stück zu spielen, dann bräuchte ich noch nicht einmal das Licht anzuschalten.

Obwohl ich nicht hoffe, dass um drei Uhr heute Nacht jemand an meinem Bett steht, denn das dürfte relativ schauerlich sein und wahrscheinlich wäre ich dann letztendlich doch nicht in der Lage, das Stück im Halbschlaf zu spielen. Mal ganz abgesehen von der Tatsache, dass derjenige mit Sicherheit mehr Interesse an meiner Bankkarte oder an meinem PC hätte als an einem romantischen Hochzeitsmarsch.

Die Sommerferien bringen immer die beste Seite in mir zum Vorschein.

Auf jeden Fall freue ich mich auf die Hochzeit, von ganzem Herzen. Und ich freue mich darauf, einen Beitrag zum Gelingen des großen Tages leisten zu können. Dazu, dass er richtig schön wird.

Ich werde ohne Partner dort erscheinen, aber der Gedanke daran macht mir nichts mehr aus. Es macht keinen halben Menschen aus mir. Und es wird mich schon gar nicht daran hindern können, mich mit den beiden mitzufreuen. Ehrlich mitzufreuen.

Schon alleine die Vorstellung zaubert ein Lächeln auf mein Gesicht. Das wird die beste Hochzeit, bei der ich jemals eingeladen war.

Ich bin dankbar. Richtig dankbar.

Gerade als ich den Ordner mit den Noten auf mein Klavier lege, ruft Laura an. Das kommt seit Samstag ziemlich häufig vor.

»Wie geht's ihm heute?«, frage ich ohne Hallo oder sonstige Höflichkeiten, die man normalerweise zu Beginn eines Telefonats austauscht, die Laura und ich aber schon seit Jahren nicht mehr austauschen.

»Relativ gut. Der Arzt meinte vorhin, so wie's aussieht, wird er wohl morgen oder übermorgen nach Hause können.«

»Und sich aufs Sofa legen und sich den ganzen Tag lang bedienen lassen«, sage ich und lege mich auf mein eigenes.

Laura lacht. »Das kann ich mir nur ziemlich schwer vorstellen. So wie ich den kenne, fährt der direkt vom Krankenhaus zur Baustelle.«

»Nicht, wenn du am Steuer sitzt. Er darf doch überhaupt nicht Auto fahren, oder doch?«

»Glaubst du, der hat vor, sich daran zu halten?« Sie seufzt. »Er ist irgendwie sauer, ich habe das Gefühl, er gibt mir die Schuld an dem Unfall.«

»Sauer? Du konntest doch überhaupt nichts dafür!«

»Na ja, doch, irgendwie. Ich hätte besser auf Mats aufpassen sollen.«

»Vielleicht. Aber ich kann mir nicht vorstellen, dass Jan dir die Schuld an seinem Unfall gibt.«

»Hm«, macht Laura nur und ich spüre, dass sie nicht wirklich überzeugt ist. »Benni hat gestern den ganzen Tag geschuftet wie ein Pferd und nichts gegessen«, sagt sie. »Das wird heute anders laufen.«

Das war jetzt aber ein ziemlich abrupter Themawechsel. Ich weiß nicht, warum, aber irgendwie hab ich die dumme Vorahnung, dass das, was jetzt kommt, mich in Schwierigkeiten bringen wird.

»Ich hab ihm ein Essenspaket vorbereitet«, schwatzt meine Freundin fröhlich weiter. »Aber ich kann hier nicht weg. Könntest du –«

»Laura.«

»Lena?«

»Nicht du auch noch.«

Sie lacht. »Du hast doch Ferien. Was machst du denn so den lieben langen Tag?«

»Entspannen? Mich von anstrengenden Schülern und Kollegen erholen?« Ich hab mir meinen Urlaub verdient. Redlich. Ferien sind dazu da, sie so unaufregend und erholsam wie möglich zu verbringen. Und es gibt Dinge, die einem unaufregenden und erholsamen Verlauf meiner Ferien definitiv nicht zuträglich sind. Zum Beispiel die Vorstellung, einem mir fast unbekannten alleinstehenden Mann, den mein verletzter Bruder ganz offensichtlich zu seinem zukünftigen Schwager auserkoren hat und der seinerseits ganz offensichtlich vorhat, sich für meinen Bruder aufzuopfern, ein Essenspaket auf die Baustelle zu bringen.

»Wir können natürlich auch entspannen und ihn verhungern lassen.«

»Hey!« Ich schnelle hoch und sitze aufrecht auf dem Sofa. »Das ist unmoralisch!«

Ihr lautes Lachen schallt aus meinem Handy.

Manchmal ist meine Familie unerträglich.

Kapitel zweiundzwanzig

Die Zeitanzeige ist gerade auf elf Uhr fünfundfünfzig gesprungen und die Stimme aus meinem Handy sagt: »In zweihundert Metern rechts abbiegen, dann haben Sie Ihr Ziel erreicht.«

Meine Freundschaft zu Laura in allen Ehren, aber manchmal habe ich ernsthaft den Eindruck, dass ihr Einfühlungsvermögen unter dem Einfluss meines liebenswerten Bruders leidet.

Ich biege in die Straße ein.

Da, vor dem rot verklinkerten Haus steht der weiße Lieferwagen. *Terrassen und Balkone – Neubau, Anbau, Sanierung* steht unter Jans großem Firmenlogo.

Mein Puls macht sich bemerkbar und ich seufze laut.

Meine Güte. Ich kenne den Kerl kaum. Wir sind uns erst einmal begegnet. Was soll ich denn zu ihm sagen? »Hi, du erinnerst dich ja bestimmt noch an mich, ich bin Jans Schwester Lena und Laura schickt mich mit diesem Picknickkorb zu dir.«? Kann mal bitte jemand »peinlich« sagen?

Mit unsicheren Fingern setze ich den Blinker und halte hinter dem Wagen. Mein Blick wandert zu dem Haus und ich greife nach dem Picknickkorb auf dem Beifahrersitz. Nach einem weiteren Seufzer stoße ich die Tür auf, steige aus und wappne mich für das Unvermeidliche.

Ich höre das Geräusch der Säge schon, bevor ich die Hausecke umrunde. Und dann sehe ich ihn: Jans Kollege kniet im Gras, mit dem Rücken zu mir, vor einer Holzverschalung mit getrocknetem Beton. Er hat eine schwarze Kappe auf dem Kopf, sein dunkelgrünes T-Shirt hat nasse Flecken am Rücken und die Säge in seiner Hand frisst sich durch die Fliese, die vor ihm liegt. Ich sehe sein Gesicht nicht und er sieht mich nicht. Dank des Lärms hat er mich nicht kommen hören. Eine vorwitzige Idee schießt mir durch den Kopf und ein Grinsen stiehlt sich auf mein Gesicht.

Ja!

Noch ehe ich es mir anders überlegen kann, stelle ich den Korb auf den Boden und trete den Rückzug an. Rückwärts, den schwitzenden Mann da drüben nicht aus den Augen lassend, bis ich wieder die Hausecke erreiche und sie umrunde.

Ich bin dann mal weg.

Grinsend flüchte ich mich zu meinem Panda, und sobald ich darin sitze und die Tür hinter mir zugeknallt habe, platzt das laute, alberne Kichern, das ich bis zu diesem Moment unterdrückt habe, aus mir heraus.

Ich lasse den Motor an und sehe, dass ich hier wegkomme.

Triumphierend saust mein Panda mit mir davon und lacht sich ins Fäustchen.

Ha! Die haben wir alle drangekriegt!

Kaum bin ich durch meine Wohnungstür getreten und lege meinen Schlüsselbund ab, da piepst mein Handy.

Eine Nachricht von Laura: *Und? Mission erfüllt?*

Ich grinse immer noch. *Jep.*

Die werde ich zappeln lassen. Wahrscheinlich stirbt sie gerade vor Neugierde.

Und? Was hat er gesagt?

Nix.

Ich stelle mir das Gesicht meiner Freundin vor. Bestimmt denkt sie jetzt, der nette, unwiderstehliche Herr Benjamin wäre völlig von den Socken gewesen bei meinem Anblick. Ich grunze hämisch. Denkste.

Wie jetzt, nix?

Ich antworte nicht mehr. Soll meine Freundin sich mal schön den Kopf zerbrechen. Sie gönnt mir meine Ruhe nicht, dann soll sie auch keine haben.

Es dauert eine geschlagene Dreiviertelstunde, bis Laura es endlich wagt, mich anzurufen. Nicht, dass ich alle paar Minuten auf die Uhr geguckt hätte und mir die ganze Zeit über ausgemalt hätte, was ein gewisser junger Mann wohl gerade macht, und ob er ahnt, wer …

»Er hat sich bedankt«, beginnt Laura ohne Umschweife. »Und er hat gemeint, ich hätte ihn ruhig bei der Arbeit unterbrechen und wenigstens Hallo sagen dürfen, dann hätte das Essen nicht so lange in der knallheißen Sonne gestanden.«

Ich schlage mir an die Stirn. Ich Trottel!

»Lena?«

Okay. Ich werde nicht fragen, ob sie ihm die Wahrheit gesagt hat. Ich werde nicht fragen …

»Lena …!«

Ich bemühe mich um einen unschuldigen Tonfall. »Laura?«

»Du bist unmöglich.«

»Ich bin glücklich und zufrieden mit meinem Leben. Was ist daran unmöglich?«

»M-hmmm. Morgen – gleiche Zeit, gleicher Ort.«

Kapitel dreiundzwanzig

Mittwochmittag. Gleiche Zeit, gleicher Ort.

Google Maps gibt mir wieder dieselben Anweisungen wie gestern und ich habe ernsthafte Zweifel an Lauras Loyalität mir gegenüber.

Jetzt mal ehrlich. Sie weiß genau, was ich vor ein paar Monaten durchgemacht habe. Sie hat all meine Fragen, meine Zweifel und meine Nöte mitbekommen. Na ja, das Wichtigste jedenfalls. Nicht alles, was ich Gott gesagt habe, hab ich auch ihr gesagt.

Sie hat sich doch für mich gefreut, als ich meinen Entschluss gefasst und Frieden mit dem Thema geschlossen habe. Jedenfalls hatte ich den Eindruck, als hätte sie sich mit mir gefreut.

Wieso um alles in der Welt schickt sie mich dann heute wieder hierher?

Es gibt für mich nur eine einzige logische Erklärung: Sie liebt meinen Bruder mehr als mich.

Was biblisch gesehen völlig in Ordnung ist, mir aber jetzt gerade ganz und gar nicht den Rücken stärkt.

Schön einfach, anderer Leute Segelboote miteinander kollidieren zu lassen, während man selber im sicheren, ruhigen Hafenwasser der Ehe verankert herumplätschert.

Mein lautes Seufzen erfüllt das Innere meines Autos, die Computerstimme sagt, ich soll hier abbiegen, und schon sehe ich wieder den weißen Lieferwagen dastehen.

Die hat keine Ahnung, was sie mir hier antut.

Nach Lauras Anruf habe ich den gesamten gestrigen Nachmittag damit verbracht, mir den Kopf darüber zu zerbrechen, wie ich es am besten hinkriege, diesen dummen Picknickkorb an den

Mann zu bringen, ohne mich dabei völlig lächerlich zu machen, denn: Benjamin soll ja zu seinem Essen kommen, ohne dass es vorher in der Sonne schmort, aber ich will auch nicht den Eindruck erwecken, dass ich das Verkupplungsspiel meiner Familie freiwillig mitmache.

Mehrere Stunden Kopfzerbrechen haben zwei annehmbare Lösungen zum Ergebnis gehabt: Entweder ich stelle mich … oder ich finde einen schattigen Platz für den Korb und flehe Laura und Jan an, die Identität der Überbringerin niemals preiszugeben. Was lebenslange Witzeleien und Neckereien zur Folge haben würde, also habe ich mich für die erste Lösung entschlossen.

Ich werde mich stellen.

Leichter gesagt als getan. Ich bin ungefähr genauso nervös wie damals vor meinen Abschlussprüfungen. Nur mit dem Unterschied, dass ich auf die vorbereitet war. Auf das hier absolut nicht.

Energisch öffne ich die Autotür, greife nach dem Picknickkorb und stolziere erhobenen Hauptes über die Straße wie die junge Frau in dem Hallmark-Film neulich, nur dass ich nicht für die Erhaltung der Thanksgiving-Parade in Chicago kämpfe und auch nicht vorhabe, mich von einem als Nikolaus verkleideten netten Mann küssen zu lassen.

Ich schaffe das.

Laura wird das hier bereuen.

Je näher ich der Hausecke komme, desto heftiger schlägt mein Herz gegen den Brustkorb. Ich biege um die Ecke …

Kein Benjamin kniet auf dem Boden. Und auch nicht sonst wo. Da ist niemand. Alles, was ich sehe, ist eine fertig geflieste Terrasse mit einem schönen Holzrahmen, der aussieht, als wäre er auch bald fertig. Werkzeug liegt auf dem Boden. Also kann er nicht weit weg –

»Aha!«

Ich fahre fürchterlich zusammen und stoße einen erstickten Schrei aus. Ich drehe mich um und da steht er. Beziehungsweise lehnt an der Hauswand, die Arme verschränkt.

»Da haben wir also die heimliche Überbringerin.« Er grinst mich an.

Und ich weiß wieder, warum ich nicht hierherkommen wollte.

Ich löse mich aus meiner Starre und stelle den Korb auf dem Boden ab. »Das hier war nicht meine Idee«, sage ich und werfe ihm einen vielsagenden Blick zu, um direkt klarzustellen, dass das hier … eben nicht meine Idee war.

»Okay«, sagt er und sieht mich mit seinen dunklen Augen unter der Kappe einfach nur weiter an.

Ich muss irgendwas sagen. »Und äh … Das da ist nicht mein Picknickkorb.«

Sein Blick wandert von mir zu dem Faltkorb, der zwischen uns auf dem Boden steht.

Er ist rosa. Mit weißen Herzchen.

Ich weiß nicht, ob Laura das irgendwie wiedergutmachen kann, aber sie wird.

Benjamins Blick wandert von dem rosafarbenen Herzchenkorb zu mir. »Okay«, sagt er wieder und seine Mundwinkel zucken verdächtig.

Ein merkwürdiges Kitzeln stolpert in meiner Bauchgegend herum. Hatte ich schon erwähnt, dass ich keinen gesteigerten Wert darauf gelegt hatte, Jans Kollegen wiederzusehen?

»Okay«, sage ich und dieses Wort ist soeben offiziell zum Wort des Tages geworden. »Also. Guten Appetit.«

»Danke.« Er macht keine Anstalten, von der Hauswand wegzutreten. Vielleicht ist er müde und erschöpft und braucht den Halt. Vielleicht ist er schwach vor Hunger und wartet darauf, dass ich mich verabschiede, damit er über das Essen herfallen kann. Vielleicht hat er aber auch gerade die unterhaltsamsten drei Minuten seines Tages.

Ich setze mich in Bewegung. »Also dann, viel Spaß noch«, sage ich und nicke zu dem Werkzeug hin, das auf dem Boden verstreut liegt. Das war jetzt nicht gerade das Netteste, was ich von mir geben konnte, angesichts der ganzen Arbeit, die er zu erledigen hat, aber wenn der so dasteht, mit den Händen in den Hosentaschen, und sich ganz offensichtlich über mich amüsiert …

»Danke«, sagt er, während ich an ihm vorbeistolziere. »Dir auch.«

Haha.

Ich bemühe mich auf dem Weg zu meinem Auto um einen selbstsicheren, unbeeindruckten Gang, flüchte mich hinein und mache die Tür zu.

Ich atme aus. Geschafft.

Ich starte den Motor und fahre auf die Straße, an dem Lieferwagen vorbei.

Wo war Benjamin eigentlich, bevor ich hier angekommen bin? Hat der etwa da im Wagen gesessen und dem heimlichen Lieferanten seines Mittagessens aufgelauert?

Sähe ihm ähnlich.

Ich warte *nicht* den gesamten Nachmittag auf Lauras Anruf und ich bin *nicht* erleichtert und gleichzeitig nervös, als sie endlich anruft.

»Weißt du, was er gesagt hat?«, fragt sie.

Ich seufze laut und es soll gelangweilt klingen. »Was?«

»Er hat sich bedankt und gemeint, du hättest offenbar genauso wenig Lust auf unsere Verkupplungsversuche wie er, also könnten wir es jetzt wirklich sein lassen.«

Ich erwidere nichts. Weil es mir gerade im wahrsten Sinne des Wortes die Sprache verschlägt. »Ha«, mache ich nur. Der Kerl scheint Klartext zu reden. Ich weiß nur gerade nicht wirklich, wie ich diesen Klartext einordnen soll.

»Da sagst du nix mehr, was?«

»Laura?«

»Lena?«

»Er hat recht. Lasst es einfach gut sein.« Ich kenne Benjamin kaum, aber offenbar sind wir in dieser Sache der gleichen Meinung.

Jetzt ist meine Freundin dran mit Seufzen. »Wir haben es doch nur gut gemeint.«

»Ich hab euch auch lieb.«

Nachdem wir aufgelegt haben, versuche ich, mich über die Tatsache zu freuen, dass die Verkupplungsphase offiziell ein Ende gefunden hat. Dumm ist nur, dass die Freude irgendwie nicht so richtig aufkommen will.

Ich weigere mich, das genauer zu analysieren, gehe raus auf meinen kleinen Balkon und mache es mir mit der Bibel in meinem Liegestuhl bequem.

Eine Minute später liegt meine Hand immer noch auf dem Einband des geschlossenen Buches und ich sitze mit gerunzelter Stirn da und starre in die Ferne.

Benjamin will nicht verkuppelt werden. Das heißt wohl, er hat wirklich kein Interesse. Warum sitze ich also hier und denke über unsere Begegnung von heute Mittag nach und lasse die Szene immer und immer wieder vor meinem inneren Auge ablaufen, anstatt meine Bibel aufzuschlagen und zu lesen, was Gott mir heute zu sagen hat?

Irgendetwas in seinem Verhalten … in seinem Blick … lässt mich nicht los.

Ich blinzle und schüttle den Kopf. So ein Quatsch. Was bringt es, über einen Mann nachzugrübeln, der vor nicht einmal einer Stunde im Prinzip gesagt hat, dass er meine Anwesenheit in seinem Leben nicht unbedingt nötig hat?

An den Punkt wollten wir ja nun wirklich nicht mehr kommen, oder, Lena?

Entschlossen senke ich den Blick auf meine Bibel und schlage sie auf. Immer wenn ich mich so fühle, wie ich mich jetzt gerade fühle, und nicht weiß, wie ich eine bestimmte Sache oder ein bestimmtes Ereignis interpretieren soll, dann brauche ich Jakobus. Praktische Lebenshilfe. Analyse, Diagnose und gute Ratschläge. Ich blättere, bis ich im ersten Kapitel des Briefes lande.

Meine Augen bleiben bei Vers zwölf und den beiden folgenden hängen:

Glücklich ist, wer die Bewährungsproben besteht und im Glauben festbleibt. Gott wird ihn mit dem Siegeskranz, dem ewigen Leben, krönen. Das hat er allen versprochen, die ihn lieben. Niemand, der in Versuchung gerät, kann behaupten: »Diese Versuchung kommt von Gott.« Denn Gott kann nicht vom Bösen verführt werden und er verführt auch niemanden zum Bösen. Es sind vielmehr unsere eigenen selbstsüchtigen Wünsche, die uns immer wieder zum Bösen verlocken.

Beim Lesen hat sich ein triumphierendes Lächeln auf meinem Gesicht breitgemacht.

Ha. Sag ich's doch!

Kapitel vierundzwanzig

Es gibt keinen besseren Duft als den, der da gerade von Papas Grill zu uns herüberweht.

Es ist Sonntagnachmittag und die gesamte Familie sitzt um den Terrassentisch herum. Mein Vater rennt geschäftig zwischen Grill und Tisch hin und her und hat dieses konzentrierte, glückliche Lächeln auf den Lippen.

»Was macht deine Schulter?«, fragt Kim, die heute mal ausnahmsweise nicht auf der Arbeit oder im Urlaub oder auf irgendeinem Konzert ist.

Jan stopft sich mit der Gabel in der linken Hand ein Stück Schweinenacken in den Mund. »Immer besser«, antwortet er beim Kauen.

»Papa Munn voj!«, ruft Mats, der auf meinem Schoß sitzt, isst und sich und mich dabei fröhlich mit Nudelsalatsoße bekleckert.

Ich gebe ihm ein Küsschen auf die weichen Haare. »Stimmt, kleiner Mann.«

»'tschuldigung, Matse«, sagt Jan, grinst und schluckt. »Tut schon längst nicht mehr so weh wie anfangs.«

»Weißt du schon, wann du die Schulter wieder belasten darfst?«, fragt Papa und stellt einen Teller mit herrlich duftenden Rückensteaks auf den Tisch.

Mein Bruder schüttelt den Kopf. »Nein, das kann man jetzt noch nicht sagen, meinte der Arzt.«

»Und wie kommt dein Kollege mit der Arbeit klar?«, fragt Oma.

Etwas in mir will erstarren, aber ich lasse es nicht zu. Ich kann unbekümmert weiteressen. Das hier geht mich nichts an. Es geht mich genauso wenig an wie das Gesicht mit den dunklen Augen, das seit Tagen in meinen Gedanken herumgeistert.

Laura schüttelt den Kopf. »Der rackert sich ab wie ein Pferd. Er meint, er könnte die Aufträge ohne Jan in der gleichen Zeit erledigen …«

Komisch. Als ich ihn zum letzten Mal gesehen habe, machte er einen sehr entspannten Eindruck.

»… damit die Kunden nicht unzufrieden werden und das Unternehmen seinen guten Ruf nicht verliert.«

Ich schaufle eine weitere Gabel Nudelsalat in mich hinein. So kann mein Mund nichts sagen, was ich hinterher bereuen würde.

Offenbar war ich am Mittwoch so nett zu Benjamin, dass ihm mein Mangel an Interesse regelrecht ins Gesicht gesprungen ist.

Ich weiß nicht, warum mir das so nahegeht.

Vielleicht wegen Jakobus zwei gestern. Der Brief hat sich nach dem vielversprechenden Start leider doch noch als unlösbares Rätsel entpuppt. Und ich habe mindestens zwei Menschen gegenüber ein schlechtes Gewissen.

»Könnt ihr denn wirklich keinen einstellen?« Auf Mamas Stirn haben sich Sorgenfalten gebildet.

Jan lässt einen langen Seufzer hören. »Ich hoffe einfach nur, dass ich so schnell wie möglich wieder an die Arbeit kann.«

Mama wirft ihm einen vielsagenden Blick zu, aber sie erwidert nichts.

Ich weiß, dass sie sich sehr oft zurückhält. Und die meiste Zeit ist das äußerst angenehm. Papa dagegen … »Und was ist, wenn dein Kollege sich auch verletzt?«

Erneutes Fasterstarren in meiner Magengegend. Ich schaue von meinem Teller auf und begegne Lauras Blick.

»Papa«, sagt Jan verärgert.

»Ich kann mir nicht vorstellen, dass er das Tempo allzu lange durchhalten kann. Und je müder und gestresster man ist …«

Kann Laura nicht mal woanders hingucken? Was müssen Freundinnen einen eigentlich immer so genau beobachten?

Schon schlimm genug, dass ich ihr gegenüber fürchterliche Gewissensbisse habe, weil sie als schwangere Frau wegen mir sturer Freundin am Donnerstag und Freitag den Picknickkorb durch die Gegend fahren musste. Auch wenn der Typ sich ja streng genommen gut selbst verpflegen könnte, kann ich verstehen, dass sie sich unter den gegebenen Umständen so lieb darum kümmert.

»Benni ist ein Arbeitstier. Wenn der sich was vornimmt, dann schafft er das auch. Er hat sogar gestern gearbeitet.«

Und am Samstag. Noch besser.

Auf meinem Schoß wird Mats unruhig. »Fertig, kleiner Mann?«, raune ich ihm zu.

»Das erinnert mich an jemanden.« Mama wirft Papa einen Seitenblick zu und schmunzelt. »Als du so ein junger Kerl warst, hast du auch für zwei gearbeitet.«

Mein Neffe dreht sich zu mir um und sein beschmierter Mund ist ungefähr sieben Komma fünf Zentimeter von meinem Gesicht entfernt. Er hält seine ebenso beschmierten Hände in die Höhe.

»Danke für die Erinnerung an mein Alter«, erwidert Papa trocken und macht sich wieder am Grill zu schaffen.

»Okay, die gehen wir erst mal waschen.« Ich hebe Mats von meinem Schoß auf den Boden. »Und dann schaukeln wir ’ne Runde, ja?«

»Nei, Wubaj!«

Ich lache. »Okay, Fußball.« Alles ist besser als das Thema am Tisch.

Kaum haben Mats und ich fünf Minuten gespielt, da ruft Laura zu uns herüber: »Mats, willst du schaukeln?«

Mein Neffe hebt den Kopf und strahlt. »Mama Saukej!« Dann rennt er auf den Kirschbaum zu und Laura hebt ihn lachend auf die Schaukel.

Schätze, gegen Mamas haben auch die liebsten Tanten keine Schnitte.

Als ich beim Kirschbaum ankomme, hat meine Schwägerin bereits angefangen, den begeisterten Mats anzuschubsen. »Nena, Mama Saukej!«, ruft er strahlend.

»Ja, toll!«, gebe ich ebenfalls strahlend zurück. Ich lehne mich gegen den Baumstamm und schaue den beiden zu.

»Na?«, macht Laura, weil sie natürlich mal wieder begriffen hat, …

1. dass mich etwas beschäftigt,
2. um welche Person es geht und
3. dass mich die Sache nicht erst seit dem Gespräch am Tisch beschäftigt.

Ich erwidere ihren Blick und seufze.

Einen Moment lang sagt keine von uns beiden etwas, dann breche ich das Schweigen: »Geht dir das auch schon mal so, dass du dich beim Bibellesen total bestätigt fühlst, und auf einmal wird das alles über den Haufen geschmissen und du hast den Eindruck, du liegst anscheinend doch völlig daneben?«

Laura schubst Mats ein paarmal an. »Manchmal schon. Warum?«

Ich runzle die Stirn und verschränke die Arme. »Was würdest du unter selbstsüchtigen Wünschen verstehen?«

Laura bedenkt mich mit einem merkwürdigen Blick. »Wenn … ich meine, um jeden Preis glücklich werden zu müssen – egal, was es kostet? Zum Beispiel, wenn ich mir wünsche, dass meine Bedürfnisse gestillt werden, und mir die Bedürfnisse meiner Mitmenschen egal sind?«

Mist. »Musstest du das jetzt so definieren?«, brumme ich verdrossen.

»Wieso?«

»Jetzt hab ich keine Ausrede mehr.«

»Wofür?«

Ich seufze. »Gestern hab ich gelesen, dass mein Glaube tot ist, wenn ich einen in Not sehe und ihm einfach nur guten Appetit wünsche, anstatt ihm zu helfen … Jetzt guck nicht so!«

Sie lacht. »Wenigstens hast du ihm guten Appetit gewünscht, das ist doch immerhin etwas.«

Ich werfe ihr einen ironischen Blick zu.

Die hat gut reden. Seit Jakobus zwei weiß ich nicht mehr, was richtig und was falsch ist. Ich empfinde weder innere Ruhe, wenn ich an Benjamin denke, der sich in der Hitze den Buckel krumm schuftet, noch empfinde ich innere Ruhe bei dem Gedanken an eine weitere Begegnung mit ihm.

Vorhin bei Tisch, all diese merkwürdigen Dinge, die in meinem Kopf oder Bauch oder wo auch immer vor sich gehen, sobald nur jemand den Vornamen eines Mannes ausspricht, dem ich erst zwei Mal begegnet bin, beziehungsweise zweieinhalb Mal …

Jetzt bin ich schon so weit, dass ich mitzähle.

Das hier, das ist definitiv eine Bewährungsprobe.

Eine Weile ist nur das Gequietsche der Schaukel zu hören und Mats leises, wohliges Gesumme.

»Also? Wie war das jetzt genau mit dem Menschen in Not?«, fragt Laura leise und ich sehe das unterdrückte Schmunzeln, das ihre Mundwinkel umspielt.

Ich schaue sie finster an. »Du zum Beispiel?«

»Ich?« Sie lacht. »Ich bin nicht in Not. Nur in anderen Umständen.«

»Eben. Dir ist jeden Morgen schlecht und du müsstest dich mehr schonen.«

»Hm, vielleicht. Und wer ist noch in Not?«

»Jan?«

Sie grinst. »Dem hast du aber keinen guten Appetit gewünscht.«

»Doch, eben. Vorm Essen.«

Sie sieht mich vielsagend an.

Okay. Ich glaube, das Versteckspiel ist zu Ende.

Ich seufze. »Du wirst mich für verrückt halten.«

»Vielleicht auch nicht.«

Ich schaue auf meine Füße.

Seit gestern ist meine Laune auf dem Nullpunkt.

»*Wenn du dich unzufrieden fühlst und keine Freude empfinden kannst*«, hieß es neulich in der Predigt, »*dann könnte es daran liegen, dass du dich zu sehr um dich selbst und um deine Bedürfnisse drehst, anstatt nach denen deiner Mitmenschen zu fragen.*«

Damals habe ich das begeistert in mein Notizblöckchen niedergekritzelt.

Damals war mein Bruder noch nicht von der Leiter gefallen.

Ich seufze wieder. »Ich überlege, ob …«

Meine Freundin schaut mich abwartend an.

»… ob ich den beiden irgendwie helfen kann. Frag mich bloß nicht, wie«, füge ich frustriert hinzu. »Aber ich liege den ganzen Tag faul zu Hause herum, während der sich abrackert, weil Jan sich das Schlüsselbein gebrochen hat. Und du bist schwanger und musst einen blöden Picknickkorb durch die Gegend fahren, weil ich … was weiß ich für Gründe hab, es nicht zu tun! Und dann denke ich gleichzeitig, was bringt es, wenn ich den albernen Picknickkorb hinbringe und wieder nach Hause fahre und weiter faulenze, während der Kerl sich in der prallen Hitze abrackert!«

Laura schaut mich einen Moment lang an, dann lacht sie leise.

»Die Idee ist bescheuert, oder?«

Sie lächelt und schüttelt leicht den Kopf. »Nein. Die Idee ist überhaupt nicht bescheuert, Lena«, sagt sie und ich spüre, dass sie es ernst meint.

»Der würde mich für völlig verrückt halten.«

»Das glaub ich nicht.«

»Und Jan würde mich mein Leben lang damit aufziehen.«

»Das glaub ich schon eher.«

»Dabei will ich gar nichts von dem. Ich will einfach nur helfen.«

»Ich weiß.«

Und ich weiß, dass sie weiß, dass ich versuche, mir selbst etwas vorzumachen, denn: Ich glaube, wir haben beide sehr wohl verstanden, was hier vor sich geht. Schon allein die Tatsache, dass ich ihn nur mit »der« bezeichne, anstatt seinen Vornamen auszusprechen, spricht Bände.

»Und … inwiefern war da jetzt ein Widerspruch für dich beim Bibellesen? Was verstehst *du* denn unter selbstsüchtigen Wünschen?« Sie schaut mich an und ich schaue sie an und sie hebt die Hand. »Okay. Ich weigere mich, die Diskussion von neulich wieder hervorzukramen und noch einmal über die verbotene Frucht zu diskutieren.«

Ich verdrehe die Augen und sie blickt mich lange an.

»Lena. Ein Wunsch ist nur dann selbstsüchtig, wenn es dir um deinen eigenen Vorteil geht.«

An diesem Abend liege ich in meinem Bett und lese mir Jakobus eins und zwei noch einmal durch. Gründlich. Vielleicht habe ich irgendeinen wichtigen Satz übersehen und werde ihn in den nächsten Sekunden entdecken und doch noch zu der Erkenntnis kommen, dass meine Idee zu hundert Prozent völlig daneben ist.

Jetzt mal ehrlich, was ist, wenn ich da morgen hinfahre und er mich lauthals auslacht? Was ist, wenn er mich *nicht* auslacht und mein Angebot annimmt und mir am dritten Arbeitstag erzählt, was er vergangenes Wochenende mit seiner Verlobten unternommen hat, weil er so einer ist, der bei der Arbeit keinen Ring trägt, weil der ewig teuer war und nicht zerkratzt werden darf, und weil er außerdem so einer ist, der seinem eigenen Kollegen seine Verlobte verschweigt und ihm in zwei Monaten – tadaaa – seine Hochzeitseinladung unter die Nase hält, weil er auf schlechte Überraschungen steht?

Okay, unwahrscheinlich. Mein Bruder und er scheinen ziemlich dicke miteinander zu sein. Und ich habe an dem Abend bei Jan und Laura auch keinen Ring gesehen.

Aber was ist, wenn ich mich in ihn verliebe, er sich aber nicht in mich, weil ich absolut nicht sein Typ bin?

Gott. Ich will keine Ruth sein!

Wer weiß, vielleicht bin ich ja auch eine Esther und *kann* in meinen eigenen vier Wänden herumsitzen und darauf warten, dass der Königsdiener hereingeschneit kommt und mich da herausholt. Vielleicht bin ich sogar schon dem König selbst begegnet und weiß es nur nicht, weil er sich nicht als solcher vorgestellt hat. Oder er weilt zurzeit in einem der Fünfsternehotels unserer Stadt und ich könnte morgen dahin fahren statt auf die Baustelle, mich als Angestellte ausgeben und in den VIP-Flur hochfahren. Ich könnte meinen König mit einem dieser Putzfrauenwagen anfahren wie die junge Frau in *Eine Königin zu Weihnachten* und er würde sich in mich verlieben, weil ich ihm als Entschädigung ein Notfall-Nähkit anbieten würde. Das Leben wäre so einfach. Auch wenn ich der ganzen Aschenputtel-Geschichte noch nie wirklich etwas abgewinnen konnte und keine Lust hätte, den Rest meines Lebens in einem kalten Schloss zu verbringen und mich an irgendeine anstrengende Etikette zu halten. Wer gerne nur mit der Gabel isst, sollte auch den Rest seines Lebens nur mit der Gabel essen dürfen.

Aber vielleicht kann ich eine Rebekka sein und werde auserkoren, weil ich zehn Kamele getränkt habe. Obwohl … Kamele trinken angeblich eine ganze Menge und diese Arbeit muss in der brütenden Hitze auch nicht gerade angenehm gewesen sein. Was mich wieder an Benjamin erinnert.

Ich drehe mich im Kreis. Mein Kopf tut weh.

Jakobus schreibt, dass jede gute Gabe und jedes vollkommene Geschenk von oben herab kommt, aber das Einzige, was in den vergangenen Tagen eine Von-oben-herab-Bewegung gemacht hat, war mein Bruder mit der Leiter, und wenn ich mich vorhin nur egoistisch und selbstsüchtig gefühlt habe, dann fühle ich mich jetzt durchweg scheußlich bei dem Gedanken, dass der Sturz meines Bruders in irgendeiner Weise ein Geschenk gewesen sein soll.

Auf jeden Fall hat Jakobus mich nicht zu der siedend heißen Erkenntnis gebracht, dass ich morgen in meiner Wohnung bleiben und das Faulenzen weiter genießen soll. Vielleicht steckt ja was in den Querverweisen.

Ich beginne mit dem zum Vers über den Menschen in Not.

Sprüche drei, Vers siebenundzwanzig und achtundzwanzig: *Wenn jemand deine Unterstützung braucht und du ihm helfen kannst, dann weigere dich nicht. Vertröste ihn nicht auf morgen, wenn du heute helfen kannst!*

Ich seufze laut. Na toll. Das war ja jetzt sehr hilfreich.

Aber vielleicht steht der Vers in irgendeinem Zusammenhang, der mit meiner Situation absolut nichts zu tun hat. Man sollte eine Bibelstelle immer im Zusammenhang lesen. In den Sprüchen steht doch meistens irgendwas von Leuten, die zu Unrecht verurteilt werden, oder von Waisen und Witwen. Vielleicht steht ja weiter oben, dass ich morgen meine Oma besuchen soll!

Hoffnungsvoll wandert mein Blick zu dem Vers davor.

»Der Herr selbst ist der Grund für deine Zuversicht; er lässt dich nicht in eine Falle laufen.«

Mein Herzschlag stolpert.

Ach du meine Güte.

Ach du meine … Güte!

Völlig verblüfft starre ich die Worte an.

Gott. Ist das dein Ernst? Ist das wirklich dein Ernst?

Kapitel fünfundzwanzig

Es wäre eine glatte Lüge zu behaupten, dass ich gut geschlafen hätte. Im Prinzip bestand meine halbe Nacht darin, dass ich mich von der einen Seite auf die andere gewälzt und mir dabei ein Gegenargument nach dem anderen aus den Fingern gesogen habe.

Nichts zu machen. Das Versprechen hat sich in mein Herz gebrannt. Es hat sich nicht damit begnügt, von meinen Augen gelesen und von meinem Gehirn verstanden zu werden. Es hat mein Gehirn sozusagen übersprungen und weit hinter sich gelassen.

Er lässt dich nicht in eine Falle laufen … Weigere dich nicht.

Gegen halb drei bin ich schließlich vor Erschöpfung eingeschlafen und hier stehe ich nun vor meinem Kleiderschrank und zerbreche mir den Kopf darüber, welche Sommerklamotten wohl am ehesten nach praktischer Unterstützung und Hilfe aussehen und wie um alles in der Welt ich es in der glühenden Hitze aushalten soll ohne Sommerklamotten, die nach glühender Hitze aussehen, aber Hitzewellen bei anderen Leuten heraufbeschwören könnten, während ich darin praktische Unterstützung und Hilfe zu leisten versuche.

Gott, das hier ist doch einfach nur verrückt.

Um Punkt halb zwölf stehe ich bei Jan und Laura auf der Matte und mein Finger schwebt auf halber Höhe zwischen meinem Gesicht und ihrer Wohnungsklingel.

Ob Jan von meinem Vorhaben weiß? Irgendwie hab ich den Verdacht, er hätte mich angerufen, noch ehe Laura fertig erzählt hätte.

Kann auch sein, sie hat es ihm erzählt und er steht hinter der Tür und lauert mir auf. Weil es schöner ist, die Reaktion der Person zu sehen, die man neckt, anstatt sie nur zu hören.

Er lässt dich nicht in eine Falle laufen.

Ein leises Wimmern entschlüpft meiner Kehle und mein Finger drückt auf den Klingelknopf.

Keine Falle, Gott. Ich nehme dich beim Wort.

Laura macht die Tür auf, hält sich einen Finger an die Lippen und zwinkert.

Jan weiß nichts. Meine Freundin ist die Beste.

Sie hält mir die Tür auf.

»Nenaaaa!« Mats kommt durch den Flur auf mich zugeflogen und springt mir in die Arme. Ich hebe ihn hoch und drücke ihm einen Schmatzer auf die Wange. »Na, kleiner Mann?«

»Nena piejen!«

Ich lache. »Nein, die Lena kann heute nicht mit dir spielen, Matse.«

Er schaut mich einen Moment lang an, dann rennt er in sein Kinderzimmer.

Aus dem Wohnzimmer kommt Jan. »Hi«, sagt er mit erstaunt hochgezogenen Augenbrauen.

»Hi«, grüße ich zurück und gratuliere mir innerlich zu meinem unbekümmerten Tonfall.

»Was verschafft uns die Ehre?«, fragt er und kommt näher.

Laura taucht aus der Küche auf. »Der hier.« Sie drückt mir einen Picknickkorb in die Hand und offenbar besitzt meine Schwägerin nicht nur Körbe mit rosa Herzchen drauf. Wo war dieser blau-weiß gestreifte Stoff, als ich ihn zum ersten Mal brauchte?

»Danke«, sage ich trocken und deute auf den Korb.

Sie grinst.

Jans Blick wandert zwischen dem Korb, mir und Laura hin und her. Er verschränkt die Arme. »Hab ich irgendwas verpasst?« Ein Grinsen schleicht sich auf sein Gesicht. »Woher der plötzliche Sinneswandel?«

»Kein Sinneswandel«, erwidere ich und werfe ihm einen meiner Lehrerinnenblicke zu. Dass mir ja keiner auf dumme, abwegige Gedanken kommt. »Deine Frau ist schwanger und du darfst kein Auto fahren. Und ich habe frei.«

Mein Bruder runzelt die Stirn, schiebt nachdenklich die Unterlippe vor und nickt ein paarmal. »Okay.«

Mehr kommt nicht aus seinem Mund, von daher schätze ich, er hat mich schneller vom Haken gelassen, als ich befürchtet hatte.

»Wir sehen uns«, sage ich und öffne die Tür. »Tschüss, Matse!«

Mats kommt wieder in den Flur gelaufen und ich sehe sein Gesicht nicht, weil er einen Lastwagen trägt, der ungefähr halb so groß ist wie er selbst.

»Wow, das ist ja ein toller Lkw!«

Sein Gesicht erscheint rechts von dem Gefährt und er strahlt mich an.

»Damit spielen wir beim nächsten Mal, okay?«

Heftiges Nicken. »Nena bauen!«

»Abgemacht.« Ich wuschle ihm durch die Haare und trete ohne einen weiteren Blick zu Jan ins Treppenhaus.

Laura winkt und zwinkert ein letztes Mal und dann macht sie die Tür zu.

Diese Hürde wäre geschafft.

Die größere steht mir noch bevor.

Kapitel sechsundzwanzig

Hier wohnen vermutlich nur Familien mit Kindern. Neubaugebiet. Das letzte Mal, als ich in diesen Teil der Stadt gekommen bin, war mir gar nicht bewusst, dass es ein Teil der Stadt ist. Felder und Wiesen, so weit das Auge reichte. Jetzt reiht sich ein Haus ans andere.

Und entweder verstehen sich in dieser Nachbarschaft alle gut miteinander oder die Familien wohnen noch nicht lange hier, denn ich sehe weit und breit keinen Gartenzaun.

Ein schwarzer SUV steht im Hof.

Ich kann nur hoffen, dass die Leute im Haus sind und niemand Zeuge einer der peinlichsten Szenen meines Lebens wird.

Mit schwitzenden Fingern setze ich den Blinker und parke zwischen zwei frisch aufgetragenen weißen Parkstreifen auf der Straße. Mein Herz klopft mir bis zum Hals, und während ich mit dem Picknickkorb zum Haus mit der Nummer achtzehn hinüberlaufe, muss ich mehrmals schlucken. Ich fühle mich nicht wie Ruth. Ich fühle mich wie Esther, die ungefragt zum König geht und nicht weiß, ob er sie am Leben lassen wird oder nicht.

Kann mal jemand die Klammer um meinen Brustkorb wegnehmen?

Ich atme tief ein und wieder aus.

Gott … Ich hab absolut keine Ahnung, wie er reagieren wird.

Während ich um das Haus herumgehe, zum Garten hin, höre ich Stimmen. Männerstimmen. Die eine davon gehört Benjamin. Die andere hört sich verärgert an.

Ich verlangsame meinen Schritt und spähe um die Hausecke in den Garten.

Die beiden Männer haben mir den Rücken zugewandt.

»Ich kann herzlich wenig dafür, dass Ihr Kollege sich das Schlüsselbein gebrochen hat!«, sagt der Mann neben Benjamin und seine Stimme ist zu laut. »Samstag fahren wir in den Urlaub, kriegen Sie das hier bis dahin fertig oder nicht?«

»Ich habe Ihnen gesagt, ich werde mein Bestes tun«, antwortet Benjamin. Es hört sich an, als müsse er sich sehr beherrschen.

»Das will ich hoffen.« Der Mann, der offenbar der Hausbesitzer ist, stapft ohne ein weiteres Wort in sein Haus zurück.

Das hat sich gar nicht gut angehört.

Benjamin steht ein paar Sekunden regungslos da und ich kann nur ahnen, was in ihm vorgeht. Dann höre ich einen langen Seufzer, aus dem Frust und Erschöpfung sprechen, während er den Kopf senkt und ihn dabei schüttelt.

Nicht der allerbeste Zeitpunkt, hier aufzukreuzen.

»Hi«, sage ich leise und beiße mir auf die Unterlippe.

Er wendet sich um und starrt mich an. Eine Sekunde. Zwei. Sein Blick wird warm und weich. »Hi«, sagt er nur. Und rührt sich nicht.

Hitze schießt in meine Wangen. Ich hebe den Picknickkorb in die Höhe. Meine Einleitung. »Dein Essen.«

Sein Blick wandert von meinen Augen zu dem Korb. Und wieder zu mir zurück. »Ich hab denen doch gesagt, sie sollen dich nicht mehr schicken.«

»Äh …« Ich spüre noch mehr Hitze in meine Wangen schießen. »Haben sie auch nicht. Ich hab mich angeboten, also …« Meine Güte, wie hört sich das denn jetzt an? »Laura muss sich schonen, Jan darf nicht fahren und ich hab Zeit«, wiederhole ich meine Begründung des Tages.

Benjamin hat mich währenddessen nicht aus den Augen gelassen. Einen Moment lang reagiert er nicht, dann runzelt er leicht die Stirn und kratzt sich lächelnd im Nacken. »Okay …«

Dass der sich bloß nichts darauf einbildet. Ich meine, ich hätte gerade sehr wohl deutlich gemacht, dass dies hier lediglich ein Akt praktischer Nächstenliebe ist.

Ich reiche ihm den Picknickkorb und trete einen Schritt zurück.

»Danke«, sagt er, hält den Korb im Arm und macht keinerlei Anstalten, das Ding zu öffnen.

Hm, also, wenn er nicht ein kleines bisschen voranmacht, dann kommt gleich der nette Mensch wieder aus dem Haus geschneit und sagt ihm, wo der Hase langläuft.

Benjamin deutet auf den Korb und sieht mich mit leicht zusammengekniffenen Augen an. »Ähm … Willst du auch was?«

Ich schüttle den Kopf. »Nein, danke, ich esse gleich zu Hause.« Ravioli aus der Dose. Aber lieb, dass er fragt.

Er nickt, stellt den Picknickkorb auf den Boden und nimmt seine Kappe ab.

Ich versuche, nicht auf seinen Kopf zu starren, wo ich vor ein paar Wochen noch Haare gesehen habe. Jetzt sind da nur noch Stoppeln. Sommerschnitt. Steht ihm gut.

Er greift nach einer kleinen Wasserflasche, geht zum Rand der unfertigen Terrasse, wäscht sich die Hände, und dann lässt er sich neben dem Picknickkorb auf den Boden sinken und senkt den Kopf. Seine Augen sind zu und seine Lippen bewegen sich.

Immer wenn andere lautlos beten, weiß ich nicht, wie ich mich verhalten soll, also schließe ich auch die Augen.

Gott. Gib mir Mut.

»Amen«, höre ich Benjamin laut und deutlich sagen.

Galt das mir?

Ich reiße die Augen wieder auf und erhasche gerade noch einen Blick von ihm, bevor er müde grinsend in das Sandwich in seiner Hand beißt.

Witzig.

Purzelbäumchen in meinem Bauch.

»Geht's dir gut?«, fragt er, beißt noch mal ab und kaut.

Ich nicke. »Ja, und dir?« Lahm. So was von lahm.

»Auch gut. Viel zu tun.«

»Ja, das seh ich.«

Dann nimmt er einen weiteren Bissen von seinem Sandwich und sieht mich immer noch an und ich sehe ihn an und er fragt sich hundertpro, warum ich immer noch hier stehe.

Ich hole tief Luft und verschränke die Arme. Jetzt oder nie.

»Ähm … Kann ich vielleicht irgendwie … helfen?« Die Worte sind aus meinem Mund, bevor ich es mir anders überlegen kann.

Benjamin hält im Kauen inne. Dann schluckt er. »Helfen.«

Ich zucke mit den Achseln. »Ja.«

Ich bin lächerlich. Meine Idee ist lächerlich. Dass ich überhaupt noch hier stehe, ist lächerlich.

Benjamin lässt den Blick über die kleine Baustelle wandern. »Okay, ähm … helfen.«

Das Verb scheint ihm Probleme zu bereiten. Vielleicht sollte ich es genauer definieren. Oder sehen, wie ich so schnell wie möglich hier verschwinde.

Sein Blick wandert zurück zu mir und er nickt zum Haus hin. »Du hast das vorhin mitgekriegt.«

»Nein. Ich meine, ja, aber das hat damit nichts zu tun.«

Etwas regt sich in seinem Blick und ich glaube, jetzt weiß ich, wie sich ein Angeklagter im Zeugenstand fühlen muss. Verteidige dich! Rede um dein Leben!

»Das war nicht meine Idee, ich meine –« Warum sage ich das eigentlich andauernd? Ich schüttle den Kopf. »Mein Bruder hat sich das Schlüsselbein gebrochen, sein Kollege rackert sich ab und ich sitze den ganzen Tag faul rum.« Ich zucke die Achseln. »Ich fühl mich nicht besonders toll dabei.«

In Benjamins Augen ist ein Ausdruck getreten, den ich absolut nicht deuten kann. Er greift in den Picknickkorb, holt ein weiteres Sandwich hervor und beißt hinein.

Klasse. Kann der mal bitte was dazu sagen? Denkt er jetzt über mein Angebot nach oder nicht?

Etwas ratlos stehe ich neben ihm, während er zu Ende isst.

Er nimmt einen langen Schluck aus seiner Wasserflasche, macht den Picknickkorb wieder zu, steht auf und wirft mir einen

Seitenblick zu. »Du kannst mir nicht helfen, Lena«, sagt er, geht zu dem Stapel Holzbretter hinüber, greift sich ein Brett und kniet neben der Säge nieder.

Ich starre den Korb an.

Der hat sich sage und schreibe fünf Minuten Zeit zum Essen genommen. Wenn überhaupt.

Wortlos sehe ich zu, wie er das Brett durchsägt. Das kreischende Geräusch durchschneidet die heiße Sommerluft.

»Du kannst mir nicht helfen.« Ist das alles, was er dazu zu sagen hat?

Er greift nach einem weiteren Brett und wieder ertönt das Kreischen der Säge.

Toll.

Die Säge verstummt, er geht erneut an mir vorbei und nimmt sich ein neues Brett. »Hast du den Jan gefragt?«

Ich seufze. »Nein.«

Er nickt und um seine Mundwinkel zuckt es verräterisch. »Will mir nicht vorstellen, was der dazu gesagt hätte.«

Mit einem langen, rätselhaften Blick schleppt er das Brett an mir vorbei zurück zur Säge und kniet sich auf den Boden. Offenbar ist dieses Brett schwieriger durchzusägen als die vorherigen, es dauert nämlich verdächtig lange. Benjamins Gesicht ist unter dem schwarzen Cappy verborgen.

Hundert Euro für seinen Gesichtsausdruck. Nein, das nehme ich zurück. Ich will gar nicht wissen, was er gerade denkt.

Und wieder verstummt die Säge und wieder marschiert er ohne Brett hin und mit Brett her.

Hallo? Hat er jetzt auf die Frage geantwortet oder nicht? Ist das seine Art und Weise, ein Gespräch zu beenden? Soll ich noch weiter hier stehen bleiben? Oder mich aus dem Staub machen, bevor er ein weiteres Mal den Kopf heben und mich mit diesem seltsamen Gesichtsausdruck bedenken kann?

Beim fünften wortlos bearbeiteten Brett beschließe ich, dass Benjamin offenbar vorhat, mich so lange hier stehen zu lassen, bis ich von alleine verschwinde, und dass ich mich absolut und unwiderruflich vor ihm lächerlich gemacht habe.

Ich schlucke und wende mich zum Gehen.

»Ähm«, höre ich ihn hinter mir und drehe mich um.

»Warte mal.« Er steht auf und wischt sich die Hände an der verstaubten Arbeitshose ab. Das Schmunzeln ist von seinem Gesicht verschwunden. »Du kannst mir ja deine Handynummer geben«, sagt er und geht, ohne mich anzusehen, zu einem der Fenster hinüber. »Für alle Fälle.« Er greift nach dem Handy auf der Fensterbank.

Ich nicke und schlucke wieder. »Okay.« Damit hatte ich jetzt nicht gerechnet.

Er tippt auf seinem Display herum, dann nickt er. Das soll wohl heißen, ich kann loslegen. Ich diktiere ihm meine Nummer und bemühe mich dabei um eine möglichst ruhige Stimme. Vergeblich.

Benjamin tippt mit. Als ich fertig bin, legt er sein Handy wieder auf die Fensterbank. Dann sieht er mich an. »Danke«, sagt er nur und es hört sich an, als würde er es ernst meinen.

Ich nicke und sage nichts, weil mir in diesem Augenblick beim besten Willen nichts Intelligentes einfallen will.

Er kehrt zu seinen Brettern und zu seiner Säge zurück und ich gehe mit raschen Schritten auf die Hausecke zu.

Und während ich aus dem Garten heraus und zu meinem Auto hinüberlaufe, fühle ich mich wie nach meinen Bewerbungsgesprächen vor ein paar Jahren. Er hat meine Nummer, aber ich habe keine Ahnung, ob er jemals anrufen wird.

Kapitel siebenundzwanzig

Kaum bin ich wieder in meiner Wohnung und habe soeben eine Konservendose Ravioli in meinen kleinsten Kochtopf geschüttet, da klingelt es an meiner Wohnungstür. Stirnrunzelnd lege ich den Kochlöffel beiseite und stehe auf. Wer kann das denn sein?

»Hi«, werde ich von Kim begrüßt, als ich die Tür aufmache, und sie sieht irgendwie … seltsam aus. »Überraschung«, sagt sie völlig freudlos.

»Hi!« Ich mustere sie mit wachsender Sorge. »Geht's dir nicht gut?«

Sie atmet laut aus und lässt die Schultern hängen. »Wir haben Schluss gemacht.« Ohne ein weiteres Wort geht sie an mir vorbei und setzt sich auf mein Sofa.

Ich starre sie an, schließe meine Wohnungstür und setze mich neben sie. »Schluss gemacht«, wiederhole ich.

»Ja.« Das ist alles, was sie sagt.

Ha. Ich weiß nicht, was ich sagen soll. Ganz ehrlich nicht. Mit so was hatte ich heute nun wirklich nicht gerechnet. »Warum?«, frage ich.

Kim starrt das Bild an der Wand gegenüber an. »Ich hatte von Anfang an das Gefühl, dass wir nicht zusammenpassen, aber …« Sie zuckt die Achseln.

Nicht zusammenpassen … »Wieso?«

»Wenn ich das wüsste«, flüstert sie und hört sich fürchterlich erschöpft an. Sie schlägt sich die Hände vors Gesicht und sitzt ein paar Sekunden so da. »Ich bin scheußlich«, sagt sie schließlich.

Ich öffne den Mund, aber es kommt nichts heraus.

Kim nimmt die Hände weg und sieht mich an.

»Warst du diejenige, die …?«

Sie nickt.

»Und wie hat er's aufgefasst?«

»Nicht so gut. Das ist die Sache, die mir am meisten zu schaffen macht.«

»Das heißt, er hat sich in eurer Beziehung wohlgefühlt.«

Es sollte mehr eine Frage als eine Feststellung sein, aber sie wirft mir einen zynischen Blick zu. »Danke. Das hilft mir jetzt echt weiter.«

»Tut mir leid. *Du* tust mir leid.« Und Patrick auch. Ich weiß, wie man sich fühlt, wenn man sich vergeblich Hoffnungen gemacht hat. Und die Erinnerung an Stefans Reaktion auf meine Zurückweisung ist auch noch ziemlich frisch. Und was ich auf jeden Fall weiß, ist, dass meine kleine Schwester selbst am allerbesten nachvollziehen kann, wie Patrick sich jetzt fühlen muss.

»Ehrlich gesagt bin ich total erleichtert, dass ich den Mut hatte«, sagt sie. »Wenn ich mich nur nicht fühlen würde, als wäre ich die fieseste Person auf dieser ganzen Welt …«

Ich nicke nur.

Dann sitzen wir da und ich warte darauf, dass meine Schwester weiterredet. Oder doch noch irgendwie auf meinem Sofa zusammenbricht und sich bei mir ausheult.

Nichts.

Sie schnuppert. »Was kochst du da?«

»Ravioli. Willst du welche?«

»Gerne.«

Ich springe auf und bin einfach nur froh, dass ich irgendetwas für sie tun kann. Ich würde sogar zur Videothek rennen, einen ihrer Lieblingsliebesfilme ausleihen und mit ihr anschauen, wenn es das wäre, was sie jetzt bräuchte. Obwohl ich eher vermute, dass sie jetzt alles andere als einen Film braucht, in dem zwei Schauspieler, die in Wirklichkeit gar nicht zusammen sind, vorspielen, sie wären es. Mit allem, was dazugehört.

Meine Abzugshaube rauscht und die Ravioli blubbern, und während ich im Topf herumrühre, betrachte ich meine Schwester, die auf dem Sofa sitzt und auf ihrem Handy herumtippt.

Diesmal hat *sie* den Schlussstrich gezogen. Ist das der Grund, warum ich keine Tränen sehe?

Auf jeden Fall hat die Kim da drüben nichts mit der siebzehnjähren Kim gemeinsam, die damals monatelang völlig am Boden zerstört war, nachdem Lukas ihr das Herz gebrochen hatte. Meine Schwester lief tagelang mit roten Augen herum. Nach ein paar Tagen schluchzte sie nur noch nachts in ihr Kissen, wenn sie dachte, ich wäre eingeschlafen. Und dann kam eine Phase, die ich am liebsten aus meinem Gedächtnis verbannen würde. Es ist schlimm, wenn deine kleine Schwester untröstlich ist und du nicht weißt, wie du ihr helfen sollst. Aber die verzweifelten und wütenden Tränen waren mir noch tausendmal lieber als die emotionslose, wortkarge und verschlossene Person, in die sich Kim über Nacht verwandelt hatte. Sie war nicht mehr wiederzuerkennen. Nun war ich diejenige, die nachts lautlos ins Kopfkissen weinte, weil ich meine liebe, lebenslustige kleine Schwester verloren hatte und sie einfach nur wieder glücklich und fröhlich sehen wollte. Und ich nahm mir vor, dass mich niemals ein Mann derart verletzen würde.

Es dauerte mehrere Wochen, bis die alte Kim wieder zum Leben erwachte, und ich war einfach nur erleichtert. Aber das Thema Lukas wurde nie mehr angeschnitten. Meine Schwester redete nicht mehr über ihn, und wenn in einem Gespräch zufällig sein Name fiel, dann reagierte sie völlig gleichgültig. So als gäbe es ihn gar nicht. Und das hat sich bis heute nicht geändert.

Nein. Die Kim von damals hat absolut nichts mit der Kim zu tun, der ich jetzt einen Teller mit ein paar der Ravioli bringe, bevor ich mich wieder neben sie setze und meine eigenen löffele.

Vielleicht hat sie damals gelernt, dass Tränen nichts an der Sache ändern. Vielleicht ist sie einfach nur eine innerlich starke, reife Frau geworden, weil sie jungen, verzweifelten Müttern tagtäglich Mut zusprechen muss.

Vielleicht ist es aber auch das, was ich vermute: Ganz offensichtlich hat sie nie einen Schlussstrich unter ihre Geschichte mit Lukas gezogen.

Kapitel achtundzwanzig

An diesem Abend stehe ich gedankenverloren im Badezimmer und pfriemle gerade meine Kontaktlinsen aus den Augen, als auf dem Wohnzimmersofa mein Handy klingelt.

Hastig lege ich meine linke Kontaktlinse in das Döschen, laufe hinüber und greife nach meinem Handy.

Nummer unbekannt. Mein Herz stolpert. Ist das etwa …?

Ich tippe auf den grünen Telefonhörer und halte mir das Handy ans Ohr. »Hallo? Hier Lena?«

»Hallo Lena, hier ist Benni«, erklingt seine tiefe Stimme in meinem Ohr.

Erneutes Herzstolpern. »Hi!«

Ups. Das war zu laut. Er ruft tatsächlich an?

»Hi, äh. Ich hoffe, ich stör nicht.«

»Nein, überhaupt nicht!« *Hör auf zu schreien, Lena.*

»Also, ähm …« Er räuspert sich. »Ich wollte auf dein Angebot zurückkommen.«

Auf mein überaus peinliches, völlig unangemessenes Angebot. »Okay …«

»Erst mal muss ich mich bei dir entschuldigen. Weil ich so … komisch reagiert hab.«

»Ach.« Ich winke ab, obwohl er das nicht sehen kann. »Kein Problem. Die Idee war ja auch ein bisschen verrückt.«

»Aber das war dir schon ernst, oder?«

»Ja …« Oh Mann.

Ein paar Augenblicke herrscht Schweigen in der Leitung. Als er wieder redet, meine ich, ein Lächeln in seiner Stimme zu hören. »Musst du nicht das neue Schuljahr vorbereiten? Meine Schwester ist schon dabei.«

Will er mir die Sache ausreden? Etwas in seinem Tonfall lässt mich daran zweifeln.

»Ja, ich weiß, manche Schulleiter legen die neuen Stundenpläne schon am Ende des Schuljahres fest. Unser Direktor macht das immer erst in der vorletzten Ferienwoche.«

»Okay … Das heißt, du musst alles in der letzten Woche vorbereiten?«

»Die ersten Unterrichtseinheiten, ja.«

»Hört sich stressig an.«

Er klingt aufrichtig interessiert.

»Man muss sich halt organisieren. Die ersten Wochen im Schuljahr sind ziemlich intensiv. Aber dafür hab ich wenigstens in den Sommerferien fast die ganze Zeit frei.«

»Hm«, macht er. »Auch nicht schlecht. Das heißt, du hast jetzt noch vier Wochen, bevor du ans Vorbereiten musst?«

»Ja.«

»Und du bist sicher, dass du die nicht genießen willst, ich meine … Du hast dir deine Ferien ja verdient.«

Ich habe mehr und mehr den Eindruck, er will mir die Sache wirklich nicht ausreden, sondern sich vielmehr vergewissern, dass es für mich wirklich in Ordnung ist.

»Ich liege seit einer Woche faul in der Sonne rum. Ich glaub, ich hatte bereits Erholung genug. Und ich weiß, wie sehr ihr die Hilfe gebrauchen könnt.«

»Das ist echt nett von dir, Lena. Ich … Tut mir leid, dass ich erst so … abweisend war. Das war keine Absicht.«

»Ist schon okay.« Jetzt hat er sich schon zweimal entschuldigt.

»Ich war ehrlich gesagt ein bisschen überrumpelt.« Er lacht leise. »Gibt nicht viele Menschen, die bereit sind, ihre Ferien zu opfern, um anderen zu helfen. Und es ist absolut nicht meine Art, Frauen für mich arbeiten zu lassen.« Er lacht. »Schon alleine das hört sich blöd an. Aber … andererseits könnte ich die Hilfe wirklich gebrauchen, vor allem ab nächster Woche, weil wir da einige größere Aufträge haben. Zu zweit geht's einfach schneller. Du kannst Jans Part natürlich nicht komplett übernehmen, aber …« Er macht eine kleine Pause. »Ich werde mir was einfallen lassen, wie du mir helfen kannst, ohne dass es dir zu viel wird.«

»Okay.« Wow …

Wieder ist es kurz still in der Leitung.

»Okay«, sagt er und ich höre wieder das Lächeln in seiner Stimme. »Dann bespreche ich das mal mit Jan.«

Meinem Bruder, dessen Reaktion ich kaum erwarten kann. Ich bin erleichtert, dass Benjamin mich nicht gebeten hat, Jan die frohe Kunde selbst zu überbringen. »Muss das bei der Sozialversicherung gemeldet werden?«, frage ich.

»Nein, ich denke, das fällt unter familiäre Hilfeleistung.«

»Gut.«

»Aber wir werden eine Unfallversicherung für dich abschließen.«

»Ich hab eine.«

»Für deinen Beruf, ja. Aber nicht für unseren.«

»Ach so, ja, stimmt.«

»Ich melde mich wieder bei dir«, sagt Benjamin.

»M-hm.«

»Danke noch mal, Lena.«

Ich lächle. »Gerne.«

Als wir beide aufgelegt haben, sitze ich erst einmal da und versuche, die Tatsache zu verdauen, dass Benjamin mich tatsächlich zurückgerufen hat.

Nach dem, wie das heute Mittag da in dem Garten gelaufen ist, war ich überzeugt, dass er entweder überhaupt nicht anrufen würde oder höchstens, um so etwas zu sagen wie: *»Danke, ist nett, aber ich komme schon klar.«*

Nach den zwei peinlichen Begegnungen wundert es mich, dass wir überhaupt ein normales Gespräch zustande bekommen haben.

Aber dass der ernsthaft überlegt und mich beim Wort nimmt …

Offenbar war meine Idee doch nicht so lächerlich.

Er ist froh, dass jemand ihm seine Hilfe anbietet, Lena. Das ist alles.

Ich seufze laut.

Okay. Sieht wohl so aus, als würde ich ab nächster Woche auf der Baustelle arbeiten. Zusammen mit Jans Arbeitskollegen. Was habe ich mir da angetan?

Eine Dreiviertelstunde später sitze ich in meinem Bett und versuche, mich auf Jakobus drei zu konzentrieren, da reißt mich der Klingelton meines Handys aus meinen Gedanken.

Immer noch etwas betäubt greife ich danach und schaue auf das Display.

Jan. Wer sonst?

Ich atme zweimal tief durch, verdrehe die Augen, nehme den Anruf entgegen und seufze laut.

»Na, das ist ja eine nette Begrüßung.« Bei dem unverschämten Grinsen in seiner Stimme stellen sich die Härchen auf meinen Armen auf.

Ich täusche ein lautes Gähnen vor. »Leg los, lass dich nicht aufhalten, dann hab ich's schneller hinter mir.«

»Loslegen? Womit denn?«

»Ha. Ha.«

»Wusste gar nicht, dass du dich neuerdings für Terrassenbau interessierst.«

»Schlechter Witz Nummer eins …«

»Oder sollte ich sagen: für Terrassenbauer?«

»Schlechter Witz Nummer zwei, beim dritten musst du mir deine Frau geben. Oder deinen Sohn.«

»Lena, Lena, Lena.« Jan schnalzt mit der Zunge. »Ist ja interessant, was du hinter dem Rücken deines wohlwollenden Bruders so alles ausheckst.«

»Sei froh, dass ich überhaupt irgendwas aushecke und mir das Unternehmen meines wohlwollenden Bruders nicht völlig egal ist.«

»Bin ich auch, bin ich auch … Du würdest mein Glück noch vollkommener machen, wenn du gerade mal rüberkommen könntest und diese Papiere hier unterschreiben würdest.«

»Was für Papiere?«

»Unfallversicherung?«

Mein verrückter Bruder hat sich doch tatsächlich sofort hingesetzt und eine Unfallversicherung für mich abgeschlossen. »Guck mal auf die Uhr.«

»Hm, ja, schade, schade. Dann müssen wir das wohl morgen früh machen.«

»Ich schlafe aus. Ich hab Ferien, schon vergessen?«

Er lacht. »Nicht mehr lange.«

»Eben. Die paar Tage will ich das noch genießen.«

»Zählst du etwa die Tage?«

»Nummer drei. Deine Frau, bitte.«

Er seufzt. »Okay, wie du willst.«

»Braver Junge.«

Es raschelt im Hörer. Dann lacht meine Freundin. »Das ging ja diesmal schnell.«

»Seine Schuld, er läuft auf Hochtouren. Was nimmt der noch mal ein?«

»Paracetamol.«

»Nicht genug, offenbar. Gib ihm die dreifache Dosis. Oder versteck die Dinger ganz.«

»Er sagt, er wäre noch nie so gerne krankgeschrieben gewesen.«

»Jep«, schallt es aus dem Hintergrund. »Good times, ladies and gentlemen. Good times.«

Mein Bruder redet Englisch. *Ich* habe meinen Bruder zum Englischreden gebracht.

Ich denke mal, damit bin ich offiziell zu diesem bemitleidenswerten Schmetterling mutiert, der in Amerika mit seinen zarten Flügeln geschlagen und damit in Europa einen Tsunami ausgelöst hat. Oder wie auch immer diese Theorie funktioniert.

Das Marmeladenbrot ist mir quasi aus der Hand gefallen und konnte nur auf der klebrigen Seite aufkommen.

Der Tag war zu lang.

Ich brauche Schlaf.

Sonntagmorgen. Ein Tag vor dem großen Tag.

Meine heutige Mission: meine kleine Schwester beobachten.

Nach dem Gottesdienst stelle ich mich zu meinen Freundinnen in den Gemeindeflur und behalte Kim im Auge, die sich da drüben mit ihren Freundinnen unterhält.

Ein paar Meter weiter weg steht Lukas. Er hat den Kopf gesenkt und ein stilles Lächeln umspielt seine Lippen, während er seinen Freunden zuhört.

Lukas ist einer der ruhigeren Typen. Nicht verschlossen, einfach nur nicht besonders redselig. Ein stilles Wasser.

Ich verkneife mir ein Grinsen, während mein Blick von ihm zu meiner Schwester hinüberwandert. Sie erzählt gerade mit vielen Gesten in einem begeisterten Redeschwall von was weiß ich für einem Erlebnis und ihre Freundinnen brechen in lautes Lachen aus. Sieht mir nicht danach aus, als würde Kim sich in irgendeiner Weise für die Gruppe junger Männer da drüben interessieren. Aber meine Schwester war schon immer sehr gut im Schauspielern.

Ich schaue wieder zu Lukas. Der hat immer noch den Kopf gesenkt. Jetzt schaut er auf. Seine Augen heften sich an meine Schwester und bleiben für den Bruchteil einer Sekunde an ihr hängen. Dann steht er wieder mit gesenktem Kopf da und das Lächeln ist verschwunden.

Ich ziehe die Luft durch die Nase ein. Das war kein zufälliger Blick. Der hat genau gewusst, wohin er schauen wollte. Er wusste genau, wo sie stand. Und es hat irgendetwas in ihm ausgelöst.

Eine Weile beobachte ich Kim. Die hört jetzt ihren Freundinnen zu und ist sich offenbar überhaupt nicht bewusst, dass sie beobachtet wird. Und schon gar nicht, von wem.

Die Gruppe um Lukas löst sich auf. Manuel geht zu Kims Grüppchen hinüber, legt Olivia den Arm um die Schulter und schlendert mit ihr nach draußen. Die anderen jungen Männer gehen ebenfalls in Richtung Ausgang – und da! Er hat schon wieder zu ihr hingeschaut.

Ich verspüre einen regelrechten Adrenalinschub und versuche, das Lächeln zu unterdrücken, das sich auf meinem Gesicht ausbreiten will.

Kim würde aus allen Wolken fallen. Beziehungsweise sie würde mir niemals glauben. Sie würde ganz schlicht und ergreifend behaupten, ich hätte mir alles nur eingebildet. Meine kleine Schwester kann manchmal ganz schön hartnäckig sein, wenn sie die Wahrheit nicht hören will.

Und der arme Lukas braucht ganz offensichtlich eine ordentliche Dosis Ermutigung. Von Kim wird er die nicht bekommen. Die würde sich eher die Zunge abbeißen.

Gott, du siehst doch alles. Du hast doch auch gesehen, was ich gesehen habe, oder?

Kapitel neunundzwanzig

Am nächsten Morgen stehe ich fünf Minuten vor der verabredeten Uhrzeit auf meinem Parkplatz, denn ich habe nicht vor, Benjamin warten beziehungsweise ihn an meiner Wohnungstür klingeln zu lassen.

An meinem rechten Arm hängt meine Thermotasche und die Sandwiches darin habe ich vorbereitet. Wenn ich auch nicht kochen kann – Sandwiches kriege ich noch hin.

Eine Minute vor der verabredeten Uhrzeit sehe ich den weißen Lieferwagen in meine Straße einbiegen. Und mein Herzschlag sagt mir, dass ich völlig den Verstand verloren haben muss, dieses Angebot gemacht zu haben.

Benjamin hält auf dem Parkplatz, steigt aus, sieht mich da stehen und schüttelt leise lachend den Kopf.

»Was?«, frage ich und versuche vergeblich, nicht auf das vorwitzige Kribbeln in meiner Magengegend zu achten.

»Nichts«, sagt er und grinst. »Guten Morgen.«

»Morgen.«

Wüsste nicht, was hieran so amüsant sein soll. Aber da ist jemand definitiv zu wach.

Er hält mir die Beifahrertür auf und hat immer noch dieses Schmunzeln im Gesicht.

»Was ist?« Ich steige ein, ignoriere den leichten Duschgelduft und setze mich. Ich mache das hier tatsächlich. Ich sitze in Benjamins Lieferwagen.

Er sagt nichts, schlägt nur die Tür zu, geht grinsend um den Wagen herum, macht die Fahrertür auf und setzt sich.

Ich werde nicht noch einmal fragen.

»Der Jan und seine Familie.«

Ich verschränke die Arme. »Was ist mit dem Jan und seiner Familie?«

Er schüttelt den Kopf und schmunzelt. »Nichts.«

»Nichts gegen den Jan und seine Familie«, warne ich.

»Nö, nö, gar nichts, gar nichts«, sagt er, immer noch grinsend.

Ich schüttle den Kopf und er lacht.

»Oh Mann.« Das hier werden die längsten Sommerferien, die ich jemals hatte.

»Schon mal in einem Lieferwagen gesessen?«, fragt er.

»Nein …«

Er sieht mich mit einem undefinierbaren Ausdruck in den Augen an und nickt. Dann sagt er: »Ich bete noch kurz, okay?«

Ich schlucke. »Okay.« Ein Mann, der vor der Arbeit betet …

Er senkt den Kopf und faltet die Hände. »Danke, Herr, dass du Lena aufs Herz gelegt hast, mir zu helfen. Bitte mach, dass der Tag gut verläuft, dass wir gut mit der Arbeit vorankommen und sich keiner von uns verletzt. Bitte segne sie dafür, dass sie ihre freie Zeit opfert, und hilf mir, nicht irgendwas zu machen, was sie ihr Angebot bereuen lässt. Und bitte gib, dass Jans Schulter schnell wieder in Ordnung kommt. Amen.«

Mein Amen fällt deutlich leiser aus als seins, denn mein Gewissen protestiert lautstark. Man kann ja versuchen, sich selbst etwas vorzumachen. Aber wenn da einer neben dir sitzt und im Gebet für deine selbstlose Hilfe dankt, während du versuchst, dich selber davon zu überzeugen, dass deine Beweggründe völlig selbstlos sind …

Der Mann denkt viel zu gut von mir.

Gott. Bitte mach, dass am Ende nicht er derjenige ist, der diese ganze Sache bereut.

Jans Mitarbeiter lässt den Motor an und ich nehme mir fest vor, ihn nicht zu enttäuschen.

Eine Weile fahren wir schweigend über die Straßen und ich überlege fieberhaft, was ich sagen oder fragen könnte. Offenbar hat Benjamin absolut kein Problem damit, stumm durch die

Landschaft zu fahren – jedenfalls ergreift er nicht die Initiative. Vielleicht sollte ich froh darüber sein. Ist das nicht der peinlichste Teil am Sich-gegenseitig-Kennenlernen? Fragen beantworten zu müssen, weil der andere dieses und jenes über einen wissen will, um ein Bild zu bekommen?

Ich interpretiere deutlich zu viel in diese Situation hinein.

»Wie bist du eigentlich Jans Partner geworden?«, frage ich, um irgendetwas zu sagen – *nicht,* um ihn besser kennenzulernen.

»Wir haben uns auf einer Messe getroffen. Wir sind ins Gespräch gekommen, und als ich ihm erzählt hab, dass ich in Erwägung ziehe, mich selbständig zu machen, hat er mich gefragt, ob ich mir vorstellen könnte, stattdessen Partner zu werden.«

»Ach so. Und ich dachte, ihr hättet euch vielleicht in der Ausbildung kennengelernt.« Es gibt Informationen, die mein werter Bruder offenbar als nicht so wichtig angesehen hat. Oder vielleicht liegt es auch daran, dass ich nicht gerade sehr offen für Informationen war.

»Nein, wir sind nicht aus dem gleichen Jahrgang.«

Ich verkneife mir die Frage nach seinem Alter. Obwohl sie mir unter den Nägeln brennt. Meine Schätzung ist, dass er auf jeden Fall älter als mein Bruder sein muss. Aber da kann man sich leicht vertun.

»Und? Hast du's schon mal bereut?«, frage ich.

Er schüttelt den Kopf. »Überhaupt nicht. Dein Bruder ist zwar ein bisschen schräg, aber voll in Ordnung.«

Ich glaube, damit hat Benjamin soeben die perfekte Beschreibung meines Bruders abgeliefert.

»Solange er sein Verkuppler-Talent nicht an seinem Mitarbeiter auslässt, natürlich«, fügt er hinzu.

Mein Blick fährt zu ihm. Er grinst die Straße an.

Ich schlucke. »Oder an seiner Schwester.«

Er umfasst das Lenkrad fester und wirft mir einen Blick zu. »Ja, jetzt mal ehrlich, was hat er denn so alles über mich erzählt?«

Ich starre ihn an und er zieht die Augenbrauen in die Höhe.

»Was? Ich muss doch wissen, was du alles über mich weißt, wenn wir zusammenarbeiten sollen.«

Ich bezweifle, dass das eine unbedingt etwas mit dem anderen zu tun hat, aber das tut offenbar nichts zur Sache. War das jetzt eine Initiative?

»Äh … Du zuerst«, sage ich, um Zeit zu gewinnen.

Er grinst. »Feigling.«

»Das Gesetz und die Propheten. Stell keine Fragen, die du nicht bereit bist, selber zu beantworten.«

»Stimmt. Ein Punkt für die Lehrerin.«

»Ha.«

»Trotzdem Feigling.« Er grinst noch breiter.

Mein finsterer Blick geht an ihm verloren, weil er immer noch auf die Straße schaut. Er meint wohl, er könnte mich necken und dann beten, dass ich den Tag nicht bereue, und mich dann wieder necken.

Ich seufze. »Okay, also, du bist Christ, deine Schwester ist Lehrerin und äh … du gibst Klavierkonzerte.« Jetzt muss ich mir auf die Zunge beißen, um nicht laut loszulachen.

»Jetzt nicht im Ernst, oder?«, fragt er entgeistert.

Ich nicke heftig. »Und du warst mal in Amerika. Das hab ich von Laura.«

»Wow«, macht er. »So viel zum Thema Datenschutz.«

Ich lache.

Er setzt den Blinker und biegt in eine Nebenstraße ein. »Wir sind da.«

Wortlos schaue ich ihn an. Was er nicht sagt.

»Ich hoffe, die Leute sind auch da«, plaudert er unbekümmert. »Sonst kommen wir nicht in den Garten. Wäre nicht das erste Mal, dass ein Kunde den Termin vergisst. Jetzt in den Sommerferien schlafen auch viele aus. Letztes Jahr stand ein Besitzer auf einmal im Schlafanzug auf der Schwelle und rieb sich die Schlafkörnchen aus den Augen.« Er zieht die Handbremse an und schnallt sich ab. »Okay, dann wollen wir mal.«

Ich erkenne ein Ablenkungsmanöver, wenn ich es sehe. Der Mann hat urplötzlich mehr zu erzählen als Anne Shirley auf Matthew Cuthberts Pferdekutsche auf dem Weg vom Bahnhof nach Green Gables.

Er sieht meine hochgezogene Augenbraue. »Was?«

»Ein Feigling kommt selten allein.«

»Später, Frau Lehrerin. Später.«

Ich hätte im Bett bleiben sollen. Der Kerl ist mir zu anstrengend.

Benjamin schließt den Lieferwagen ab und eine Minute später macht uns eine dunkelhäutige Frau die Haustür auf.

»Hallo«, lächelt Benjamin und reicht ihr die Hand.

»Ah, hallo!«, begrüßt uns die Frau herzlich und schüttelt uns beiden die Hand. »Ich lass euch direkt in den Garten, wir müssen gleich weg.« Sie führt uns hinter das Haus und Benjamin stellt ihr Fragen, aus denen ich heraushöre, dass bereits so ziemlich alles durchgeplant und geklärt ist. Die Frau stellt uns zwei Gläser kalten Orangensaft auf die Fensterbank, verabschiedet sich von uns und dann sind wir alleine.

Benjamin sieht mich an und nickt in Richtung Haus. »Ich wünschte, alle Kunden wären so.«

»Glaub ich.« Die Erinnerung an den mürrischen Mann von letzter Woche ist noch sehr frisch.

»Okay. So soll das aussehen, wenn es fertig ist.« Er stellt sich neben mich und faltet ein großes Blatt Papier auseinander.

Seine Handinnenflächen sehen rau und verschwielt aus.

Sonst hab ich keine Probleme.

Ich richte meinen Fokus auf Benjamins Plan und spüre, wie meine Augen rund werden. »Hast *du* das gezeichnet?«

Er nickt.

»Wahnsinn! Das sieht total schön aus!«

Er lächelt über meine Begeisterung. »Ich hoffe, es sieht hinterher noch besser aus als auf dem Papier.« Er faltet das Blatt wieder zusammen, stopft es in seine Hosentasche und holt ein anderes hervor. »Da steht alles drauf, was wir brauchen. Komm mit.«

Wir laufen zurück zum Lieferwagen, er drückt mir die Liste in die Hand und macht die hinteren Wagentüren auf. »Du liest vor, ich schleppe.«

Ich werfe ihm einen ironischen Blick zu, den er einen Moment lang völlig unbeeindruckt erwidert, bevor er im Inneren des Wagens verschwindet. Ich bekomme gerade das unbestimmte Gefühl, dass Benjamin zu den Männern gehört, die von der Emanzipation der Frau nicht mehr halten, als für uns Frauen gut ist.

Also stehe ich da wie eine brave Repräsentantin des schwachen Geschlechts und lese vor und er läuft hin und her und schleppt wie ein geschäftiger Repräsentant des starken Geschlechts, und gerade, als ich ihm sagen will, dass das alles war, sagt er: »Das war alles.«

Ich lasse die Liste sinken und blicke ihn nur an.

Er grinst und zuckt mit den Schultern. »Was? Hätte doch sein können, ich vergesse irgendwas. Du kannst die Türen zuschlagen.«

Ernsthaft? Ich hoffe sehr, dass der Rest des Tages nicht so abläuft wie das jetzt gerade. Ich glaube, dann packe ich noch vor dem Mittagessen meine Siebensachen zusammen und *laufe* nach Hause. Nur, um Benjamin zu beweisen, dass ich laufen kann.

Ich folge ihm zurück in den Garten, wo er den Sack Zement auf dem Boden ablegt.

»Okay. Als Erstes müssen wir die Fläche ausmessen.« Er nimmt einen Zollstock zur Hand und wirft einen Blick auf seinen Plan. Dann reicht er mir mehrere Metallstangen und das andere Ende des Zollstocks und deutet auf eine Stelle. »Stell dich da drüben hin. Bei drei Meter fünfzig steckst du das erste Schnureisen in den Boden.«

Ich versuche, mir meine Überraschung oder Freude oder Erleichterung oder was genau dieses Gefühl auch sein mag nicht allzu deutlich anmerken zu lassen, und führe meinen ersten klitzekleinen Auftrag aus. Wie sich herausstellt, hat Benjamin noch einige davon für mich auf Lager, denn als Nächstes halte ich ein

Maßband an jede dieser Metallstangen, während er mit einem Permanentstift die Höhe der zukünftigen Terrasse markiert, dann spannen wir gemeinsam eine lange Schnur um diese »Schnureisen«, und ehe ich michs versehe, bin ich dabei, die Erde, die er mit dem Spaten umgräbt, auf die Schubkarre zu schaufeln.

Und das ist jetzt keine klitzekleine Aufgabe mehr.

Wenn ich geglaubt hatte, das hier würde ein Kinderspiel, dann habe ich mich gewaltig getäuscht. Der Schweiß rinnt mir über die Stirn und ich muss mich zusammenreißen, um nicht alle fünf Sekunden laut zu schniefen, weil mir dermaßen die Nase läuft. Ich will gar nicht wissen, welche Pinkschattierung mein Gesicht angenommen hat oder in welchem Zustand sich meine Frisur befindet.

Eine Unzahl von Schaufelladungen später legt Benjamin seinen Spaten auf den Boden, greift sich eine zweite Schaufel und macht das Gleiche wie ich.

Nur dreimal so schnell.

Okay. Das hier ist sein Beruf.

Ich schlucke mein angekratztes Ego hinunter, zwinge mich weiterzumachen und versuche, den im Zeitraffer schaufelnden Mann neben mir nicht anzustarren, aber ich habe große Mühe, der Versuchung zu widerstehen.

Schließlich schleppt er mehrere Sandsäcke an, die aussehen, als wögen sie ungefähr die Hälfte seines Körpergewichts, und schlitzt sie mit einem Cuttermesser auf, das irgendwo aus einer seiner unzähligen Hosentaschen hervorgekommen ist. Misstrauisch sehe ich zu, wie das Messer wieder in der Hosentasche landet, und schüttle den Kopf.

»Was ist?«, fragt er und wischt sich mit dem Ärmel den Schweiß von der Stirn.

»Wenn ich jetzt sage, was ich über Cuttermesser in Hosentaschen denke, dann klinge ich wie meine Oma, also halte ich den Mund.«

»Das ist eine schnittfeste Hose«, sagt er, schon wieder grinsend.

»Hm-m, schon klar. Was wird mit dem Sand gemacht?«

Er gibt ein leises Lachen von sich und schüttelt den Kopf. »Der Sand kommt in die Grube. Ich schütte, du hältst das hier zum Messen. Bei fünfzehn Zentimetern sagst du Stopp.«

»Okay.« Diesmal habe ich keinerlei Einwände. Mein Stolz wird sich hüten, auch nur irgendeinen Ansatz von Empörung zu zeigen. Es ist mir ein Rätsel, wie der Mann in diesem Tempo stundenlang schleppen und graben und schaufeln und noch mal schleppen kann, ohne zusammenzubrechen. Mir tut jeder einzelne Muskel meiner beiden Arme weh. Da melden sich sogar Muskeln, von deren Existenz ich bisher keine Ahnung hatte. Und mein Puls ist beim Schaufeln gerast.

Ich beginne, echten Respekt vor diesem Beruf zu entwickeln.

Kaum ist der Sand in der Grube verteilt, hievt Benjamin eine Maschine herbei, die bisher da drüben am Gartenzaun gelehnt hat und die aussieht wie eine Schraube im Riesenformat.

»Ich heb noch gerade mit dem Erdbohrer die Fundamentlöcher aus und dann machen wir Mittagspause.«

Ich lasse mich auf den Boden sinken und nicke nur. *M-hm. Mach du mal Fundamentlöcher mit der Monsterschraube. Meine Mittagspause hat zu starke Sehnsucht nach mir.*

Benjamin stellt sich breitbeinig mit dem Gerät in die Grube und im nächsten Moment dröhnt ein ohrenbetäubendes quietschendes Geheule durch den Garten.

Okay. Damit erledigt sich die Frage, warum er damit nicht bis zur Mittagsruhe warten wollte.

Kurze Zeit später verstummt die Maschine wieder und Benjamin setzt sich ächzend neben mich auf den Boden. »Wow.« Er wischt sich den Schweiß von der Stirn und ich reiche ihm wortlos die kleine Wasserflasche aus der im Schatten stehenden Kühlbox, die er mitgebracht hat.

Er lächelt mich an. »Danke. Nimm dir auch eine, ich hab genug dabei.« Und dann macht er diese Sache, die ich bei Männern noch nie begriffen habe: Einmal gluck, zweimal gluck, dreimal, viermal und die Flasche ist leer. »Aaaaaah …«

Mein Magen hat Mitleid mit seinem ob des plötzlichen Kälteschocks.

In meiner Jugend hatte ich manchmal zu viel Zeit und zu viel Langeweile und habe stundenlang irgendwelchen Männern im Fernsehen zugeschaut, die sich in hautengen Radlerhosen die Berge Frankreichs hochquälten, und ich hörte dem Fernsehmoderator zu, der erklärte, wie gefährlich es sei, ein kaltes Getränk in einen erhitzten Körper zu stürzen.

Schätze mal, Terrassenbauer gehören nicht in die gleiche Magen-Kategorie wie Profiradfahrer.

Ich spüre Benjamins Blick auf mir. »Und?«, fragt er und lächelt.

Ich deute auf die Schaufeln, die am Boden liegen. »Jetzt versteh ich, warum Jan in seinem ersten Ausbildungsjahr dauernd Hanteln in seinem Zimmer rumliegen hatte.«

Er lacht.

Und ich dachte damals, mein Bruder wollte Laura imponieren. Hätte ich mir eigentlich denken können, dass das absolut nicht sein Ansinnen war – als ob man mit trainierten Oberarmen einen besonderen Eindruck auf uns Frauen machen könnte! Ich zwinge mich, nicht nach rechts zu schielen, und mein Gehirn braucht eindeutig frischen Traubenzucker.

Ich greife nach meiner Thermotasche, mache den Reißverschluss auf und halte sie Benjamin hin.

Er bedient sich. »Danke.«

Ich greife ebenfalls in die Tasche hinein und nach Benjamins Gebet beißen wir herzhaft in die Sandwiches.

Was für ein Genuss nach der schweren Arbeit!

Benjamin schaut mich an. »Wenn's dir zu viel wird, sag Bescheid.«

Ich schüttle den Kopf. »Nee, ist schon okay.« So hab ich wenigstens eine gute Ausrede für meine vier Bällchen Stracciatellaeis, die ich heute Abend zu mir nehmen werde.

»Wir sind heut Morgen richtig gut vorangekommen«, sagt er.

Ich nicke nur. Gut zu wissen. Nach dem Schaufelmarathon

und den Sandsäcken und der Goliath-Schraube war ich mir doch nicht mehr so sicher, ob meine Hilfe hier wirklich einen Unterschied macht.

Eine Weile essen wir stumm vor uns hin. Dann frage ich: »Wie bist du dazu gekommen, Terrassen zu bauen?«

Schon wieder Fragen, Lena?

Ich versuche, mich nicht von dieser leisen Stimme irritieren zu lassen. Ich führe nur Small Talk, das ist alles. Irgendwer muss ja irgendwas sagen …

»Ich war in der Zwölften für ein Jahr bei meinem Onkel in North Carolina und hab in seinem Holzwerk geholfen«, antwortet Benni.

»Wow, North Carolina. Ich hab bisher nur Fotos gesehen, aber die waren ziemlich beeindruckend.«

»Ja, die Landschaft ist genial. Und ich hab alle Jahreszeiten mitgekriegt. Vor allem die strahlend bunten Bäume im Herbst.«

»War das so ein Holzwerk mitten im Wald?«

»Ja. Und vor Weihnachten haben wir Tannenbäume verkauft.«

»Ich bin neidisch.«

Er lacht. »Ja, das war schon cool. Nach einer Woche im Holzwerk wusste ich, dass ich einen Beruf mit Holz machen wollte.«

»Und warum bist du kein Schreiner oder Tischler geworden?«

»Ikea?«

»Stimmt.« Wäre vermutlich schwierig geworden, neben denen zu existieren. »Also Terrassen.«

»Holzterrassen. Die gefliesten macht Jan. Außer jetzt.« Er packt ein zweites Sandwich aus. »Und wo warst du in Amerika?«

Ich halte im Kauen inne und wende mich ihm zu.

Er schaut geradeaus und kaut und schaut immer noch geradeaus.

Aha.

»Woher weißt du, dass ich in Amerika war?«, frage ich betont unschuldig.

Er zuckt nur die Schultern und grinst.

»Schummler.«

»Hat keiner Regeln aufgestellt.«

»Das Gesetz und die Propheten?«

»Das war im Alten Testament.«

»Dann gehörst du also zu den Leuten, die der Meinung sind, das Alte Testament hat uns nichts mehr zu sagen?«

»Das hab ich nicht behauptet.« Er blickt mich einen Moment lang an, so, als würde er seine Worte abwägen. »Jan hat auch gesagt, du wärst … überzeugte Christin …«

»Ja …?«

»Und sympathisch, ja, ich glaube, so hat er das ausgedrückt.« Er zieht die Augenbrauen in die Höhe. »Keine Ahnung, woher er das hatte, aber ich bin mir ziemlich sicher, dass er was von sympathisch gesagt hat.«

Ich schüttle nur den Kopf und er lacht.

»Und du wärst ein Jahr lang als Deutschassistentin in Amerika gewesen«, fährt er fort.

Ich halte drei Finger hoch. »Und das vierte?«

»*Mir* hat Laura nichts erzählt.«

»Gutes Mädchen.«

»Und wo warst du jetzt genau in Amerika?«, will er wissen.

Eindeutig ein weiteres Ablenkungsmanöver, aber ich lasse mich darauf ein. »In Nebraska. Lincoln.«

»So ziemlich in der Mitte der USA, oder?«

»Ja, da ist alles Flachland. Bei Weitem nicht so beeindruckend wie North Carolina. Nur ganz im Westen sieht man einen kleinen Ansatz der Rocky Mountains.«

»Cool. Bist du da auch mal hingefahren?«

Ein paar Minuten lang unterhalten wir uns über unsere USA-Zeiten, dann beenden wir unsere Pause.

Während Benjamin mit besagtem Cuttermesser einen Sack Zement aufschlitzt und den Inhalt in die Schubkarre kippt, packe ich die Reste des Mittagessens in die Kühlbox und stehe ebenfalls auf.

Er nimmt sich die Schaufel von heute Vormittag und nickt zu dem Wasserschlauch hin, der an der Hauswand aufgerollt ist. »Lass so lange Wasser in die Schubkarre laufen, bis ich Stopp sage.«

»Alles klar.«

Der Nachmittag vergeht mit noch mehr Imperativen, Beton, Kunststoffvlies, sogenannten »Basamentsteinen«, einer weiteren Schnur, Gummihammer und Wasserwaage, und falls ich jemals den Wunsch nach einer Holzterrasse verspüren sollte, dann weiß ich jetzt zumindest im Ansatz, wie ich das mit dem Fundament anstellen muss, denn Benjamin erklärt bei jedem Arbeitsschritt, wozu er gut ist und welche Fehler man vermeiden muss.

Der Mann liebt seinen Beruf. Er würde einen guten Ausbilder abgeben.

»Okay«, sagt er gegen sechzehn Uhr und wirft die Kelle in die Schubkarre. »Jetzt muss der Beton aushärten.« Er nimmt den Wasserschlauch zur Hand und schaut mich an. »Feierabend«, sagt er und lächelt.

Ich lächle zurück. Das war eigentlich sogar ganz schön. Auch wenn ich am ganzen Körper klebe und keine plötzliche Zuneigung zu Betonmischungen in Schubkarren oder zu heulenden Riesenschrauben entwickelt habe. Auf jeden Fall kann ich meinen Bruder verstehen, dass er gerne mit Benjamin zusammenarbeitet.

Benjamin säubert das Werkzeug und ich helfe ihm beim Aufräumen.

»Und?«, fragt er, als wir in seinem Lieferwagen sitzen und auf die Hauptstraße einbiegen.

Ich muss mir ein Schmunzeln verkneifen. Irgendwie süß, dass er mehrmals nachfragt. »Ist Knochenarbeit. Aber macht irgendwie Spaß.« Und das meine ich ernst. In der Sonne liegen und faulenzen ist für ein paar Tage völlig in Ordnung, aber irgendwann brauche ich dann wieder das Gefühl am Abend, dass ich am Tag was geschafft habe.

»Dann kann ich morgen wieder auf dich zählen?«

Ich schaue Benjamin von der Seite an. Nach nur einem Tag mit ihm weiß ich, dass er nicht nur Muckis ohne Ende, sondern auch Ausdauer für zwei hat. Gegen ihn bin ich eine schlapprige, keuchende, viel zu schnell erschöpfte alte Frau. Aber offenbar war ich ihm trotzdem eine Hilfe. Also zucke ich die Achseln und sage: »Klar.«

Das Lächeln, mit dem er mich bedenkt, ist Bestätigung genug. »Sehr gut«, sagt er nur.

Merkwürdig, wie ich mich auf einmal fühle – als könnte ich locker einen Erdbohrer stemmen und ein paar Fundamentlöcher ausheben.

Höchste Zeit, dass diese vier Eiskugeln in meinen überhitzten Magen wandern.

Wir biegen in meine Straße ein und Benjamin hält vor meinem Wohnhaus.

»Ich hol dich wieder ab«, sagt er.

»Okay«, antworte ich und schnalle mich ab.

Als ich die Beifahrertür von außen zumache, lächelt er mich durch das offene Seitenfenster an. »Bis morgen.«

»Bis morgen.«

In meiner Wohnung angekommen, werfe ich einen Blick auf mein Handy, ignoriere die zwei ungelesenen Nachrichten von Laura und die fünf von Jan, gehe schnurstracks auf meinen Kühlschrank zu, mache das Gefrierfach auf und hole die Box mit meinem Lieblingseis heraus. Das ist jetzt genau das, was ich brauche.

Das, eine wohlverdiente Dusche und eine ausgiebige Lektüre in meiner Bibel.

Kapitel dreißig

»Heute sind wir bei einem anderen Kunden«, erklärt Benjamin, als er mich am nächsten Morgen abholt.

»Warum?«

»Bei dem von gestern können wir erst morgen weitermachen. Sonst ist der Beton nicht hart genug.«

»Okay.«

»Heute fliesen wir.«

»Das hört sich ja total begeistert an.«

Er lächelt schief. »Ich mag mein Holz.«

Ich unterdrücke ein Grinsen. »Dann baust du dir irgendwann mal ein Holzhaus? Im Wald?«

»Vielleicht«, sagt er mit einem Schulterzucken. »Aber nicht im Wald. Da kommt keine Sonne hin. Am Wald*rand*.«

Ich lache. »Ich ziehe bald in eine Wohnung am Waldrand.« Und dann will ich mir gegen die Stirn schlagen, weil die Aussage jetzt absolut nicht so gemeint war, wie sie sich anhört. Haus oder Wohnung am Waldrand gefällig? Steht schon so gut wie bereit. Die ledige Bewohnerin gibt es praktischerweise auch gleich mit dazu.

Wo sind die ganzen Mäuselöcher, wenn man sie gerade braucht?

»Cool«, sagt Benjamin. »Wann?«

Falls er auch nur annähernd die gleichen Gedanken hatte wie ich, dann lässt er sich absolut nichts anmerken.

»Im September.«

»Sag mir Bescheid, wenn's so weit ist, ich helfe beim Umzug.«

Ich schaue ihn an. Ist das sein Ernst?

Er bemerkt meinen Blick. »Du glaubst doch nicht, ich würde

zulassen, dass du mir bei der Arbeit hilfst, und dich dann deinen Umzug alleine machen lassen.«

Meine Familie wird da sein und ich bin mir hundertprozentig sicher, dass er das weiß. Ich bin gerührt. »Danke.«

»Gerne. Was hörst du für Musik?«, fragt er.

Ich schaue auf das Armaturenbrett. »Querbeet. Außer aggressive Musik. Oder welche mit fragwürdigen Botschaften.«

»Country?«

Ich lächle und zucke die Achseln. »Ja, klar.«

Er drückt einen Knopf und im nächsten Moment erklingt leise Countrymusik. »Das ist ein Freund von mir.«

»Aus North Carolina?«

»Ja.«

»Der singt gut.«

»Vor allem die Texte sind gut.«

Ich höre ein paar Momente lang zu und offenbar ist Benjamin ein Fan von Liedern, die Christen zum Nachdenken anregen. Ich nicke. »Ja.«

Er hat den Blick auf die Straße gerichtet und ich stelle mir vor, wie er jeden Morgen mit dieser Musik zur Arbeit fährt.

Ich schaue aus dem Seitenfenster. *Rück deinen Fokus wieder zurecht, Lena!*

»Und? Was machst du sonst so in den Ferien? Wenn du nicht gerade dabei bist, gut aussehenden Männern bei der Arbeit zu helfen?«

Ich betrachte ihn von der Seite. »Wir haben heute gar kein überdimensionales Selbstbewusstsein …«

Er grinst sein typisches Grinsen und stellt die Musik leiser.

»Ich lese ziemlich viel«, sage ich.

»Ich weiß nicht, warum, aber irgendwie hab ich's mir schon gedacht. Was liest du zurzeit?«

In diesem Moment bin ich äußerst froh darüber, dass ich vor Kurzem mein Bücherregal ausgemistet habe, denn sonst müsste ich ihm jetzt irgendeinen fürchterlich schnulzig klingenden Titel nennen oder so was in der Richtung »*Wie du den richtigen Partner findest*«.

»Jakobus«, sage ich.

»Jakobus«, wiederholt er und nickt. »Meinst du den Brief oder heißt so irgendein Buch, das ich als Mann nicht lesen will?«

Ich lache. »Ich meine den Brief.«

Er nickt wieder. »Cool. Und? Hast du einen neuen Lieblingsvers?«

Wenn er so weitermacht, kennt er heute Abend meine ehemalige Matrikelnummer.

»›Wer Gelegenheit hat, Gutes zu tun, und tut es trotzdem nicht, der wird vor Gott schuldig‹«, zitiere ich.

Er wirft mir einen langen Seitenblick zu.

»Du wolltest es wissen.« Dummerweise ist die Klimaanlage an, sonst hätte mein Gesicht jetzt wenigstens ein Alibi.

»Und?«, imitiere ich ihn. »Was liest du so zurzeit?«

Er grinst. »Joel.«

»Und? Neuen Lieblingsvers entdeckt?«

Leise lachend schüttelt er den Kopf. »Ich versuche zu zitieren: ›Ich werde euch die Jahre zurückerstatten, welche äh … der Fresser, der Nager und die Heuschrecke verzehrt haben.‹« Er sieht mein Gesicht und fragt: »Was?«

»Das steht da?«

»Ziemlich genau. Kann sein, dass ich die Reihenfolge der Tiere nicht ganz richtig behalten hab. Aber ich fand den Vers gut.«

»Ja«, sage ich nur, während mein Gehirn in eine ganz bestimmte Richtung zu rattern beginnt.

»Genauso gut könnte man da auch Monate oder Wochen oder Tage einsetzen«, sagt Benjamin. »Egal, wie vernichtend oder sinnlos mir irgendwelche Probleme oder Nöte vorkommen, und egal, wie viel Zeit ich dadurch verliere – Gott will mir die verlorene Zeit zurückerstatten.«

Ich habe den Eindruck, er redet von Jans Unfall und dem damit verbundenen Zeitverlust.

Mich spricht der Vers auf einer ganz anderen Ebene an. Ich fürchte, ich habe die kleinen Propheten bisher unterschätzt. Nach Jakobus ist für mich definitiv ein Abstecher zu Joel dran.

Ein paar Minuten später stehen wir im Garten des heutigen Kunden.

»Das Fundament hat Jan vor ein paar Wochen gegossen«, erklärt Benjamin. »Der Beton ist jetzt hart.«

»Dann gibt es heute nichts zu schaufeln?« Das sollte sich jetzt nicht so glücklich anhören.

Er neigt den Kopf zur Seite und kneift ein Auge zu. »Irgendwie hab ich das dumpfe Gefühl, dass dir das gefällt, he?«

Ich mache große Augen und schüttle den Kopf. »Gar nicht! Die Schaufel und der Erdbohrer waren total reizend.«

Im nächsten Augenblick sitzt meine Kappe verkehrt herum auf meinem Kopf. »Bitte schön, Frau Flips-Klauerin. So bekommen Sie keinen Sonnenbrand im Nacken.«

Verblüfft starre ich ihn an und er grinst von einem Ohr zum anderen. »Steht dir gut.«

»Haha.« Mein Puls pocht in meinem Hals und meine Luftröhre fühlt sich auf einmal sehr rau und eng an.

Fältchen bilden sich in seinen Augenwinkeln, während er mich betrachtet. »Heute darfst du Kleber auftragen und mir Fliesen anreichen«, sagt er.

Kurze Zeit später legt Benjamin gerade eine Reihe Fliesen aus, um, wie er sagt, den Fugenverlauf zu überprüfen, da sagt eine Kinderstimme neben mir: »Hallo.«

Ich schaue auf. »Markus!«, rufe ich überrascht aus. »Hallo!« Offenbar befinden wir uns im Garten meines Schülers.

Benjamin schaut von der Arbeit auf.

Der Junge lächelt ihn schüchtern an und hebt die Hand. »Hi.«

Benjamin lächelt zurück. »Hi.« Dann schaut er mich an.

»Einer meiner Schüler«, erkläre ich.

»Ah, okay.« Er blickt den Jungen an und nickt in meine Richtung. »Ist sie gut?«

»Jaaa«, antwortet Markus mit einem nervösen Lachen und wird rot.

Der arme Kerl. Wollte nur mal seiner Lehrerin Hallo sagen.

Ich lächle. »Und? Genießt du deine Ferien?«

»Ja. Nächste Woche fahren wir nach Schweden.«

»Cool! Da würde ich auch gerne mal hin.«

»Hm«, macht der Junge und tritt von einem Fuß auf den anderen. »Bis später!« Dann dreht er sich um und läuft aus dem Garten.

»Du bist wirklich gerne Lehrerin«, stellt Benjamin fest und nickt in die Richtung, in die Markus verschwunden ist.

»Ja«, bestätige ich. »Meistens jedenfalls.«

»Und die Schüler mögen dich auch. Wenn du nicht gerade im Fußballtrikot der englischen Nationalmannschaft durch den Schulflur stolzierst.«

War ja klar, dass er sich das merken würde. »Das war ein Mal!«, protestiere ich.

»Ein Mal zu viel«, neckt er mich und legt die letzte Fliese auf den Beton. »Okay, das sieht gut aus. Jetzt tragen wir den Flexkleber auf.«

An diesem Morgen mache ich also Bekanntschaft mit Flexkleber und außerdem mit Entkopplungsbahnen, Wendelrührer und Fugenkreuzen. Mein Vater würde platzen vor Stolz, wenn er mich hier so sähe.

Gegen Mittag steht Benjamin auf. »Das muss jetzt achtundvierzig Stunden aushärten. Wir kommen übermorgen wieder. Heute Nachmittag verlegen wir Holz.«

Als wir im Lieferwagen sitzen und vom Bürgersteig herunterfahren, winkt Markus aus einem der Fenster. Ich winke zurück und Benjamin lächelt.

»Ich wette, du bist seine Lieblingslehrerin.«

Während der Fahrt unterhalten wir uns über meine Arbeit und dann hält er auf einem großen Parkplatz unter einem ausladenden Baum und schaut mich entschuldigend an. »Heute müssen wir wohl im Wagen essen.«

»Ist doch voll in Ordnung.«

Wir packen das Mittagessen aus, Benjamin betet und wir beginnen zu essen.

Während unserer Pause reden wir über dies und das und ich spüre, wie ich mich in seiner Gegenwart immer mehr entspanne. Benjamin ist ein netter Kerl. Mein erster Eindruck von ihm hat mich nicht getäuscht.

Am Nachmittag verlegen wir Holz, und wenn ich gestern gedacht hatte, Benjamin sei in seinem Element, dann nur, weil ich ihn noch nicht hierbei erlebt hatte.

Er schleppt eine Holzsäge an und reicht mir eine Schere. »Dann woll'n wir mal. Ich säge, du schneidest die Folie hier auf sechzehn mal sechzehn und davon kommt dann ein Stück auf jeden Sockelstein. Da legen wir dann die Tragebalken drauf.«

Ich schüttle lachend den Kopf.

»Was ist?«, fragt er lächelnd.

»Wie machst du das?«

»Was?«

»Zack, zack, zack. Du weißt immer genau, welche Aufgabe du mir geben musst, damit alles wie am Schnürchen läuft.«

Er lacht und zuckt die Schultern. »Keine Ahnung.« Dann senkt er die Stimme. »Vielleicht hab ich ein ungeahntes Organisationstalent.« Jetzt erinnert mich sein Grinsen an Säbelzahntiger Diego aus *Ice Age* und ich unterdrücke den Impuls, ihm die Kappe vom Kopf zu reißen, sie unter den Wasserschlauch da drüben an der Hauswand zu halten und sie ihm triefend nass und kalt wieder aufs stoppelige Haupt zu klatschen. Sozusagen als Rache für heute Morgen.

»Nee«, sagt er. »Wahrscheinlich liegt es daran, dass ich von klein auf mitgekriegt habe, wie meine Eltern zusammengearbeitet haben. Die waren ein eingespieltes Team.«

Und jetzt bin ich diejenige, die die nasskalte Kappe oberhalb des Gehirns nötig hätte, denn die Neuronen in selbigem schießen in ungewollte Richtungen und stellen nicht weniger ungewollte Verbindungen her.

Ich schnappe mir die Teichfolie und beginne zu schneiden und Benjamin beginnt zu messen und zu markieren und zu sägen. Diesmal bin ich froh über das kreischende Geräusch. Mir würde gerade beim besten Willen kein vernünftiges Gesprächsthema einfallen.

Benjamin ist offenbar voll konzentriert, denn er redet auch nicht. Die Säge verstummt mehrmals und geht mehrmals wieder an – immer noch kein Wort von ihm.

»Kannst du mit anpacken?«, fragt er, als er mit dem Sägen fertig ist.

Ich nicke.

Er hebt ein Ende des Balkens hoch und ich das andere Ende. Gemeinsam legen wir den Balken auf die Sockelsteine und dann holen wir den nächsten Balken. Als jeder Tragebalken an der richtigen Stelle liegt, nimmt Benjamin den Winkelmesser zur Hand und beginnt, die Holzdielen zu messen.

Ich schaue ihm dabei zu und frage mich, warum er so merkwürdig still geworden ist. Gestern hat er mir jeden einzelnen Arbeitsschritt erklärt und jetzt redet er nur noch das Nötigste.

Kein Lächeln, kein Scherz.

Eine zweite Säge kommt zum Einsatz, und während er mehrere der Holzdielen an den Enden zurechtsägt und immer noch schweigt, mache ich mir ernsthafte Gedanken. Was ist los? Hab ich etwas Falsches gesagt? Oder hat die Erwähnung seiner Eltern Erinnerungen an seine Mutter hervorgerufen?

Er schaut auf und begegnet meinem Blick. Ich weiß nicht genau, ob ich in seinen Augen Traurigkeit sehe oder etwas anderes. Ein seltsames Gefühl regt sich in mir und verströmt Wärme in meinem Brustkorb.

Er räuspert sich und senkt den Blick auf die Holzdiele vor ihm. Dann greift er in seine Hosentasche und reicht mir seinen Schlüsselbund. »Kannst du mir den Akkubohrer und den Wechselakku aus dem Wagen holen?«

»Klar«, sage ich leise und greife nach dem Schlüsselbund.

Unsere Finger streifen sich flüchtig und er hebt den Kopf. Seine dunklen Augen unter der Kappe halten meinen Blick fest. Bis ich wegschaue.

Er räuspert sich wieder. »Rechts an der Wand«, sagt er mit seiner tiefen Stimme.

»Okay.«

Ich laufe zum Wagen und schicke dabei stumme Stoßgebete zum Himmel. Benjamins Schlüsselbund liegt in meiner Hand und ich spüre seine flüchtige Berührung immer noch auf meinen Fingern. Und in meiner Bauchgegend. Was auch immer hier gerade läuft – ich weiß nicht, ob es mir gefällt oder nicht.

Reiß dich zusammen, Lena!

Ich finde den Bohrer und den Wechselakku, schließe den Wagen wieder ab und bringe Benjamin das Werkzeug.

»Danke«, sagt er, sieht mich aber nicht an.

Noch mehr Stoßgebete.

Ein paar Minuten lang ist nur der Akkubohrer zu hören. An, aus, an, aus. Dann legt Benjamin ihn beiseite und steht auf. »Kannst du wieder anpacken?«

Gemeinsam legen wir die Holzdielen auf die Tragekonstruktion. Benjamin greift wieder nach dem Winkelmesser und reicht mir den Zollstock. »Die müssen exakt rechtwinklig zur Hauswand liegen und zwischen jeder Diele müssen exakt fünf Millimeter sein.«

»Okay.«

Wir messen und richten aus, und als alles genau passt, greift er nach einer Schachtel.

»Jetzt kommt in jede Fuge ein Abstandshalter. Vorne, in der Mitte und hinten.«

»Gut.«

Als Nächstes holt er zwei Schnüre. »Die müssen wir über die beiden Enden der Holzdielen spannen. Als Orientierungshilfe zum Schrauben. Damit die in einer Linie liegen. Das sieht schöner aus.«

Uff. Er redet wieder.

Während er den »Vielzahn-Inbus«, wie das Ding offenbar heißt, am Akkuschrauber anbringt, nickt er zu einer Flasche hinüber. »Schütt ein bisschen von dem Öl in das Schüsselchen da drüben. Du reichst mir die Schrauben an und tunkst jede vorher kurz ins Öl. Dann lassen sie sich leichter reindrehen.«

»Eine Wissenschaft für sich.«

Benjamin sieht auf und blickt mich mit einem weichen Ausdruck in den Augen an.

Wieder reiße ich den Blick weg und beginne zu tunken und anzureichen, und während er die Holzdielen an den Tragebalken festschraubt, sende ich ein weiteres Gebet zum Himmel.

Gott. Hilfe.

Eine Stunde später fege ich die Holz- und Metallspäne von der Terrasse und Benjamin räumt sein Werkzeug auf. »Feierabend«, sagt er und lächelt.

Ich kneife ein Auge zu. »Sagst du das jeden Abend?«

»Fühlt sich einfach gut an.«

Ich lache.

»Lust auf ein Eis?«

Mein Herz setzt einen Schlag aus und er sieht mich an.

Das kam jetzt … ziemlich abrupt.

Und jetzt bräuchte ich schon wieder eine dieser Gebrauchsanleitungen. *Wie Sie reagieren müssen, wenn ein Terrassenbauer, den Sie zu mögen beginnen und mit dem Sie den ganzen Tag zusammengearbeitet haben, Sie zum Eisessen einlädt und Sie denken, dass sowohl er als auch Sie dringender eine Dusche als ein Eis bräuchten.*

Ich schlucke und nicke. »Hört sich gut an.«

Kurze Zeit später sitzen wir nebeneinander auf einer Parkbank und ich bin froh, dass ich mich für Kugeln im Becher entschieden habe, denn sonst säße ich jetzt da wie Benjamin und würde mein Eis schlürfen und käme mir fürchterlich undamenhaft vor und wäre neidisch auf ihn, weil er sich offenbar absolut keine Gedanken darüber macht, wie Eisschlürfen neben einer Frau, die man noch nicht so lange kennt, auf sie wirkt.

Ich bin mir hundertprozentig sicher, dass kein einziger der Helden in meinen Büchern oder Filmen jemals auch nur ansatzweise ein Eis geschlürft hat.

Es gibt einen guten Grund, warum ich die Dinger ausgemistet habe. Warum sollten nette Männer im wahren Leben ihr Eis anders essen als mein Bruder oder mein Vater?

»Wie geht's Jan?«, fragt Benjamin neben mir.

»Gut, denke ich mal. Ich hab heute noch nichts von ihm gehört.« Was unter anderem daran liegen könnte, dass ich seine gestrigen Nachrichten noch nicht beantwortet habe, die ungefähr so lauteten:

»Na, Lenchen, schon fleißig bei der Arbeit?«

»Was macht mein Lieblingsmitarbeiter?«

»Hm, offenbar seid ihr zwei sehr beschäftigt …«

»Lena?«

»Okay, ignorier deinen liebevollen, gut meinenden, schulterschmerzgeplagten einzigen Bruder ruhig.«

Lauras Nachrichten waren deutlich besser. *»Ignorier ihn, Lena, dem ist langweilig.«* Und: *»Ich bete für euch!! :-x :-x«*

»Ich wette, der rotiert wie ein Löwe im Käfig und bringt Laura um den Verstand«, sagt Benjamin.

»So hörte sich das jedenfalls gestern an.«

»Der Jan ist ein Arbeitstier.«

Ich betrachte ihn von der Seite. »Sagt der Mann mit dem Erdbohrer.«

Er lacht. »Was hackst du heute eigentlich auf meinem Erdbohrer rum?«

Ich lache ebenfalls.

Benjamin steckt sich das letzte Stück Waffelhörnchen in den Mund und kaut und dann sitzt er einfach nur da und schaut in die Ferne.

»Wie geht's deinem Vater?«, frage ich.

Er blinzelt und dreht mir das Gesicht zu. »Nicht besonders gut.«

Ich nicke stumm.

»Er vermisst meine Mutter, aber er will es uns nicht merken lassen.«

»Ich schätze mal, er ist nicht der Einzige, der sie vermisst.«

Er schaut mich an. Und wieder sehe ich diesen Ausdruck in seinen Augen, den ich nicht deuten kann. Dann blinzelt er und sein Mund verzieht sich zu einem traurigen Lächeln. »Wir hatten zwei Jahre lang Zeit, um die Tatsache zu akzeptieren, dass der Krebs stärker war als sie. In den zwei Jahren hab ich mehr getrauert als danach. Weil sie so leiden musste. Als es vorbei war, war ich eher erleichtert für sie. Aber für meinen Vater ist es immer noch hart.«

»Hatte er deswegen den Schlaganfall?«

»Das vermuten wir.«

Ich nicke wieder. Offenbar waren Benjamins Eltern glücklich verheiratet. Was wohl in ihm vorgehen muss, wenn er an die Ehe seiner Eltern denkt und nun seit Monaten mitbekommt, wie der Tod einer geliebten Ehefrau einem Mann völlig den Boden unter den Füßen wegreißen kann?

Ist das vielleicht der Grund, warum Benjamin noch nicht verheiratet ist?

Kapitel einunddreißig

Am Mittwochmorgen bekomme ich einen halben Herzklabaster, denn Benjamin begrüßt mich mit einem Lächeln, das ihm unverschämt gut steht, mit einem Autoschlüssel, den er mir entgegenstreckt, mit einer Geste in Richtung Fahrersitz und den Worten: »Heute fährst du.«

Entgeistert starre ich ihn an. Und da er offenbar einen entgeisterten Gesichtsausdruck nicht als solchen interpretieren kann oder will und mir immer noch den Schlüssel zu seinem Lieferwagen hinhält, schüttle ich heftig den Kopf und sage laut und deutlich: »Nee, du.«

Er grinst. »Angst vor großen Autos?«

»Ich bin zweimal durch die Fahrprüfung gerasselt und beim dritten Versuch hab ich nur bestanden, weil an dem Tag Stau auf der Autobahn war, von daher … glaub ich nicht, dass du wirklich willst, dass ich deinen Lieferwagen fahre.« Ich sehe uns bereits durch die Straßen ruckeln und Benjamin auf seinem Sitz hin und her schwanken.

»Zweimal, he?«

»Frag mal Jan, wie ich am Anfang gefahren bin. Ich hatte ständig den Eindruck, das Auto macht irgendwas und ich kann nichts dagegen tun. Als wäre ich völlig machtlos und aufgeschmissen.«

Er gibt ein grunzendes Lachen von sich.

»Das ist nicht lustig.«

»Das ist doch völliger Quatsch, Lena. Das Auto reagiert doch nur auf deine Befehle.«

»Ja, das weiß ich auch mittlerweile. Und ich bin mit meinem Panda vollauf zufrieden.«

Er verschränkt die Arme. »Bist du schon mal geritten?«

»Nein.«

»Ski gefahren?«

»Nein.«

»Warum nicht?«

Ich stoße einen langen Seufzer aus. »Ganz ehrlich? Schon allein der Gedanke, Dinger unter meine Füße zu schnallen, die keinen Grip haben, und damit einen Berg hinunterzusausen und nicht bremsen zu können …«

»Dann bist du als Kind auch nie Schlitten gefahren?«

»Doch. Aber da hat man wenigstens seine eigenen Schuhe an und kann damit bremsen – und zur Not kann man abspringen.«

Er schiebt die Unterlippe vor und nickt. Dann sagt er: »Nach Feierabend erzählst du mir deine Glaubensgeschichte.«

Fassungslos starre ich ihn an, während er seelenruhig um den Wagen herumschlendert und sich auf den Fahrersitz hievt.

Hat der Mann auch irgendeine Komfortzone?

Während der Arbeit überlege ich fieberhaft, was ich ihm alles erzählen kann und was nicht. Ich weiß noch nicht einmal genau, was meine Glaubensgeschichte überhaupt ist. Gehört das, was Gott mir neulich gezeigt hat, auch dazu? Das kann ich Benjamin auf keinen Fall erzählen.

Wäre ich nicht gerade damit beschäftigt, Terrassenbauhelferin zu sein, würde ich mich jetzt hinsetzen, mit einem Stift und einem Blatt Papier oder vielleicht auch mit zehn Blättern Papier, weil ich die ersten neun alle wieder zerknüllen würde, und ich würde mir eine Liste machen.

Ab und zu spüre ich Benjamins Blick auf mir, und ja, es könnte gut sein, dass ich heute ungewöhnlich schweigsam bin. Aber wenn er das gestern durfte, darf ich das heute.

Sobald wir nach Feierabend wieder im Wagen sitzen, sagt Benjamin: »Ich fang an.«

Als er meinen überraschten Gesichtsausdruck sieht, zuckt er die Achseln. »Ich hab dich unsicher gemacht. Stell keine Fragen, die du nicht auch selbst beantworten willst. Eis?«

Ich lache nur.

Die Eisverkäuferin von gestern lächelt uns an und dann sitzen wir auf der gleichen Bank wie gestern. Ich löffle exakt die gleichen drei Sorten wie gestern, Benjamin knuspert sein Waffelhörnchen und dann fragt er: »Bereit?«

Ich nicke.

Er setzt sich wieder neben mich. »Okay, also … Zuerst mal musst du wissen, dass meine Eltern früher überzeugte Atheisten waren. Ich bin quasi mit der Überzeugung aufgewachsen, dass die Welt aus Zufall entstanden ist und nach dem Leben nichts mehr kommt. In der Mittelstufe hab ich angefangen, die Schule zu vernachlässigen, weil ich überzeugt war, dass das alles doch sowieso nur Zeitverschwendung war. Ich hab angefangen, auf Partys zu gehen, und in der Elften hatte ich auf einmal eine Freundin. Nicht, weil ich vorhatte, mich zu binden, oder so was. Ich wollte einfach nur das Leben genießen. Ich …« Er kratzt sich am Kopf. »Ich hab Sachen gemacht, für die ich mich heute schäme und die ich gerne wieder rückgängig machen würde, wenn ich könnte. Zu Hause wurde das Verhältnis zu meinen Eltern und Geschwistern richtig schlecht, weil mir in dieser Zeit alle nur noch auf die Nerven gingen. Ich glaube, irgendwann wussten meine Eltern nicht mehr, was sie noch mit mir anfangen sollten. Dann kam eines Tages mein Onkel zu Besuch. Der ging seit Jahren in eine Gemeinde. Er hat sich lange mit meinen Eltern unterhalten und am Sonntag drauf sind sie mitgegangen. Zuerst hat meine Mutter zum Glauben gefunden und dann auch mein Vater. Ich war einfach nur wütend, weil es auf einmal dauernd hieß, es gibt doch einen Gott und er hat uns geschaffen und sein Sohn ist für uns am Kreuz gestorben, weil jeder Mensch Vergebung braucht. Ich dachte damals, die sind völlig verrückt geworden und das ist der größte Mist, den ich je gehört habe. Und um aller Welt zu beweisen, dass ich tun kann, was ich will, und dass ich keinem Rechenschaft schuldig bin, hab ich eines Tages …« Seine Augen ziehen sich zusammen und er räuspert sich wieder. »… eine andere Schulkameradin geküsst. Vor den Augen meiner Freundin.« Er nickt ein paarmal und sieht mich an. »Ich kann dir sagen, dass ich in dem Moment begriffen habe, wie nötig auch ich Vergebung hatte. Am nächsten Sonntag sind meine Eltern, glaub ich, aus allen Wolken gefallen, als sie ins Auto gestiegen sind und ich schon drin saß.« Er breitet die Hände aus. »Den Rest kannst du dir denken.«

Ich nicke stumm. Wow. Der Mann hat Mut. Warum erzählt er mir das alles?

Einen Moment lang sitzen wir schweigend nebeneinander und ich versuche, das zu verdauen, was er mir anvertraut hat. Und die Tatsache, dass er es überhaupt gemacht hat.

Ich spüre seinen Blick. »Schätze mal, deine Geschichte hört sich ein bisschen anders an, hm?«, fragt er leise.

Beschämt nicke ich. Jetzt fühle ich mich schlecht. »Tut mir leid«, sage ich.

»Was?«

»Dass ich ... gedacht hab, es würde unangenehm, dir meine Geschichte zu erzählen.«

Er zuckt die Achseln. »Ist ja auch ziemlich persönlich. So was erzählt man ja nicht jedem.«

Jetzt weiß ich überhaupt nicht mehr, was ich denken soll. So was erzählt man nicht jedem? Der Mann kennt mich doch erst seit ein paar Tagen!

Gott ... Was geht hier gerade vor sich?

Benjamin sitzt ganz ruhig neben mir, während ich versuche, meine Verwirrung in den Griff zu bekommen. Und mich auf den Grund, warum wir hier sitzen, zu konzentrieren. Auf seine Geschichte. Und auf meine eigene.

Was soll ich erzählen? Wenn ich es mir genau überlege, dann hab ich eigentlich überhaupt nichts zu erzählen. Mein Glaubensweg lässt sich in ungefähr drei Sätze packen. Christliche Eltern, von klein auf in der Gemeinde, Entscheidung für Jesus.

Alles, was in den letzten Monaten passiert ist, meine Kämpfe und Fragen und die Tatsache, dass der Mann, der hier neben mir sitzt, mich zu Gott zurückgeführt hat ... Ich kann es ihm nicht erzählen. Es würde ... Dinge auslösen. Vor allem bei ihm. Und ich weiß nicht, ob ich das will. Das hier ist schon verwirrend genug.

»Meine Eltern haben uns von klein auf in die Gemeinde mitgenommen«, beginne ich bedächtig. »Ich bin mit den biblischen Geschichten aufgewachsen und hab schon als Kind gehört, dass Jesus für meine Sünden gestorben ist, und –« Ich stocke.

Benjamin schaut mich an. »Was ist?«

Ich schüttle den Kopf. »Irgendwie bin ich jetzt neidisch.«

»Worauf?«

»Das hört sich vielleicht blöd an, aber ... Du weißt wenigstens, wovon du errettet werden musstest«, sage ich, den Blick auf meine Hände gesenkt.

Einen Moment lang ist Benjamin still. Dann fragt er leise: »Du nicht?«

Ich runzle die Stirn. »Ich weiß nicht. Ich hab mich immer gefragt, wovon Jesus mich eigentlich erretten musste. Ich meine, ich hab es von meinen Eltern gehört, im Kindergottesdienst, in der Jungschar und in Predigten. Aber ich glaub, damals wollte ich hauptsächlich Christin sein, damit ich nicht in die Hölle komme.«

Das habe ich noch nie jemandem erzählt. Noch nie.

Benjamin schaut mich lange an. »Und du meinst, deshalb ist dein Entschluss weniger gültig?«

Ich zucke mit den Schultern. »Keine Ahnung. Bei mir hat es nie einen deutlichen Schnitt gegeben zwischen Vorher und Nachher.«

»Der Schnitt hat aber im Himmel stattgefunden, Lena.«

Ich schaue ihn an. Sein Blick ruht warm und ernst auf mir. »Das ist doch das, was wirklich zählt. Jeder hat seine ganz persönlichen Gründe, warum er sich für ein Leben mit Gott entscheidet. Egal, aus welchem Grund man sich erretten lässt – Hauptsache, man macht es.«

Ich nicke stumm und schlucke. Der Kerl ist so was von lieb.

Er setzt sich anders hin. »Bei mir ist das so, dass Gott mir immer wieder zeigt, wo er an meinem Herzen arbeiten will. Das ist bei dir ja bestimmt auch der Fall, oder?«

»Ja«, sage ich leise.

Er stupst mich leicht mit dem Oberarm an. »Du bist ja bestimmt kein Engel.«

»Haha.« Sein Arm ist weg, aber ich spüre die Berührung immer noch.

Er lächelt. »Danke für deine Geschichte.«

»Danke für *meine* Geschichte? Wer hat denn hier gerade seine Geschichte erzählt?«

Seine Augen sind sanft. »Trotzdem danke.«

An diesem Abend sitze ich in meinem Bett und versuche vergeblich, mich auf meine Bibellese zu konzentrieren. Alle paar Minuten wandern meine Gedanken zu Benjamin. Und zu dem Gespräch, das wir heute geführt haben. Irgendwie hab ich das deutliche Gefühl, dass er mir die Sache mit seiner Mitschülerin erzählt hat, weil es ihm wichtig ist, dass ich es weiß. Auf jeden Fall hat er begonnen, mir sein Herz zu öffnen. Und was mich betrifft, so war es das erste Mal in meinem ganzen Leben, dass ich einen Mann derart tief in mein Herz habe hineinschauen lassen. Ich habe Dinge preisgegeben, über die ich höchstens mit Laura reden würde. Wenn überhaupt.

Und er hat so einfühlsam reagiert.

Ich atme tief durch. Ich weiß genau, was dieses Gefühlswirrwarr bedeutet. Der Mann geht mir unter die Haut. Und ich habe angefangen, ihm ernsthaft zu vertrauen. Nach nur drei Tagen.

Ich hab absolut keine Ahnung, ob das gut ist. Auf jeden Fall kann es nicht gut sein, dass es mich gerade so sehr ablenkt.

Gott, mein Fokus ist verrutscht, oder? Bitte lass mich nicht wieder an den Punkt zurückfallen, an dem ich vor ein paar Wochen noch war.

Kapitel zweiunddreißig

Die Woche vergeht mit Holzdielen und Torx-Schrauben und Terrassenfliesen, richtig guten Gesprächen und zahlreichen verwirrenden Momenten. Am Freitagabend bin ich einfach nur bereit fürs Wochenende. Ich brauche eine Pause. Eine Ruhepause oder Denkpause oder was auch immer.

Und hier stehe ich vorm Supermarkt, schiebe einen leeren Einkaufswagen durch den Eingang und Benni schiebt seinen hinter mir her.

Vielleicht hätte ich auf seine Frage, was ich heute Abend noch vorhabe, eine ausweichende Antwort geben sollen, aber meine Shampooflasche ist leer sowie mein Konservendosenfach, mein Joghurteimerchen und die Brotbox.

Benni war wohl der Ansicht, es wäre eine super Idee, meinen und seinen Einkauf zu verbinden und mich anschließend nach Hause zu fahren. Der Mann ist allgegenwärtig und allinteressiert und scheinbar voll und ganz im Frieden damit. Bereit dazu, im gleichen Tempo weiterzumachen. Von quasi null auf hundert. Ich dagegen müsste mal ganz dringend auf die Bremse treten.

Nur noch dieser Einkauf. Dann hab ich Wochenende und bekomme meine Pause, kann Luft holen, mich fassen, das Geschehene verarbeiten, meine Gedanken sortieren und mich moralisch auf nächste Woche vorbereiten.

Wer braucht schon Ferien von seinen vielen lärmenden Schülern? Verbringe mal einer fünf Tage mit einem einzigen sympathischen Terrassenbauer.

Kurz hinter dem Eingang bleibe ich stehen und krame meine Einkaufsliste aus meiner Handtasche. Aber noch bevor ich den

Zettel auseinandergefaltet habe, fällt mir ein, was so alles daraufsteht. Und dass ein gemeinsamer Einkauf nach Feierabend nicht nur zusätzliche gemeinsame Zeit bedeutet, sondern auch verstohlene Blicke in den Einkaufswagen des anderen. Und Schlussfolgerungen bezüglich dessen, was bei dem anderen so alles auf den Tisch kommt.

Ravioli, Chili con carne …

»Liste?«, höre ich hinter mir.

Hastig falte ich den Zettel wieder zusammen und stopfe ihn in meine Handtasche. Ich wende mich zu Benni um und er nickt schmunzelnd zu meiner Tasche hin, in der das Papier verschwunden ist.

»Äh. Du machst doch selber Listen«, erwidere ich. »Falls du was vergisst.« Siehe unser erster gemeinsamer Morgen.

»Das war eine Ausnahmesituation. Und die Liste war nicht für mich.« Sein direkter Blick ist unmissverständlich.

Der Kerl wird mich nicht schon wieder zum Erröten bringen. Ich muss hier weg. »Wenn jeder seinen Kram zusammensucht, geht es schneller«, sage ich und setze mich in Bewegung. »Bis gleich, Benni.«

Ich habe das dumme Gefühl, er schaut mir nach und fragt sich, was auf einmal mit mir los ist.

Wie sich herausstellt, ist es offenbar unmöglich, mir nicht in jeder Regalreihe über den Weg zu laufen und irgendwelchen Small Talk zu betreiben oder mich mit fragenden Blicken zu bedenken. Ich meine, der Supermarkt ist doch groß genug, oder?

Sobald Benni zum dritten Mal aus meinem Blickfeld verschwunden ist, flüchte ich in die Abteilung mit den Epiliergeräten und dem Warmwachs und atme tief durch.

Okay, Lena. Da draußen streift dieser absolut süße Terrassenbauer mit seinem Einkaufswagen herum. Jetzt überleg dir mal eine kluge Taktik, wie du deine Konservendosen in deinen Wagen und durch die Flure bis zur Kasse und in deine Einkaufstüte bekommst, ohne dass er es mitkriegt.

Warum habe ich nicht daran gedacht, als er mir den gemeinsamen Einkauf vorgeschlagen hat?

Gott, ich brauche einen Plan.

Möglichkeit Nummer eins: Ich könnte es bei dem Shampoo, dem Eis, dem Joghurt, dem Brot und der Mortadella belassen und später noch mal wiederkommen.

Wirklich, Lena?

Ich schlucke. Nein. Keine gute Idee. Es wäre einfach nur … traurig. Was bringt es, wenn ich Benni diesen Teil von mir verheimliche und er es in ein paar Wochen oder Monaten sowieso herausfindet?

Ach, denkst du jetzt etwa schon in Wochen und Monaten? Ich dachte, du wolltest auf die Bremse treten.

Ich schließe die Augen.

Gott. Das hier ist nicht gut. Ganz und gar nicht gut.

Möglichkeit Nummer zwei: Einfach die Wahrheit sagen?

»Lena?«

Mein Blick fährt in die Richtung, aus der Bennis Stimme gekommen ist.

Da steht er mit seinem Einkaufswagen am Eingang der Regalreihe und betrachtet mich stirnrunzelnd. »Alles in Ordnung mit dir?«

Offenbar ist er fertig, und anstatt ganz einfach an die Kasse zu gehen, zu bezahlen und auf dem Parkplatz auf mich zu warten, hat er mich gesucht.

Ich muss genauso panisch aussehen, wie ich mich fühle, denn er kommt näher und die Falten auf seiner Stirn werden noch tiefer. »Lena?«

»Ich kann nicht kochen.« Der Satz ist draußen, bevor ich ihn aufhalten konnte. Jetzt kann ich ihn nicht mehr zurücknehmen.

Benni bleibt stehen. Er schaut mich an, lässt den Blick über die Frauenrasierer, Wimpernzangen und Inkontinenzbinden wandern und schaut wieder mich an. »Okay …«, sagt er und sieht etwas hilflos drein.

»Ich kaufe mein Mittagessen in Dosen und wärme es auf.«

Was machst du hier, Lena?

Bennis Augen weiten sich leicht. Dann weicht sein Stirnrunzeln einem verstehenden Gesichtsausdruck. Und einem verblüfften Lächeln. »Ähm«, macht er, schiebt seinen Einkaufswagen bis zu mir hin und deutet hinein. »Ich auch.«

Ich wage einen Blick in seinen Wagen und nicke stumm. Erbseneintopf, Fritten, Tiefkühlpizza, Tiefkühllasagne …

Er neigt den Kopf zur Seite. »Sieht so aus, als säßen wir im selben Boot.«

»Sieht so aus.« Ist das alles, was er dazu zu sagen hat?

»Stehst du deshalb hier bei den äh … Frauenartikeln? Weil du nicht kochen kannst?« Jetzt zuckt es um seine Mundwinkel.

Ich werfe ihm einen ironischen Blick zu und er lacht leise. »Leg die Dosen in deinen Wagen, Lena.«

Er sieht nicht so aus, als hätte mein Geständnis das bei ihm ausgelöst, was ich befürchtet hatte. Irgendwie verwirrt mich das nur noch mehr. Denn jetzt sehe ich Benni in Gedanken nach einem anstrengenden, arbeitsintensiven Tag nach Hause kommen und sich vor einen Topf voller dampfender Dosenravioli setzen.

Ich hab wohl einen Sonnenstich.

Ich muss ganz dringend nach Hause.

»Hast du's schon mal ausprobiert?«, fragt er auf dem Weg zum Konservenregal.

»Was?«

»Zu kochen.«

Aha. Also ist das Thema für ihn doch noch nicht abgehakt.

Wäre ja auch ein bisschen einfach gewesen, oder Lena?

»Ja«, gebe ich einsilbig zurück.

»Das hört sich ja total begeistert an.«

»Hat schon Dinge gegeben, die mich mehr begeistert haben.«

»Wieso? Ist was angebrannt? Oder hast du was versalzen?«

Warum beharrt er jetzt auf dem Thema?

Ich zögere. Dann sage ich mürrisch: »Es hat keinen Spaß gemacht.« Jetzt komme ich mir vor wie ein kleines, albernes Schulmädchen, dem die Hausaufgaben keinen Spaß machen.

Aber es ist die Wahrheit. Ich hab einfach keine Lust zum Kochen. Ist doch reine Zeitverschwendung. »Schon allein der ganze Aufwand. Stundenlang in der Küche zu stehen und ein Essen vorzubereiten, von dem nach einer Viertelstunde nichts mehr übrig bleibt. Nur ein Haufen Aufwasch. Ich geb mir tausendmal lieber Mühe für Dinge, die bleiben. Meinen Schülern Dinge beizubringen, von denen sie ihr ganzes Leben lang profitieren. Meine Wohnung zu dekorieren. So Sachen.«

Manchmal wäre ich gerne wie Laura. Ach, was kochen wir denn heute, hm, mal sehen, wir haben da ein ganzes Hähnchen im Kühlschrank, da sind zwar noch ein paar Federn dran, die ausgerupft werden müssen, und es kommt auch noch ein bisschen Blut raus, aber das haben wir schnell im Griff. Und anderthalb Stunden Kochspaß später steht dieses knusprige, perfekt gewürzte zarte Hähnchen auf dem Tisch und daneben Kartoffeln und ein grüner Salat mit Kirschtomaten. Manchmal mag ich meine beste Freundin nicht.

Jetzt stehen wir gemeinsam vor dem Konservenregal. Während ich meine Lieblingsdosen einlade, spüre ich Bennis Blick auf mir.

Kann er nicht woanders hingucken? In seinen eigenen Wagen oder so?

Ich nicke zu seinem Tiefkühlessen hin. »Und du?«

»Was ist mit mir?«, fragt er.

»Warum kaufst *du* das da?«

»Weil ich nicht kochen kann?«

»Und warum nicht?«

Er blickt mich einfach nur an und erwidert nichts. Das braucht er auch gar nicht. Ich kenne die Antwort auch so.

Ich wende den Blick ab. »Wartest wohl auf eine Frau, die dich bekocht, was?«

Hast du sie noch alle, Lena?

Benni sagt immer noch nichts und ich wage nicht, ihn anzusehen. Ich spüre seine Verwirrung auch so. Seine Betrübnis. Aber nicht wegen meiner Kochphobie. Ich bin zu weit gegangen. Deutlich zu weit. Der Mann hat mir nichts getan. Er ist die ganze Woche nichts als lieb zu mir gewesen. Warum strecke ich ihm jetzt meine Stacheln entgegen?

Ich sollte mich bei ihm entschuldigen. Aber die Worte bleiben mir in der Kehle stecken. Meine Entschuldigung wäre nur halb ehrlich. Irgendwie hab ich doch recht, oder? Warum sollen immer die Frauen die Männer bekochen? Warum nicht umgekehrt?

Das Kopfkino geht wieder los. Die gleiche Szene. Ich sehe Benni vor mir, wie er nach einem anstrengenden, arbeitsintensiven Tag nach Hause kommt, lange in den Kühlschrank blickt und sich dann erschöpft und enttäuscht dazu aufrafft, ein paar Eier in die Pfanne zu hauen.

Und jetzt könnte ich mich einfach nur ohrfeigen.

Aber ich komme doch *auch* müde und erschöpft aus der Schule! Warum sollte *ich* mich dann hinstellen und kochen?

Warum kann Benni meine Frage nicht einfach beantworten?

Keine Antwort ist auch eine Antwort, Lena.

In meinem Kopf herrscht ein einziges Durcheinander. Während ich hinter Benni her zur Kasse laufe und er immer noch nicht redet, wird mir immer elender zumute. Hier geht gerade irgendetwas ganz gewaltig schief und ich habe keine Ahnung, was ich dagegen tun kann. Was ich sagen könnte oder wie ich das, was ich bereits gesagt habe, wieder zurücknehmen könnte. Es würde nichts bringen, denn: Auch wenn meine Frage völlig daneben war – Benni hat meine Vermutung nicht verneint. Offenbar hab ich ins Schwarze getroffen. Er wünscht sich tatsächlich eine Frau, die kochen kann. Oder zumindest eine, die bereit ist, es zu lernen und diesen Part in der Beziehung zu übernehmen.

Das hier führt zu nichts. Egal, wie gut wir uns bisher verstanden haben. Wenn wir schon in dieser Sache nicht kompatibel sind … Die besten Beziehungen scheitern daran, dass man in den kleinen Alltagsfragen auf keinen gemeinsamen Nenner kommt.

Hatte ich nicht genau das von Anfang an befürchtet? Dass so etwas bei meiner gemeinsamen Zeit mit Benni herauskommt?

Offenbar ist er bereits zu dem gleichen Schluss gekommen wie ich, denn er macht keine Anstalten, das Gespräch weiterzuführen. Oder ein anderes Thema anzuschneiden. So viel zum Thema Auf-die-Bremse-Steigen. Das hier war wohl eher ein Abwürgen. Warum hab ich nicht einfach den Mund gehalten?

Kurz vor der Kasse greift Benni nach einer Tüte Flips, dann legt er seine Artikel auf das Band, sagt der Verkäuferin »Hallo« und bezahlt.

Mechanisch lege ich meine Sachen dahinter, bin aber nicht bei der Sache. Mein Kopf ist wie betäubt und meine Gedanken sind blockiert.

Wortlos schieben wir unsere Einkäufe über den Parkplatz und laden unsere Taschen in Bennis Lieferwagen.

»Ich bring deinen Wagen weg«, sagt er und reicht mir seinen Schlüsselbund.

Als er eine Minute später zu mir in den Lieferwagen steigt, schnallt er sich an, legt die linke Hand auf das Lenkrad und steckt mit der anderen den Schlüssel in das Zündschloss. Doch er dreht ihn nicht, sondern zieht ihn wieder heraus und legt die rechte Hand auch auf das Lenkrad. Einen Moment lang sagt er nichts. Dann fragt er vorsichtig: »Willst du … über das da drinnen reden?«

Seine Frage schneidet mir ins Herz. Er will die Sache nicht einfach so stehen lassen. Er will darüber reden. Dem Ganzen eine Chance geben.

Aber was ist, wenn »das Ganze« einfach nicht sein soll? Wenn eine Beziehung zwischen uns beiden von vornherein zum Scheitern verurteilt ist?

»Ich will nach Hause, Benni«, flüstere ich, und wenn ich eben noch ein albernes Schulmädchen war, dann bin ich jetzt ein kleines, hilfloses Kindergartenkind.

Einfach nur nach Hause. Meine Ruhe haben und nachdenken. Oder mich in mein Bett verkriechen, möglichst schnell einschlafen und diese ganze vergangene Woche in Vergessenheit geraten lassen.

Ich spüre Bennis Blick auf mir, aber ich kann ihn nicht anschauen.

Nach einer Weile lässt er den Motor an und schaltet die Musik ein.

Schweigend fahren wir durch die Straßen. In meinem Kopf wirbeln die widersprüchlichsten Dinge umher und mein Brustkorb fühlt sich wie eingezwängt an.

Vor meinem Wohnblock angekommen, hält Benni an und macht den Motor aus. Sein Daumen klopft ein paarmal auf das Lenkrad und er blickt immer noch durch die Windschutzscheibe nach draußen. »Ich kann Burger grillen«, sagt er schließlich leise. »Kann ich dir beibringen, wenn du willst. Morgen Abend zum Beispiel.«

Meine Augen beginnen zu brennen. »Benni …« Langsam schüttle ich den Kopf. Ich kann keine Einladung zu einem gemeinsamen Abend mit ihm annehmen. Nicht bei all dem, was jetzt gerade in mir vorgeht. Es fühlt sich einfach nicht richtig an.

Die Stille ist bedrückend.

»Magst du keine Hamburger?«

»Doch …«

»Kein Grillfan?«

»Doch …«, sage ich noch leiser.

Er schaut mich an und ich könnte mich selbst verprügeln bei dem Ausdruck in seinem Gesicht.

Was tu ich hier? Ein wunderbarer Mann zeigt mir, dass er Gefühle für mich hat, und anstatt ihm zu zeigen, dass es mir genauso geht, versetze ich ihm einen Stoß.

»Ich brauche einfach …« Hilflos lasse ich die Hände in den Schoß fallen. Ich weiß selber nicht, was ich brauche.

»Abstand?«

»Ich hab keine Ahnung.«

Er nickt und schaut eine ganze Weile geradeaus. »Soll ich dich am Montag nicht abholen?«, fragt er, ohne mich anzusehen.

»Doch. Das hat nichts mit der Arbeit zu tun … Und auch nicht mit dir, ich meine … Ich hab nichts gegen dich …« Oh Mann.

Seine Lippen verziehen sich zu einem schwachen, mitfühlenden Lächeln. »Ist ziemlich viel gewesen diese Woche, hm?«

Ich nicke. »Ja.«

Er senkt den Blick auf seine Hände. Nach ein paar Augenblicken schaut er auf und seine Augen strahlen eine innere Ruhe aus, um die ich ihn beneide. Er atmet aus. »Okay. Ich trag dir jetzt die Sachen hoch und dann lass ich dich das ganze Wochenende in Ruhe. Oder auch die ganze nächste Woche. Oder die ganzen restlichen Sommerferien.«

»Und was ist mit der Arbeit?«

Er sieht mich lange an. »Lena … Du hast mir echt super geholfen diese Woche, aber … ich hab dein Angebot nicht wegen der Hilfe angenommen … Und ich denke, das weißt du auch.«

Wie betäubt starre ich ihn an.

Jetzt weiß ich es mit hundertprozentiger Sicherheit. Er hat es gesagt. Klar und deutlich.

Und ich kann ihm noch nicht einmal sagen, dass ich das Gleiche empfinde. Nicht wenn mir diese ganzen Unsicherheiten zu schaffen machen.

Aber so, wie er mich anschaut, ahnt er es bereits.

Ich senke den Blick. »Ich muss nachdenken.«

»Ich weiß«, sagt er nur.

Einen Moment lang sitzen wir so nebeneinander, dann schnallen wir uns beide ab und steigen aus dem Wagen.

Benni trägt meine Einkäufe die Treppe hinauf und stellt sie vor meiner Wohnungstür auf den Boden. Er vergräbt die Hände in den Hosentaschen. »Okay … Du weißt, wie du mich erreichen kannst.«

Ich nicke. Wenn ich auch nur ein Wort sage, ist es um meine Selbstbeherrschung geschehen.

Er schaut mich einen letzten Augenblick lang an, bevor er leicht die Hand hebt und die Treppe hinuntergeht.

Ein großes, gähnendes Loch tut sich in mir auf. Im Erdgeschoss höre ich die Haustür auf- und wieder zugehen und dann sehe ich sie. Die große rote Flipstüte, die aus meiner Einkaufstasche herausschaut.

Die Tränen kommen, noch bevor ich meine Tür aufgeschlossen habe. Ich betrete die Wohnung, stelle meine Tasche ab, lege die rote Tüte auf den Couchtisch und laufe im Eilschritt in mein Schlafzimmer.

Wo hatte ich diese verflixte Liste vergraben? In meiner Nachttischschublade finde ich sie. Ich schnäuze mich, setze mich auf mein Bett, lese mir Punkt eins bis Punkt zehn durch und dann zerreiße ich sie. Was bringt es mir, wenn Benni alle meine Kriterien erfüllt? Ich hab mich nicht wegen irgendwelcher Kriterien in ihn verliebt, sondern weil … Ich kann noch nicht einmal sagen, warum.

Die Schnipsel landen im Papierkorb und mein schlechtes Gewissen Benni gegenüber beruhigt sich ein kleines bisschen.

Ich räume meine Einkäufe weg, mitsamt dem Stracciatellaeis, von dem ich mir eigentlich gleich etwas gönnen wollte. Mein Magen ist derart aufgewühlt, dass mir jeglicher Appetit auf Eis vergangen ist.

Ich setze mich auf mein Sofa, ziehe die Knie an mein Kinn und starre die Tüte auf dem Tisch an.

Erst lege ich mich mit Benni wegen dieser blöden Kochgeschichte an und dann reagiert er *so*.

Ich hab dein Angebot nicht wegen der Hilfe angenommen … Und ich denke, das weißt du auch. Seine Worte klingen in Dauerschleife in meinem Kopf nach. Und geben mir mehr Rätsel auf als alles andere.

Jeder normale Mann hätte das Weite gesucht nach der provokanten Frage, die ich ihm an den Kopf geschmissen habe. Wie kann es sein, dass es bei ihm genau das Gegenteil ausgelöst hat? Warum scheint er sich seiner Sache so sicher zu sein? Und was mich genauso verwirrt: Warum hat er so geredet, als hätte er bereits Interesse an mir gehabt, bevor ich mit meinem Angebot zu ihm gekommen bin? Wann genau hat es denn bei ihm angefangen? Mit dem Picknickkorb? Ich denke zurück an den Tag, als er mich entlarvt hat. Wie er an der Hauswand gelehnt und mich auf diese Art und Weise angesehen hat – so als … wäre da schon etwas da gewesen. Als hätte es noch früher angefangen. An dem Abend bei Jan und Laura.

Klar. Sein *»Bis demnächst«* und sein Blick dabei … Ich war ja nicht ohne Grund verwundert, ihn nach dem Tag nicht wieder zu Gesicht bekommen zu haben. Und jetzt verstehe ich es noch weniger. Wenn er bei unserer ersten Begegnung schon etwas empfunden hat, warum hat er dann nichts unternommen, um mich wiederzusehen? Ich kann mir nicht vorstellen, dass Jan nicht versucht hat, ihn zu einem weiteren Samstagabend einzuladen. Warum musste ich erst mit dem Picknickkorb bei Benni auftauchen, damit wir überhaupt wieder in Kontakt kamen? Was wäre passiert, wenn ich mich geweigert hätte, ihm den Korb zu bringen? Oder wenn Laura erst gar nicht die Idee gehabt hätte? Warum hat Benni zu Laura gesagt, er lege keinen Wert auf die Verkupplungsversuche und sie und Jan sollten es bitte bleiben lassen?

Ich blicke absolut nicht mehr durch. Ganz offenbar fehlt mir ein Teil in meinem Puzzle. Habe ich irgendetwas übersehen?

Mein lautes Seufzen hallt von den Wänden meines Wohnzimmers wider.

Abgesehen von all dem, was ich nicht verstehe: Was soll ich mit Bennis Geständnis anfangen? Was genau erwartet er von mir? Dass wir eine Beziehung eingehen und mal schauen, wohin sie führt? Er scheint davon überzeugt zu sein, dass es sich lohnen würde, es zu wagen. Aber was ist, wenn nach dieser Kochsache noch mehr unerfreuliche Überraschungen auf uns warten? Was ist, wenn wir in ein paar Jahren feststellen müssen, dass wir uns nur von irgendwelchen schönen Gefühlen haben hinreißen lassen, und es dann zu spät ist?

Gott, ich weiß absolut nicht, was ich tun soll. Bitte zeig mir, was richtig ist.

Ich gehe zurück in mein Schlafzimmer und greife nach der Bibel auf meinem Nachtschränkchen. Aber Jakobus schreibt von Wald anzündenden Zungen, Eifersucht, Stolz und Reichtum und ist damit heute definitiv am Thema vorbei. Die Worte ergeben keinen Sinn, sie erreichen noch nicht einmal mein Gehirn. Sie verschwimmen vor meinen Augen und dann sind meine Gedanken wieder bei Benni. Bei seinem Geständnis und der Tatsache, dass ich seine Gefühle verletzt habe. Bei seiner Einladung zum Grillen. Ich denke über die ganze vergangene Woche nach. Darüber, wie aus unseren anfänglichen Neckereien eine Freundschaft entstanden ist. Zuneigung und Vertrauen.

Meine Gedanken wandern zu all dem, was vor dieser Woche war. Zu Laura und Jan, zwischen denen es wegen des Unfalls irgendwie gekriselt hat. Zu meinen Freundinnen auf Lauras Geburtstagsfeier und zu dem, was sie über die Ehe gesagt haben. Zu Kim, die offenbar als junges Mädchen ihr Herz an Lukas verloren hat und nach all den Jahren immer noch nicht über ihn hinweg ist. Und schließlich bleiben meine Gedanken bei dem guten Vorsatz stehen, den ich vor nicht allzu langer Zeit gefasst habe.

Frustriert über Jakobus, frustriert über Benni und seine Zuversicht, vor allem aber frustriert über mich selbst lege ich die Bibel beiseite. Ich habe gefühlt tausend Fragen und null Antworten. Das Glück und der Frieden, die ich noch vor ein paar Wochen bei Gott gefunden hatte, haben sich völlig in Luft aufgelöst.

Kapitel dreiunddreißig

Als ich am nächsten Morgen aufwache, hat sich mein Magen beruhigt. Ich muss über dem Beten eingeschlafen sein. Oder beim Grübeln. Im Prinzip hab ich gestern Abend nur diese beiden Sachen gemacht. Grübeln, flehen, grübeln, flehen.

Ich beginne den Morgen mit einem ausgiebigen Frühstück und dann ziehe ich mich an.

Ich brauche jemanden, der mir beim Nachdenken hilft. Der mir vielleicht Antworten auf meine Fragen geben kann. Und die einzige Person, die ein paar dieser Antworten kennen könnte, habe ich die ganze vergangene Woche gemieden.

»Wahnsinn«, sagt Jan, als er mich vor der Tür stehen sieht, und schüttelt mit offenem Mund den Kopf.

»Was ist?«, ruft Laura von irgendwo aus der Wohnung her.

»Komm selbst und sieh!«

Ich verdrehe die Augen.

Laura erscheint in der Tür. »Hi!«, ruft sie überrascht und strahlt übers ganze Gesicht.

Ich umarme sie und sie drückt mich fest und ich drücke sie noch fester und dann schiebt sie mich von sich und sieht meine Tränen. »Komm rein«, sagt sie mit fester Stimme.

Jan runzelt die Stirn, räuspert sich und kommt hinter uns her ins Wohnzimmer geschlurft.

»Setz dich«, befiehlt Laura und reicht mir ein Taschentuch.

»Danke.« Ich hasse es, wie weinerlich ich klinge.

Laura lässt sich neben mir auf dem Sofa nieder, Jan setzt sich mir gegenüber auf den Couchtisch und verschränkt die Arme.

»Es geht um Benni, oder?«, fragt Laura.

»Natürlich geht es um Benni«, gebe ich aufgewühlt zurück. »Um wen sonst?«

Jan lacht leise. »Ähm …« Dann zuckt er die Achseln. »Nee, egal.«

»Was?«, frage ich ihn. »Hat er irgendwas gesagt?«

Mein Bruder sieht mich an. »Ich wäre froh, wenn er mal irgendwas sagen würde. Mein Mitarbeiter hat diese Woche geschwiegen wie ein Grab.«

Ich stoße ein ironisches Lachen aus. Ja. Davon kann ich jetzt auch ein Liedchen singen. Offenbar ist der Mann ziemlich gut im Zurückhalten von Informationen. Was auch immer diese Informationen sind.

»Das Letzte, was er mir gesagt hat, war, dass du ihm helfen willst.« Jan senkt das Kinn und sieht mich vielsagend an. »Und ab da war Funkstille.«

»Kannst dir vorstellen, wie dein Bruder diese Woche drauf war«, sagt Laura.

Einen Moment lang schweigen wir.

Mein Bruder und ich sehen uns an.

»Was läuft da zwischen euch, Lena?«, fragt er leise.

Ich atme aus und schaue auf meine Hände. »Frag mich was Leichteres.«

»Also läuft was.«

Mein Blick fährt hoch. Jan hat die Lippen zusammengepresst und ein unterdrücktes Funkeln in den Augen.

Laura trägt so ziemlich exakt den gleichen Gesichtsausdruck. »Habt ihr euch … gestritten oder so was?«, fragt sie mit großen Augen.

»Nein … nicht direkt.« Jedenfalls ging keine Feindseligkeit von Benni aus.

»Nicht gestritten, aber … eine Meinungsverschiedenheit?«

»Ja … so in der Art … Unter anderem.«

Mein Bruder presst sich die Handflächen ans Gesicht und zieht die Wangen nach unten. »Die machen mich noch verrückt«, sagt er zu Laura und sie lacht.

»Selbst schuld«, brumme ich. »*Du* warst derjenige, der immer gesagt hat, wir würden gut zusammenpassen.«

»Wieso? Hatte ich unrecht?«

Ich seufze und er lächelt etwas gequält. »Lena. Das hab ich doch nicht einfach so daher gesagt, weil ich gerne hätte, dass meine Schwester und mein Freund zusammenkommen. Ich kenne dich und ich kenne den Benni seit fast einem Jahr. Wir arbeiten quasi die halbe Zeit miteinander. Ich kann mir wirklich vorstellen, dass es passen würde. Ich hätte dir niemals von ihm erzählt, wenn ich nicht fest davon überzeugt wäre, dass er gut genug für meine Schwester wäre.«

Laura nickt. »Er hat recht, Lena. Der Benni ist wirklich ein guter Kerl.«

Wem sagt sie das? Aber lieb und kompatibel sind noch mal zwei völlig unterschiedliche Dinge.

Ich nehme meinen ganzen Mut zusammen und sehe Jan an. »Ist er, also … ist er einer, der sich schnell verliebt oder so? Ich meine … dass er einer Frau zeigt, dass er sie mag, um einfach mal zu gucken, was draus wird?« Mein Gesicht fühlt sich knallrot an. Ich fasse es nicht, dass ich dieses Gespräch mit meinem Bruder führe.

Jan und Laura wechseln einen Blick und fangen beide an, übers ganze Gesicht zu grinsen.

»Nee«, sagt mein Bruder und schüttelt heftig den Kopf. »Überhaupt nicht, das ist ganz und gar nicht seine Art. Wenn sich einer so was gut überlegt, dann ist es Benni.«

Wieder atme ich schwer aus. Das heißt wohl, er muss sich wirklich sicher sein. Ich begreife nicht, wie das möglich sein kann. Fünf Tage gemeinsames Arbeiten und schon hat er Gewissheit? »Hat er … dir sonst irgendwie Fragen über mich gestellt, oder so?«

»Nur, ob ich ungefähr einschätzen kann, wie viel er dir bei der Arbeit zumuten kann, damit es dir nicht zu viel wird«, antwortet Jan.

Meine Kehle wird eng und ich schlucke. Der Gute.

Laura lächelt mich schweigend an.

»Er erwartet von mir, dass ich kochen lerne«, sage ich leise.

Meine Freundin stößt ein überraschtes Lachen aus.

Mein Bruder zieht amüsiert eine Augenbraue in die Höhe. »Wenn er gescheit ist.«

»Hat er das genau so gesagt?«, fragt Laura bedächtig.

»Was?«

»Dass er von dir erwartet, dass du kochen lernst.«

»Beziehungsweise dass er von dir erwartet, dass du für *ihn* kochen lernst.«

Ich beschließe, meinen Bruder zu ignorieren. »Nein«, beantworte ich Lauras Frage.

»Was genau ... hat er denn gesagt?«

Ich seufze lang und laut. »Ich hab ihm gesagt, dass ich nicht kochen kann, und er hat gefragt, ob ich's schon mal ausprobiert hätte, und ich hab ihn gefragt, warum *er* nicht kochen kann, und da hat er gar nichts mehr gesagt, sondern ... mir eine Flipstüte gekauft«, schließe ich kleinlaut.

Jan und Laura blicken mich stumm an. Und im nächsten Augenblick schmeißt meine Freundin sich weg vor Lachen, während mein Bruder langsam den Kopf schüttelt. »Okay«, sagt er mit Betonung. »Ich weiß nicht, wer von euch beiden dringender Nachhilfe braucht – du im Kochen oder er in was ganz anderem.«

»Lass ihn, Jan, das ist doch voll süß!«

Er verzieht fassungslos das Gesicht. »Eine Flipstüte? Im Ernst? Will er da drin dann auch den Ring verstecken, oder was?«

Laura und ich sehen uns an und sie grinst von einem Ohr zum anderen.

Ich hätte niemals hierherkommen sollen.

»Lena«, sagt sie leise. »Benni mag dich offenbar so, wie du bist.«

»Aber wer soll denn nach der Arbeit kochen?«

»Da fragst du, glaub ich, die falsche Person«, erwidert sie schmunzelnd.

»Rede doch einfach mit ihm darüber«, wirft Jan ein. »Mit dem Benni kannst du über alles reden.«

»Und was ist, wenn wir uns nicht einigen können?«

Er seufzt. »Wenn du denkst, er wäre so ein Sturkopf, dann täuschst du dich.«

»Sie kennt ihn ja noch gar nicht lange«, versucht Laura mich zu verteidigen.

»Eben«, sage ich. »Warum soll ich überhaupt mit ihm über so was reden?« Das hier ist doch alles einfach nur verrückt.

Mein Bruder zieht die Augenbrauen in die Höhe. »Wenn ich das richtig verstanden habe, dann hast du dieses Thema bereits bei ihm angeschnitten.«

Besserwisser.

»Und er hat ziemlich cool reagiert, wenn ich das mal so ganz ohne Stolz auf meinen Mitarbeiter sagen darf.«

Ja, genau, reib es mir noch deutlicher unter die Nase.

»Denk doch einfach mal ein bisschen weiter, Lena«, mischt sich Laura ein. »Wenn du mal Kinder hast …« Sie sieht meinen Gesichtsausdruck und hebt die Hand in die Höhe. »Ganz unabhängig davon, wer der Vater ist, bitte.«

Ich sehe Jan aus dem Augenwinkel breit grinsen.

»… wie willst du dann deinen Alltag organisieren?«, fragt sie.

Ich antworte nicht. Weil die Antwort so klar ist, wie sie nur sein kann. Sie steht praktisch seit Jahren auf meinem selbst erstellten Lebensplan.

Drei Jahre lang arbeiten und dann das erste Kind kriegen.

Im Prinzip steht seit dem Tag, an dem ich das Wort »Kind« auf diesem Plan hinzugefügt habe, fest: Sobald ich das Foto vom ersten Ultraschall in der Hand halte, werde ich den Direx informieren, dass er sich für die kommenden dreieinhalb bis fünfzehn Jahre nach einer Vertretungskraft umschauen kann. Alles andere käme für mich nicht in die Tüte.

»Dann bleib ich zu Hause.«

»Auch wenn dein Mann weniger verdient als du?«, fragt Jan mit einem ziemlich direkten Blick.

Einen kurzen Moment lang wirft mich seine Frage etwas aus der Spur. Darüber habe ich mir ehrlich gesagt noch gar keine Gedanken gemacht. Klar, ein Terrassenbauer – *falls* … es denn ein Terrassenbauer sein wird – verdient weniger als eine Lehrerin. Aber warum sollte mein Mann auf seine Arbeit verzichten, die ihm so viel Freude und Erfüllung bringt, und stattdessen zu Hause bei unseren Kindern bleiben, obwohl *ich* das ursprünglich machen wollte? Nur weil ich mehr verdiene als er?

Wäre doch völliger Quatsch.

Falls es denn wirklich – wie schon gesagt – jemand ist, der weniger verdient als ich und dessen Arbeit ihm Freude und Erfüllung bringt.

»Ja«, sage ich. »Ich würde trotzdem zu Hause bleiben.« Andere Mütter dürfen das gerne so regeln, wie sie möchten, und manch eine wird auch keine andere Wahl haben, aber bei mir sieht die Sache ganz klar so aus.

Mein Bruder betrachtet mich mit einem warmen Ausdruck in den Augen, den man als Stolz deuten könnte, wenn man wollte – wozu ich mich aber nicht hinreißen lassen werde.

»Spätestens dann müsstest du ja kochen lernen«, schlussfolgert Laura.

Mir gehen die Argumente aus. »Ich schätze ja.«

»Dann kannst du auch genauso gut schon jetzt damit anfangen. Ich könnte mir sogar vorstellen, dass es dir Spaß macht, wenn du einmal so richtig drin bist. Es muss ja nichts wahnsinnig Kompliziertes sein. Es gibt viele Gerichte, die man schnell und einfach zubereiten kann und die richtig lecker sind. Frag deinen Bruder.«

Mein Blick fährt zu Jan. »Du kochst?«

»Hättest du nicht gedacht, was?«, gibt er zurück und sieht ziemlich zufrieden mit sich selbst aus.

»Schmeckt sogar richtig gut, wenn er kocht«, sagt Laura lächelnd.

»Seit wann?«, frage ich ihn.

»Seit Lauras erster Schwangerschaft.«

»Mir war ja damals auch oft so schlecht. Im Moment kocht er wieder öfters.«

»Seit meinem Unfall allerdings nicht mehr.«

»Ha«, mache ich nur, weil ich jetzt ehrlich gesagt nicht weiß, was ich sagen soll. Ich stelle mir vor, wie mein Bruder am Herd steht und für meine Freundin kocht. »Jan?«

»Lena?«

»Warst du wirklich sauer auf Laura? Wegen deiner Verletzung?«

Ich spüre Lauras verblüfften Blick und Jan runzelt die Stirn. Einen Moment lang schaut er seine Frau an, dann fragt er: »Hast du gedacht, ich wäre wegen meiner Verletzung sauer gewesen?«

Sie zuckt mit den Schultern. »Du hattest ja Grund genug, deswegen sauer zu sein.«

»Aber es ging mir doch nicht um meine Schulter. Okay, im ersten Moment vielleicht schon, aber … Laura, die Leiter hätte auf Mats knallen können. Oder auf dich.«

Mein Blick wandert zu Laura neben mir und sie rührt sich nicht.

Jans Augen ziehen sich leicht zusammen. »Ich hab mir vorgestellt, was passiert wäre, wenn einer von euch beiden das Ding auf den Kopf gekriegt hätte.«

Die Szene läuft vor meinem inneren Auge ab. An Jans Stelle liegt Mats regungslos im Gras. Oder Laura. Mit dem winzig kleinen Baby im Bauch.

Neben mir atmet Laura tief durch. Und im nächsten Augenblick liegt sie in Jans Armen und ich brauche ein Taschentuch und sollte mich womöglich vom Acker machen.

»Du bleibst hier«, befiehlt mein kleiner Bruder, als er sieht, wie ich versuche, mich so unauffällig wie möglich vom Sofa zu erheben. »Du brauchst einen Kochkurs.«

»Ich wollte mir nur ein Taschentuch holen«, protestiere ich mit verstopfter Nase.

»Mamaaaa …«, kommt eine verschlafene Jungenstimme aus dem Kinderzimmer.

Jan lässt Laura los. »Ich kümmere mich um ihn«, sagt er und steht auf.

»Danke, Schatz.« Laura gibt ihm einen Kuss und grinst mich an. »Ab in die Küche, Freundin.«

In ihrer Küche kramt sie einen Kochtopf und eine Packung Reis aus ihren Schränken und beginnt, mir verschiedene Anweisungen zu geben.

»Warte«, sag ich. »Hast du einen Zettel und einen Stift?«

Sie verdreht die Augen. »Lena.«

»Was? Ich muss doch mitschreiben.«

Seufzend verlässt sie die Küche und kommt mit einem Zettel und einem Stift wieder. »Hier.«

»Danke.«

»Theoretikerin.«

Ich zucke die Achseln. »Den kann ich mir wenigstens in die Küche hängen. Dann weiß ich beim nächsten Mal, wie es geht, und muss dich nicht extra anrufen.«

»Du darfst mich jederzeit anrufen, Lena.«

»Auch, wenn du gerade im Kreißsaal liegst?«

»Wenn ich gerade im Kreißsaal liege, dann hoffe ich, dass du nicht am Kochen, sondern am Beten bist. Sonst hab ich Angst um den guten Reis.«

Ein paar Minuten später steht ein Topf mit köchelndem Reis auf dem Herd.

Jan steckt seinen Kopf zur Tür herein. »Riecht gut. Ich geh ein bisschen mit ihm raus.«

»Hi, Mats!«

Der kleine Mann winkt zurück. »Papa piejen!«, verkündet er strahlend.

»Super! Und gleich spielen wir mit deinem Lastwagen, okay?«

Er nickt und dann läuft er hinter seinem Papa her.

Sobald die Wohnungstür zugefallen ist, lehnt meine Freundin sich an die Arbeitsplatte und sieht mich schmunzelnd an. »So …«

Ich lache.

»Dann ist die Sache zwischen euch also richtig ernst, he?«

»Ganz ehrlich? Ich hab keine Ahnung. Wie ernst kann eine Sache schon sein, nach einer Woche?«

»Auch das fragst du wohl besser den Betroffenen selbst.«

»Ich kenne ihn fast gar nicht, Laura.«

»Lena, du hast fünf Tage von morgens bis nachmittags mit ihm verbracht. Du kannst mir nicht erzählen, dass ihr euch bei der Arbeit nicht unterhalten habt. Und in der Mittagspause und nach Feierabend. Ich bin mir sogar sicher, dass du so ziemlich alles über ihn weißt, was du wissen musst, um der Sache eine ernsthafte Chance zu geben.«

Jetzt bin ich verwirrt.

Sie hält drei Finger in die Höhe und beginnt abzuzählen. »Er hat sein Leben Jesus übergeben, er ist ein liebenswerter, loyaler Mensch und die Chemie stimmt … Wenn ich das richtig mitbekommen habe«, fügt sie schmunzelnd hinzu.

»Hast du das bei Jan auch so gemacht?«

Sie bedenkt mich mit einem vielsagenden Blick. »Darauf möchte ich jetzt lieber nicht genauer eingehen.«

Ich lache.

»Lern ihn einfach weiter kennen, Lena. Und lass dir Zeit, mach dir keinen Druck. Ich kann mir vorstellen, dass der Benni dich auch noch besser kennenlernen will und sowieso noch gar nicht von dir erwartet, dass du dich in irgendeiner Weise entscheidest.«

Ich nicke wieder.

»Ihr müsst ja beide von der Sache überzeugt sein und ›Frieden darüber haben‹.« Sie malt mit den Fingern Gänsefüßchen in die Luft.

Frieden. Das wäre schön. »Ich hab so wahnsinnig viele Fragen …«

»Ich weiß. Das krieg ich ja schon seit einiger Zeit mit. Aber spätestens bei der Frage, ob du selbstsüchtigen Wünschen gehorchst, wenn du ihm helfen willst … Spätestens da hatte ich das Gefühl, bei deinen Überlegungen ist irgendwo der Wurm drin. Aber vielleicht hab ich's einfach nicht richtig verstanden …«

Ich seufze. »Ich blicke ja selber nicht so richtig durch. Bevor ich ihn kennengelernt hab, hatte ich mir was vorgenommen …«

»Ja, ich weiß, du hast mir am Telefon gesagt, dass du Gottes Willen für dein Leben akzeptieren willst, anstatt ihm deinen Willen zu diktieren.«

Ich runzle die Stirn. Hatte ich das so gesagt? Das war mir nicht mehr bewusst. Etwas in mir will *klick* machen, schafft es aber nicht. »Ja«, sage ich langsam. »Das auch, aber … Ich hatte mir vor allem vorgenommen, nie von einem Mann zu erwarten, dass er mich glücklich macht. Weil nur Gott mich wirklich glücklich machen kann. Aber jetzt …« Ich hebe eine Hand in die Luft und lasse sie wieder fallen.

Laura nickt lächelnd. »Jetzt ist da einer, der dich offenbar ziemlich gernhat. Und du denkst mehr über ihn nach, als dir lieb ist.«

»Ja. Ich wollte nicht, dass … die Liebe zu einem Mann mich von der Liebe zu Gott wegbringt.«

»Das kann ich irgendwie nachvollziehen, aber … Lena, das klingt fast so, als würdest du Benni als Gottes Konkurrenten betrachten. Ich bin mir ziemlich sicher, dass er Gott den Platz in deinem Herzen niemals streitig machen wollte. Nicht, wenn er Gott von ganzem Herzen liebt und wenn er dich lieben will wie sich selbst. Im Gegenteil, zu einer guten Beziehung gehört doch gerade dazu, dass man einander immer wieder zu Gott hinführt.«

Verblüfft schaue ich meine Freundin an. Ihre Worte treffen mitten ins Schwarze. Ist das wirklich mein Problem? Habe ich Benni tatsächlich als Gottes Konkurrenten betrachtet? Habe ich mich deshalb so gegen die Gefühle gewehrt, die er in mir auslöst? Habe ich ihn deshalb auf Abstand gehalten, obwohl ich mich zu ihm hingezogen fühle?

Gott, das wäre ja der größte Quatsch, den ich mir da zurechtgedacht habe. Du hast die Liebe zwischen Mann und Frau doch erfunden. Es ist nicht gut, dass der Mensch allein sei und so weiter …

Aber ist es denn falsch, wenn ich mich an Gottes Liebe klammere und nicht riskieren will, von einem Mann, für den ich etwas empfinde, enttäuscht zu werden?

Hilflos sehe ich Laura an.

»Du hast Angst, oder?«

Ich nicke stumm. »Ja.«

»Aber wovor denn eigentlich? Dass Benni der Falsche sein könnte?«

»Nein …« *Gott, das ist es nicht, oder?* Selbst wenn er der Richtige sein sollte … Was würde das letztendlich am Ergebnis ändern?

»Ich weiß es selbst nicht genau … Vor ein paar Monaten hatte ich noch Angst, mein Leben lang alleine zu bleiben. Und jetzt … hab ich einfach nur Angst, mir selber Illusionen zu machen, ich hätte das große Glück mit einem Mann gefunden, und in ein paar Jahren sitze ich frustriert da und sage mir, ich hätte besser doch alleine bleiben sollen.«

Bei Gott weiß ich, wo ich stehe. Ich weiß, dass er immer derselbe bleiben wird und dass er nicht eines Tages aufhören wird, mich zu lieben. Bei ihm werde ich nicht eines Morgens aufwachen und feststellen, dass sich seine Liebe zu mir verändert hat oder er sich bisher nur von seiner besten Seite gezeigt hat, um mich zu beeindrucken.

Meine Schwägerin gibt ein leises Lachen von sich. »Ich glaube, wir sind alle zu sehr mit Disney und Hollywood aufgewachsen. Als Mädchen war ich fest davon überzeugt, dass die wahre Liebe im ersten Kuss oder in der Hochzeit gipfelt und dass es danach immer so schön bleibt. *Und sie lebten glücklich bis an ihr Lebensende.* Das, was nach der Hochzeit kommt, zeigen die bei Hollywood ja so gut wie nie. Ich hätte mir besser die Ehepaare in meiner Verwandtschaft und in meinem Bekanntenkreis angeguckt. Und in der Bibel nachgelesen, wie Gott sich die Ehe wirklich vorgestellt hat.«

»Und … wie war das für dich, als bei euch die … also, die verliebte Phase vorbei war?«

»Ich will dich nicht anlügen, Lena. Die Zeit war ziemlich … heftig. Am Anfang war ich oft dermaßen schockiert über mich selber, wenn ich mich über Jan geärgert hab und richtig fiese Gedanken hatte. An einem Punkt war ich überzeugt, meine Liebe zu ihm hat sich völlig in Luft aufgelöst und … es war vielleicht ein riesiger Fehler, ihn zu heiraten, und wir machen uns gegenseitig total unglücklich.«

Ich schlucke schwer. Davon habe ich nie etwas mitbekommen. Da bin ich jahrelang bei Jan und Laura ein und aus gegangen und hatte absolut keine Ahnung von dem, was hinter den Kulissen so alles lief. Und meine Freundin musste ganz alleine da durch.

»Warum hast du mir das nie erzählt?«, frage ich.

Laura sieht mich nachdenklich an und zuckt die Achseln. »Ich weiß es nicht genau. Vielleicht, weil ich nicht wollte, dass du schlecht von mir denkst. Ich dachte ja schon schlecht genug von mir selbst. Außerdem … Was hätte das gebracht? Ich wusste, dass ich sowieso keine andere Wahl hatte, als irgendwie an den Punkt zu kommen, meinen Mann trotz allem zu lieben. Und dann hab ich durch Gespräche mit Tina und den anderen begriffen, dass das, was da mit mir passierte, völlig normal war. Dass ich meinen Mann gar nicht aus eigener Kraft lieben kann. Weil ich mich von Natur aus erst mal nur um mich selber drehe. Und er sich um sich. Deshalb ist es völliger Quatsch zu glauben, die wahre Liebe fließt irgendwie von ganz alleine aus uns heraus oder so was, und wenn sie nicht mehr von alleine fließt, dann war es halt nicht die wahre Liebe.«

Ich nicke stumm. Was Laura da sagt, ist völlig und hundertprozentig das Gegenteil von dem, was Hollywood und Co. mir über Jahre eingetrichtert haben.

»Und dann hab ich noch was begriffen«, sagt Laura.

»Was?«

»Dass Gott mich durch die Schwierigkeiten mit meinem Mann verändern will. Wenn Jan nicht so denkt wie ich, wenn er mir seine Meinung sagt oder ich mich über ihn ärgere, dann ist Gott dabei, an meinem Charakter zu arbeiten. Er will mir beibringen, mich selbst nicht wichtiger zu nehmen als meinen Mann, sondern Jans Bedürfnisse über meine eigenen zu stellen. Nicht immer auf meine Meinung zu pochen oder auf mein Recht. Nicht immer meinen zu müssen, alles müsste nach meinen Wünschen und nach meinen Vorstellungen laufen und mein Mann müsste zu allem Ja und Amen sagen. Gott hat uns so geschaffen, dass wir dann am glücklichsten sind, wenn wir zuerst an den anderen denken und nicht an uns selbst.«

Ich nicke stumm. Genau das hatte ich doch vor nicht allzu langer Zeit begriffen, oder?

Meine Freundin betrachtet mich einen Moment lang. Dann sagt sie leise: »Weißt du, was ich glaube, Lena?«

»Was?«

»Die ganzen vergangenen Jahre … Die Zeit, in der du niemanden kennengelernt hast und den Eindruck hattest, es interessiert sich kein Mann für dich … Irgendwie glaub ich, die hat Gott dazu genutzt, dir bewusst zu machen, was tief drin in deinem Herzen ist. Damit du zu ihm kommst und genau das erkennst, was du vor Kurzem erkannt hast: dass dich niemand je so lieben könnte wie er. Damit du weißt, was es heißt, dein Lebensglück nur an ihm festzumachen. Damit du, wenn du einmal glücklich verheiratet bist, nicht vergisst, wer dir dieses wunderbare Geschenk gemacht hat. Und damit du dich daran erinnerst, wer dich unendlich liebt, wenn du das Gefühl hast, dass dein Mann es gerade nicht tut. Gott ist und bleibt immer für dich da, Lena. Und er ist auch für deinen zukünftigen Ehemann da. Er ist bei euch, wenn ihr zusammen seid, und er ist bei jedem von euch, wenn es mal zwischen euch kriselt oder kracht. Auf seine Liebe kannst du immer zählen. Zu ihm kannst du jederzeit kommen, um dein Herz bei ihm auszuschütten.«

Tränen schießen mir in die Augen und Laura nimmt mich in die Arme.

»Danke«, flüstere ich. Das war genau das, was ich hören musste.

Ich bleibe bis zum Abend bei Laura und Jan und spiele mit Mats Baustelle. Ein paarmal erwische ich mich dabei, wie ich dieses oder jenes, was ich von Benni gelernt habe, in unser Spiel mit einbringe. Mats ist hellauf begeistert und strahlt und plappert und Jan steckt alle paar Minuten seinen Kopf zur Tür herein und lacht leise vor sich hin.

Gerade als er wieder auf der Schwelle steht, klingelt sein Handy.

Er schaut aufs Display und geht dran. Nicht, ohne mir vorher einen bedeutsamen Blick zuzuwerfen. »Hi, Benni ... Gut, und dir?« Er sieht mich an. »Ja, der geht's gut. Sie ist gerade hier bei uns ...« Er schaut mich immer noch an und nimmt hundertprozentig jede einzelne Emotion wahr, die sich auf meinem Gesicht widerspiegelt. Sobald ich gehört habe, wer am anderen Ende ist, hat es heftig an meinem Herzen gezogen und innerhalb weniger Sekunden hat sich dieses Ziehen breitgemacht. Jetzt ist es überall in meinem Bauch und in meinem Brustkorb und ich wünsche mir einfach nur, seine Stimme zu hören. Mit ihm zu reden und zu wissen, dass es ihm gut geht. Ihm zu sagen, dass er sich keine Sorgen machen muss, weil ...

Weil er mir genauso fehlt wie ich ihm. Weil ich genauso empfinde wie er und weil ich ihn sehen will.

Ich höre Jan mit Benni über die Arbeit der vergangenen Woche reden und werfe einen Blick auf mein eigenes Handy. Seit gestern Abend kein Anruf und keine Nachricht. Benni lässt mich in Ruhe, wie er es versprochen hat. Aber er erkundigt sich bei meinem Bruder, um sich zu vergewissern, dass es mir gut geht.

»Ja, das hört sich doch gut an«, sagt Jan gerade. »Okay ... Okay, warte mal.« Er schaut mich aus dem Augenwinkel an. »Willst du noch mit der Lena reden?« Er öffnet den Mund, schließt ihn wieder und dann schleicht sich ein leises Lächeln auf sein Gesicht, während er mich nicht aus den Augen lässt. »Okay ...«, sagt er und schüttelt lächelnd den Kopf. »Alles klar, dir auch einen schönen Abend … Ja, bis bald.«

Er nimmt das Handy vom Ohr und schaut mich lange an. »Der Kerl ist verrückt nach dir, Schwesterherz … Ich weiß nicht, was du in der einen Woche mit ihm angestellt hast, aber das da –« Er deutet auf mein Gesicht. »Das da sagt mir, dass du dich schleunigst bei ihm melden solltest.«

Ich stoße ein verlegenes Lachen aus und mein Bruder lächelt immer noch. »Ich freu mich für dich, Lena. Du hättest keinen Besseren kriegen können.«

»Jetzt schalt mal einen Gang zurück«, sage ich und verdrehe die Augen, aber ehrlich gesagt ist in mir drin gerade alles in weiche, warme Watte gepackt.

Wieder zu Hause, setze ich mich gleich aufs Sofa, hole mein Handy aus der Tasche und suche Bennis Nummer heraus.

Er antwortet sofort nach dem ersten Klingeln. »Hi!«, sagt er und klingt völlig überrascht.

»Hi.« Es tut dermaßen gut, seine Stimme zu hören …

Nach einem kurzen Moment des Schweigens fragt er: »Ähm … Geht's dir gut?«

Ich grinse. »Das hast du doch schon Jan gefragt.«

Sein leises Lachen löst ein sehr angenehmes Gefühl in mir aus. »So, das hast du also mitgekriegt, hm?«

»Ich saß direkt daneben.«

»M-hm …«, macht er mit seiner tiefen Stimme, direkt an meinem Ohr. »Du weißt, dass ich weiß, dass es dir gut geht, und trotzdem rufst du an.«

»Um dir zu sagen, dass du mich am Montag abholen kannst.«

Wieder schweigt er einen Augenblick lang. »Ja …?«, kommt es dann hoffnungsvoll.

»Ja …«

»Auch nach dem, was ich gestern angedeutet hab?«

»Benni…« Ich schüttle lächelnd den Kopf. »Ja, Benni. Auch nach dem, was du gestern angedeutet hast.«

Er stößt einen langen Atemzug aus. »Wow … Jetzt geht's mir auch wieder gut.«

Der arme Kerl. Er hatte sich womöglich bereits darauf eingestellt, bis zum Ende der Sommerferien nichts mehr von mir zu hören und zu sehen. Als ob ich das übers Herz gebracht hätte.

»Rate mal, was ich gestern Abend gemacht habe«, sagt er.

»Hm … Keine Ahnung?«

»Warte, ich schick dir ein Foto.« In der Leitung klickt es ein paarmal und dann ertönt mehrmals hintereinander mein Nachrichten-Klingelton. »Ein *paar* Fotos«, höre ich ihn sagen.

»Moment«, sage ich und nehme das Handy vom Ohr. Auf meinem Display erscheint ein grinsender Benni vor einem See mit einem ziemlich großen Fisch im Arm. »Wow!« Ich lache und höre ihn aus meinem Handy heraus ebenfalls lachen. Auf dem nächsten Foto sehe ich den zerlegten Fisch auf einem Schneidebrett und dann in einer Pfanne. Ich nehme das Handy wieder ans Ohr. »Du bist verrückt.«

»Gar nicht. Hat Spaß gemacht. Beim nächsten Mal nehm ich dich mit zum Angeln … Wenn du Lust hast.«

Ich lächle. »Auf jeden Fall.«

»Aber erst … müssten wir uns, glaub ich, gegenseitig ein paar Dinge erklären. Wenn du bereit dazu bist.«

Mein Herz klopft schneller. »Ja, das wär gut.«

»Super … Aber nicht am Telefon, oder?«

»Nein.«

»Okay … Für heut Abend ist es zu spät … Morgen?«

»Ja, morgen Abend ist gut.«

»Mist … Mir fällt ein, morgen hat mein Vater Geburtstag.«

Ich lächle. »Nicht schlimm, wir haben Zeit.«

»Stimmt. Wir haben Zeit.« Er lacht leise. »Nach der Geschwindigkeit letzte Woche.«

Ich lache ebenfalls, werde rot und bin froh, dass das hier kein Videoanruf ist.

»Du hast mir heute gefehlt, Lena«, sagt er leise.

Ich lache nicht mehr. Das Ziehen ist zurück. »Du mir auch«, antworte ich leise und es ist so wahr.

Er räuspert sich. »Okay, Montag«, sagt er bestimmt.

»Ja.«

Kurz sagt keiner von uns etwas.

»Was machst du heute Abend noch so?«, fragt Benni schließlich.

»Kleines Bibelstudium.«

»Gute Idee. Was studierst du?«

»Äh … ein Thema.«

»Ein Thema, aha … Kann sein, dass ich im Moment das gleiche Thema studiere.«

Ich lache.

»Dann will ich dich nicht weiter aufhalten. Wir sehen uns am Montag.«

»Okay.«

»Ich freu mich drauf.« Seine Stimme ist warm.

»Ich mich auch.«

»Bis dann, Lena.«

»Bis dann.«

Am Sonntagmorgen nach dem Gottesdienst stelle ich mich zu Kim auf den Parkplatz, verwickle sie in ein Gespräch und behalte den Gebäudeausgang im Blick.

Als Lukas herauskommt und mit einem fast unmerklichen Blick zu meiner Schwester an uns vorbeihuschen will, spreche ich ihn an: »Hi, Lukas!«

Meiner Schwester entgleisen sämtliche Gesichtszüge.

Lukas bleibt stehen. »Hi, Lena«, sagt er zögernd und mit einem höflichen Lächeln. Dann sieht er Kim an und jetzt wirkt sein Lächeln dermaßen angestrengt, dass es mir fast wehtut. »Hi.«

Meine Schwester blickt ihn an wie ein Reh im Scheinwerferlicht, das nicht ausweichen kann. »Hi.«

»Wie geht's dir?«, frage ich, bevor Lukas sich davonmachen kann – was ich absolut nachvollziehen könnte.

»Gut«, antwortet er und hält den Blick auf mich geheftet.

Ich muss lächeln. So was von verschwiegen, der Kerl. »Was macht deine Bäckerei?«

»Läuft gut.« Seine Augen sind freundlich, aber davon abgesehen zeigt seine Miene keine Regung. Jetzt zuckt sein Blick erneut zu Kim und wieder zurück zu mir und seine Lider flattern für eine Millisekunde.

Selbst ich spüre die eisige Kälte, die von meiner Schwester ausgeht. Und die feurigen Pfeile, die ihre Augen mir von der Seite aus zuschießen, als ich eine dritte Frage stelle: »Wo genau war die noch mal?«

»Birkenstraße fünfunddreißig. Am anderen Ende der Stadt.«

Ich nicke und hoffe, mein Lächeln sieht genauso aufmunternd aus, wie es gemeint ist. »Okay … Muss ich bei Gelegenheit mal reinschauen. Die Lebkuchenmänner bei der Kinderweihnachtsfeier waren ja richtig lecker.«

Er nickt nur.

Und dann stehen wir alle drei da.

Mann. Am liebsten würde ich mir die beiden krallen, sie mit den Köpfen aneinanderknallen, sie auf zwei Stühle setzen und sagen: »Redet. Miteinander.« So, wie ich das neulich bei Tom und Lennart machen musste. Außer das mit den Köpfen.

Ist ja nicht so, als wären die zwei hier schon immer unfähig gewesen, miteinander zu kommunizieren.

Lukas rührt sich. »Also … bis dann.«

Ich nicke. »Tschüss, Lukas. Schöne Woche.«

»Danke, gleichfalls.« Sein Blick wandert noch einmal zu Kim. »Tschüss.«

»Tschüss.«

Kaum ist er in sein Auto gestiegen, wendet Kim sich mir zu und ihre Augen bohren sich in meine.

Ja, ich weiß. Ich hatte schon während des Gesprächs gerade das dumme Gefühl, dass ich noch unauffälliger bin als Emma Woodhouse.

»Was ist?«, frage ich. »Man darf ja wohl noch freundlich sein.«

Sie verzieht den Mund zu einem zynischen Lächeln. »Klar.« Dann dreht sie sich auf dem Absatz um und stolziert davon.

Und wenn ich bisher noch irgendwelche Zweifel an dem wahren Grund hatte, warum meine kleine Schwester ihre Beziehung zu diesem Patrick beendet hat, dann weiß ich es spätestens jetzt. Und zwar mit hundertprozentiger Sicherheit.

Kapitel vierunddreißig

Als Benni am nächsten Morgen aus dem Lieferwagen steigt, sehe ich schon von Weitem, dass seine Augen strahlen. Er kommt auf mich zu, bleibt ein paar Meter von mir entfernt stehen und steckt die Hände in die Hosentaschen. »Ich bin so was von froh, dich zu sehen!«

»Ich bin auch froh, dich zu sehen, Benni.«

»Ich hab das ganze Wochenende wie verrückt gebetet.«

»Ja, ich auch.«

Langsam kommt er näher. »Das ging dir alles zu schnell, oder?«

Ich nicke stumm. Ich hab keine Ahnung, wie ihm das alles nicht zu schnell gehen konnte, aber irgendwie ist er die Gelassenheit selbst.

»Wir reden nach Feierabend drüber, okay?«

Ich nicke wieder. »Okay.«

Wir gehen zu seinem Lieferwagen und er hält mir die Beifahrertür auf.

»Danke«, sage ich und wage einen Blick, der nur den Bruchteil einer Sekunde dauert, denn seine warmen, braunen Augen sind definitiv zu nah. Und dann braucht er eine Ewigkeit, um die Tür wieder zuzumachen.

Er scheint das hier zu genießen.

Als er im Wagen sitzt, schnallt er sich an und räuspert sich. »Bereit für den Tag?«, fragt er.

»Klar.« So bereit, wie man nur sein kann, wenn man seit ungefähr sechsunddreißig Stunden weiß, dass man in ungefähr acht Stunden erfahren wird, wie und warum der Mann, in den man verliebt ist, sich in einen selber verliebt hat und wie es weitergehen soll, und man bis dahin mit ihm zusammen Richtschnüre verlegen oder Holzplanken ausrichten oder Fliesenkleber auftragen und sich dabei auch noch konzentrieren soll.

Wir senken die Köpfe und Benni betet, dann lässt er den Motor an und die Countrymusik von seinem Freund ertönt.

Mann, was habe ich das hier vermisst!

»Ich glaube, ich muss dich vorwarnen«, sagt Benni. »Der Kunde ist nicht sehr … angenehm. Jedenfalls war er's bei der Planung nicht. Ich hoffe, er lässt uns weitgehend in Ruhe.«

Ich versuche, mich auf das zu konzentrieren, was er sagt. Mit den Gedanken war ich bereits bei unserem Feierabend. Der Tag dürfte lang werden. »Was genau müssen wir bei ihm machen?«

»Um den Swimmingpool herum fliesen.«

»Ah …«

»Genau.«

Als wir in die Straße einbiegen und er vor dem Haus hält, ist endgültig klar, welche Art von Kunde uns erwartet. Nicht, dass ich irgendwelche Vorurteile hätte, aber das hier sind keine Häuser. Das sind kleine Villen.

Benni sieht meinen Gesichtsausdruck. »Denk einfach dran: Wer Geld hat, wiegt auch nicht mehr als der stinknormale Bürger. Auch wenn manche das vielleicht meinen.«

Eine halbe Stunde später sind wir bei der Arbeit und Benni hatte recht. Der Mann ist wirklich nicht besonders angenehm. Zum Glück ist er jetzt im Haus verschwunden.

Während ich Benni die Fliesen anreiche und er sie trocken aneinanderlegt, lasse ich den Blick durch den weitläufigen Garten wandern. Entweder hat der Besitzer oder seine Frau einen grünen Daumen und wahnsinnig viel Zeit oder sie lassen das alles von einem Landschaftsgärtner machen, der ziemlich gut und teuer sein muss. Ich vermute Letzteres.

Vom Nachbargrundstück höre ich ein lautes *Platsch* und dann Gespritze. Da ist gerade jemand in seinen eigenen Swimmingpool gesprungen.

»Die nächste Fliese, Lena«, sagt Benni.

»Oh, sorry«, sage ich und er lächelt. »Frau Lehrerin ist abgelenkt.«

»Haha.«

»Ich freu mich auf heute Nachmittag«, sagt er leise.

»Hm«, mache ich bedeutungsvoll. »Heute Mittag gibt's erst mal Reissalat.«

Ein überraschter Ausdruck huscht auf sein Gesicht. »Was du nicht sagst … Mal sehen, ob der mit meinem Fisch mithalten kann … Und vor allem mit heute Nachmittag.« Er schaut mich immer noch an und hat offenbar wahnsinnig viel Zeit und ich versuche vergeblich, die Wärme in meinen Wangen zu ignorieren. »Wer war hier noch mal abgelenkt?« Ich reiche ihm die Fliese an und sehe das Lächeln unter seiner Kappe, während er arbeitet.

Der Mann ist unmöglich.

Es ist merkwürdig still geworden auf einmal. Das Geplätscher im Nachbargarten ist verstummt.

Ich wende mich zu der Hecke um. Hat sich da gerade nicht etwas bewegt? Hinter den Blättern?

Irgendwie hab ich das unterschwellige Gefühl, beobachtet zu werden. Oder vielleicht geht auch nur die Fantasie mit mir durch. Wäre bei dem ganzen Adrenalin, das durch meine Adern gepumpt wird, kein Wunder.

Ich sollte mich besser auf unsere Arbeit konzentrieren.

Gerade als Benni sagt, dass er gleich fertig ist mit dem Anlegen und wir in ein paar Minuten den Flexkleber auftragen können, kommt der Besitzer aus dem Haus. Und an der Art, wie er auf uns zumarschiert und mich dabei ansieht, merke ich, dass es Probleme geben wird.

»Frau Heymann?«

»Ja?«, antworte ich zögernd. Was will er?

Der Mann heftet einen kalten Blick auf mich. »Sie sind Lehrerin.«

Benni sieht von der Arbeit auf.

Verwirrt schaue ich den Mann an. »Ja? Woher –«

»Meine Nachbarin hat gerade angerufen.« Er deutet zum angrenzenden Grundstück. Das mit der Hecke und dem plötzlich still daliegenden Swimmingpool. »Ihre Tochter hat bei Ihnen Unterricht. Was Sie hier machen, ist gesetzlich verboten.«

Benni steht auf. Die Verwunderung auf seinem Gesicht ist einem verärgerten Ausdruck gewichen. Jetzt steht er dicht neben mir und sagt mit fester Stimme: »Darf ich fragen, warum das nicht erlaubt sein soll?«

Der Mann verschränkt die Arme und ignoriert ihn. »Meine Nachbarin ist der Meinung, Sie würden Ihre freie Zeit besser damit verbringen, sich weiterzubilden und die Qualität Ihres Unterrichts zu verbessern, anstatt illegal zusätzliches Geld zu verdienen.«

Wie bitte??? Ich starre den Mann an. Mein Kopf ist völlig leer gepustet.

Benni neben mir sagt kein Wort. Im nächsten Moment spüre ich seinen Arm, der sich leicht um meine Taille legt, und er schiebt mich sanft, aber bestimmt aus dem Blickfeld des Mannes.

Jetzt steht er ihm gegenüber. »Was Ihre Nachbarn hier machen, ist Verleumdung«, sagt er. »*Das* ist gesetzlich verboten. Familiäre Hilfeleistung nicht.«

»Familiäre Hilfeleistung?«, fragt der Mann mit einer hochgezogenen Augenbraue.

»Mein Kollege Herr Heymann ist krankgeschrieben. Seine Schwester opfert ihre wohlverdienten Sommerferien, um ihren Bruder zu ersetzen.«

»Ersetzen!« Der Mann schnaubt verächtlich. »Sie kann ja wohl kaum die notwendigen Kompetenzen haben, um eine Terrasse zu fliesen. Ich will keinen Pfusch hier!«

Einen Augenblick lang ist es mucksmäuschenstill. Dann dreht Benni sich zu mir, steckt seine Hand in die Hosentasche und reicht mir seinen Schlüsselbund. »Geh schon mal in den Wagen, okay?«

Wie benommen nehme ich den Schlüsselbund entgegen und gehe durch den Garten in Richtung Straße. Hinter mir ist nichts zu hören. Wahrscheinlich wartet Benni, bis ich außer Hörweite bin, um dem Mann die Meinung zu sagen.

Irgendwie schaffe ich es, den Lieferwagen aufzuschließen. Ich steige ein, lasse die Tür zufallen und dann sitze ich reglos da.

Was ist da gerade passiert? Wer sind diese Nachbarn? Beziehungsweise die Tochter? Sie muss diejenige gewesen sein, die mich beobachtet hat. Und dann muss sie zu ihrer Mutter gelaufen sein und ihr erzählt haben, dass ihre Lehrerin beim Nachbarn eine Terrasse verlegt. In den Sommerferien.

Ich unterdrücke den Impuls, mir an den Kopf zu fassen. Höchstwahrscheinlich beobachten die Leute mich vom Fenster ihrer Villa aus, wie ich hier im Lieferwagen sitze, und freuen sich.

Wer könnte so etwas tun? Wer ist so fies, die Lehrerin der eigenen Tochter derart zu demütigen?

Ein paar Gesichter erscheinen vor meinem inneren Auge. Eltern, die bei Gesprächen mehr oder weniger unangenehm waren. Eltern, mit deren Töchtern ich im vergangenen Schuljahr nicht auf einer Wellenlänge war. Der einen oder anderen Mutter würde ich es zutrauen.

Nein. Es bringt mir nichts, einfach blind jemanden zu verdächtigen. Sonst bin ich kein Stück besser als diese Mutter, die ganz offenbar vorschnelle Schlüsse gezogen hat, anstatt Fragen zu stellen.

Vielleicht steht die Frau jetzt auch mit ihrer Tochter am offenen Fenster zum Garten hin und hört mit, was Benni dem Kunden zu sagen hat.

Ein leises Lächeln schleicht sich auf mein Gesicht. Wie er mich verteidigt hat … Sein Arm um meine Taille. Ich atme tief durch, während ein sehr, sehr wohliges Gefühl meine gesamte Bauchgegend flutet.

Ein paar Minuten später reißt Benni die Fahrertür auf und seine Augen sind groß und voller Sorge. »Geht's dir gut?«

Lächelnd schaue ich ihn an. »Ja.«

Er atmet erleichtert aus, klettert auf den Fahrersitz und macht die Tür zu. »Oh Mann, Lena, ich fühl mich so mies.«

»Das ist doch nicht deine Schuld, Benni. Der Mann –«

»Doch, ist es ... Erstens hätte ich dem Kunden die Situation im Voraus erklären müssen. Und zweitens ...« Er stockt.

»Was ist zweitens?«

Er schaut auf seine Hände. Dann sieht er mich offen an. »Zweitens hätte ich dich bei meinem ersten Anruf einfach fragen können, ob wir uns mal so treffen wollen. Ich hätte dein Angebot nicht annehmen sollen. Auch wenn die vergangene Woche absolut genial war.«

Mein Mund geht auf, aber es kommt nichts heraus.

Er betrachtet mich einen Moment lang mit einem bedauernden, liebevollen Blick. Dann atmet er wieder aus. »Höchste Zeit für unser Gespräch, hm?«

Ich nicke stumm.

Er zieht sein Handy aus der Hosentasche und hält es in die Höhe. »Ich beeil mich«, sagt er und tippt darauf herum, bevor er es sich ans Ohr hält.

Ich höre ein leises Piepen, dann eine männliche Stimme, die sehr nach meinem Bruder klingt.

»Hi«, sagt Benni. »Wir haben ein kleines Problem.« In kurzen Sätzen erklärt er Jan, was sich gerade zugetragen hat, dann höre ich Jan reden. Benni sagt einige Male »Okay« und nach einem »Gut, bis später« legt er auf und schaut mich an. »Jan ist einverstanden, dass wir den Auftrag hier sausen lassen.« Er öffnet die Fahrertür wieder. »Ich hol noch gerade unsere Sachen.«

»Soll ich dir helfen?«

Er schüttelt den Kopf. »Nee du. Du bleibst schön hier sitzen.«

»Gut.«

Benni macht die Fahrertür wieder zu und ich lächle still vor mich hin. Er will nicht, dass ich dem Mann noch einmal begegne. Oder mich den Blicken der Nachbarn aussetze.

Und dann wird mir etwas anderes bewusst. Ich schlucke.

Ein Auftrag weniger. Wegen mir.

Hinter mir höre ich, wie Benni die Tür zur Ladefläche aufmacht, und es rumpelt mehrmals. Ein paar Sekunden später sitzt er wieder auf dem Fahrersitz und schnallt sich an.

»Oh Mann …«

Benni schaut mich fragend an und ich beiße mir auf die Unterlippe.

»Was ist?«, fragt er.

»Jetzt habt ihr wegen mir einen Auftrag verloren. Das war das Allerletzte, was ihr gebrauchen konntet.«

»Lena«, sagt er mit Nachdruck. »Wenn hier irgendeiner schuld daran ist, dann bin ich es.« Er deutet auf das Haus. »Und vielleicht der Typ. Oder die Nachbarin. Auf jeden Fall nicht du, okay?«

»Okay.« Trotzdem. Wenn ich heute nicht hier gewesen wäre, dann hätten sie den Auftrag jetzt noch.

»Ich bin sogar ehrlich gesagt froh darüber«, sagt Benni. »Dadurch haben wir nicht mehr so viel Zeitdruck.« Er tippt erneut auf dem Display seines Handys herum und hält es sich ans Ohr. »Ja, guten Morgen, Herr Ulrich, ich rufe wegen Ihrer Terrasse an«, sagt er ein paar Sekunden später. »Wir haben gute Neuigkeiten für Sie, wir können früher als geplant mit Ihrem Projekt anfangen … Ja? … Ja, super, wann würde es Ihnen … Ich könnte schon heut Nachmittag … Morgen passt besser? … Okay, morgen früh also … Um acht? … Wunderbar, dann bin ich morgen früh um acht bei Ihnen …«

Ich. Nicht wir.

Ein Kloß entsteht in meinem Hals, während ich mich bereits wieder zu Hause herumlungern und Benni alleine auf der Baustelle arbeiten sehe.

»Keine Ursache, bis morgen, Herr Ulrich.« Er legt auf, tippt erneut und hat im nächsten Moment offenbar wieder Jan an der Strippe. »Morgen bin ich bei den Ulrichs … Doch, Jan, das ist besser so …« Er wirft mir einen Seitenblick zu. Und sieht offenbar die Enttäuschung kreuz und quer über mein Gesicht geschrieben. Unsicherheit tritt in seine Augen. »Äh …« Während er Jan zuhört und mich dabei betrachtet, wird die Unsicherheit von einem anderen Ausdruck abgelöst. »Okay … Gut … Was dagegen, wenn ich den freien Tag mit deiner Schwester verbringe?« Jetzt grinst er mich schelmisch an und mir entfährt ein Lachen.

»Jaaaan?«, sagt Benni gedehnt und eine Oktave tiefer. Dann zwinkert er mir zu. »Ich werd mich bemühen … Ja, euch auch einen lieblichen Tag … Tschüss.« Er legt auf. »Willst du wissen, was er gesagt hat?«

»Das kommt ganz drauf an …«

Er neigt den Kopf zur Seite. »Ich soll lieb zu dir sein und dich vor zweiundzwanzig Uhr nach Hause bringen.«

Wow. Mein kleiner Bruder, mein großer Beschützer. Ich schätze, das war eine seiner seltenen Liebeserklärungen an mich.

»Seltener Anflug, hm?«, sagt Benni.

»Allerdings.«

»Also …« Er stopft das Handy zurück in seine Tasche. »Meinst du, dass du mich einen ganzen Tag lang aushalten kannst?«

Ich zucke die Achseln und versuche, meine Stimme gelassen klingen zu lassen: »Wüsste nicht, was es da auszuhalten gibt.«

Er schaut mich lange an. »Du würdest gerne weiter helfen«, sagt er endlich in die Stille hinein.

Ich zwinge mich, seinem Blick standzuhalten. »Ich hab ja sonst nichts zu tun.«

Seine Augen ziehen sich leicht zusammen und das lässige Grinsen, das jetzt an seinen Mundwinkeln zieht, sagt mir, dass er mir kein einziges Wort abnimmt.

Ohne mich aus den Augen zu lassen, schüttelt er langsam den Kopf und seufzt. »Lena, Lena, was fang ich nur mit dir an?«

Dann startet er den Motor und blickt lächelnd auf die Straße und ich schaue aus dem Seitenfenster und versuche, möglichst unauffällig Luft zu holen, denn die Temperatur in seinem Lieferwagen ist soeben um mindestens zehn Grad angestiegen.

Während wir vom Bürgersteig auf die Straße fahren, sehe ich Jan förmlich vor mir, wie er die Champagnerflasche aus dem

Schrank zieht. Vielleicht stößt er jetzt gerade mit Laura an und trinkt ihr Glas gleich mit, weil sie im Moment nicht darf.

»Wo fahren wir hin?«, frage ich.

»Zum Park? Dachte, da könnten wir heute Mittag picknicken.«

»Hört sich gut an.«

Er schaut wieder auf die Straße, seine Lieblingsmusik kommt leise aus den Seitentüren und ich werde mich hüten, das laut zu sagen, aber mein Bruder hätte sich die beschützerlichen Ermahnungen sparen können. Wenn ich bei irgendeinem Menschen gut aufgehoben bin, dann bei Benni.

Beim Park angekommen, klettert Benni in den Laderaum und kommt mit einer Fleecedecke wieder heraus. »Die sieht gut aus. Geh mal kurz zur Seite.« Er schüttelt die Decke ein paarmal kräftig aus. »Die ist sauber. Das Essen holen wir später, oder?«

»In Ordnung.«

Und dann geschieht dieses merkwürdige Seite-an-Seite-in-den-Park-hinein-Schlendern, ohne dass wir uns zu nahe kommen.

Benni sucht einen Platz unter einem ausladenden, schattigen Ahorn aus und gemeinsam breiten wir die Decke auf dem Gras aus. »Okay«, sagt er und stemmt die Hände in die Hüften. »Frage aller Fragen: Schuhe aus oder Schuhe an?«

Ich lache. »Zur Not kannst du deine Füße ja von meiner Nase wegstrecken.«

»Ich wusste, dass wir uns gut verstehen.« In null Komma nichts hat er Schuhe und Strümpfe ausgezogen und dann liegt er bäuchlings auf der einen Seite der Decke, legt den Kopf auf die Arme und macht die Augen zu. »Perfekt«, murmelt er und sieht aus wie die Sommer-Sonne-Freizeit-Entspannung in Person.

Kaum zu glauben, dass der gleiche Mann tagein, tagaus mit Schaufel und Erdbohrer in fremden Gärten herumwütet und Spaß dabei hat.

Kopfschüttelnd stelle ich meine Schuhe neben die Decke und setze mich mit angewinkelten Beinen an den Baumstamm.

Eine ganze Weile sagt keiner von uns etwas. Ich lasse den Blick über die Wiesen, Büsche und Wege wandern, höre irgendwo da drüben einen Vogel sein Liedchen zwitschern und spüre die Wärme des Sommermorgens auf meiner Haut. Mein Blick fällt auf Benni neben mir, der wie ein fauler Kater einfach nur daliegt und entspannt.

Gott. Du weißt, dass ich den Kerl richtig, richtig gernhab.

Ich lächle und schließe ebenfalls die Augen. Das hier ist definitiv der beste Tag meiner Sommerferien.

Nach einer Weile lässt mich ein leises Rascheln die Augen öffnen und ich begegne dem Blick aus Bennis braunen Augen. Er liegt auf der Seite, hat den Ellbogen aufgestützt und den Kopf auf seiner Hand. »Okay, Lena«, sagt er langsam und mit einem Lächeln, das ich bis in meine Zehen hinein spüre. »Ich werde dir jetzt eine Frage stellen.«

Mein Puls setzt zum Dauerlauf an. Das Gespräch.

»Ja …?«

Seine Augen lassen meine nicht los. »Warum genau … hast du mir deine Hilfe angeboten?«, fragt er leise.

Die Hitze des gesamten Sommers schießt in mein Gesicht. Das hätte er wohl gerne. »Gute Frage«, gebe ich zurück. »Warum hast du mein Angebot angenommen?«

Er grinst träge. »Das Gesetz und die Propheten, hm?«

»Du musst ja nicht antworten, wenn du nicht willst«, sage ich übertrieben gutmütig.

»Weil du's nicht wissen willst?«

Noch mehr Hitze.

»Ich bin mir ziemlich sicher, dass du die Antwort kennst, Lena. Nur die Geschichte dahinter nicht.«

»Ja.«

Der neckende Ausdruck verschwindet langsam von Bennis Gesicht. Er setzt sich auf. »Ehrlich gesagt … Ich hatte ursprünglich vor, das hier erst ein bisschen laufen zu lassen. Und auf den richtigen Moment zu warten. Aber …« Jetzt sieht er mich wieder an. »Am Freitag hab ich begriffen, dass ich dich einfach nur verwirre mit meinem Verhalten. Und das ist das Allerletzte, was ich will … Ich wäre bereit, dir offen zu sagen, was gelaufen ist. Was denkst du: Wollen wir ganz ehrlich zueinander sein oder ist es dafür noch zu früh?«

Ich schlucke. »Ganz ehrlich sein.«

»Du musst mir aber vorher eine Sache versprechen«, sagt er.

Verwirrt schaue ich ihn an.

»Versprich mir bitte, dass du dir keinen Druck machst.«

Mein Herz setzt einen Schlag aus. *Gott. Was kommt denn jetzt?*

Ich nicke zögerlich. »Okay.«

»Gut … Also, ein bisschen hab ich dir ja schon letzte Woche erzählt. Ich mach einfach mal da weiter, wo ich aufgehört hab. Nach der … Geschichte mit meiner Schulkameradin … da wollte ich erst mal keine Beziehung mehr. Ich konnte mir nicht vorstellen, eine anzufangen, nur um zu gucken, ob es vielleicht was geben könnte, und dann am Ende sagen zu müssen: ›Tut mir leid, aber du bist leider nicht die Richtige.‹ Ich hab das bei zwei Freunden mitgekriegt und … dabei ist so viel kaputtgegangen. Auf beiden Seiten. Ich hatte schon ein Mädchen verletzt, das wollte ich nicht noch ein zweites Mal tun. Ich hab jahrelang gebetet, dass Gott mich zu der Richtigen hinführt und mir dann auch deutlich zeigt, dass sie diejenige ist.«

Unsere Blicke treffen sich und mein Herz stolpert erneut. Die Richtige … *Oh Gott. Das hier ist wirklich ernst …*

»Jetzt hab ich dir schon wieder einen Schrecken eingejagt«, sagt er leise.

Ich kneife ein Auge zu. »Wie war das noch mal mit der Geschwindigkeit von letzter Woche?«

Er verzieht das Gesicht. »Soll ich aufhören?«

Ich schüttle den Kopf.

»Kann ja auch sein, ich hab alles total falsch interpretiert«, sagt er. »Ich glaube, wenn wir beide einfach mal alle Karten auf den Tisch legen, dann sehen wir klarer.«

»Ja.«

»Ich mach weiter, okay?«

»M-hm.«

»Gut ... Ich hatte jetzt keine feste Vorstellung, wie die Richtige sein sollte oder so. Ich dachte: ›Okay, also, ich will mich natürlich gut mit ihr verstehen ... Und die Beziehung zu Gott sollte wirklich fester Bestandteil in ihrem Leben sein.‹ Aber sonst ...« Er zuckt die Achseln. »Ich hab einfach nur dafür gebetet, dass Gott mir die Frau zeigt, die zu mir passt.« Ein leises Lächeln schleicht sich auf sein Gesicht. »Und dann hab ich den Jan kennengelernt. Und bei der Arbeit haben wir uns natürlich viel unterhalten. Und ich weiß noch genau, wie er mich eines Tages angeguckt und gesagt hat: ›Benni ... Ich denk das schon länger und ich sag das jetzt einfach mal so: Du musst meine Schwester Lena kennenlernen.‹«

Er lacht und ich sitze da und fasse es nicht. Wenn ich den in die Finger bekomme!

»Und dann hat er mir andauernd von seiner Schwester vorgeschwärmt und gar nicht mehr aufgehört mit: ‚Benni, ich sag's ja nur, ihr würdet voll gut zusammenpassen.‹«

Ich schüttle den Kopf. Hat er mir also das Gleiche verschwiegen wie ich ihm. Und offenbar hatte auch er so seine Kriterien. Nur solche, die ich nie im Leben erahnt hätte.

»Ich dachte: ›Jaja, der sagt das nur so, weil es seine Schwester ist‹, und so weiter«, fährt Benni fort. »Du kennst ihn ja. Manchmal kann man ihn nicht so wirklich ernst nehmen.«

Ich nicke lachend.

»Ja ...« Er gibt ebenfalls ein leises Lachen von sich. »Und dann lädt er mich eines Tages zum Fußballgucken ein und ich fahr völlig ahnungslos hin und da macht mir eine hübsche junge Frau im England-Trikot die Tür auf und klaut meine Flips vor meiner Nase aus *meiner* Tüte und gibt haarsträubende Fußballdefinitionen von sich, und ehe ich weiß, wie mir geschieht, lade ich Zementsäcke in mein Auto, die sie für mich besorgt hat, und ich ...« Er schüttelt den Kopf. »Ich weiß nicht, Lena. In dem Augenblick hab ich es einfach geahnt. Aber ich konnte dich nicht einfach fragen, ob wir uns mal treffen wollen oder so. Wir kannten uns so gut wie gar nicht und ich wollte dir auf keinen Fall falsche Hoffnungen machen – oder womöglich eine Abfuhr kassieren. Also bin ich einfach gefahren. Und dann saß ich zu Hause und … hab dich nicht mehr aus dem Kopf gekriegt.« Er schaut mich an und das, was er da sagt, steht ihm überall ins Gesicht und in seinen Augen geschrieben.

Mir stockt der Atem und mein Herz beginnt laut zu pochen.

»Ich hab mich selbst für verrückt erklärt. Ich hab mir gesagt: ›Benni, du hast sie nicht alle, du hast erst einmal mit ihr geredet!‹ Aber … es ging einfach nicht weg und … ich wollte dich wiedersehen und dich kennenlernen. Ich wusste aber absolut nicht, ob es das Richtige war. Ich hab gedacht, vielleicht hat mir Jan derart zugesetzt mit seinem Gerede, dass ich selber angefangen hab, daran zu glauben. Ich dachte: ›Ist ja schön und gut, wenn er meint, wir passen zusammen, aber es gibt nur einen, der sowohl sie als auch mich perfekt kennt und der das wirklich beurteilen kann.‹ Ich wollte nicht, dass Jan eine neue Begegnung in die Wege leitet. Ich wollte eine Bestätigung von Gott. Also hab ich gebetet, dass wir uns wiedersehen, ohne dass Jan seine Finger im Spiel hat. Er hat mich ein paarmal eingeladen, aber ich habe jedes Mal abgelehnt. Ich hab gedacht, wenn es wirklich sein soll, dann kann Gott ganz einfach machen, dass wir uns irgendwann irgendwo in der Stadt wieder über den Weg laufen oder so was.«

Ich bin beschämt. Ich hatte ja keine Ahnung. Er hatte mit all diesen Gefühlen zu kämpfen und hat gebetet, dass wir uns wiedersehen, während ich mich mit meinem angeknacksten Stolz in diese Wer-nicht-will-der-hat-schon-Einstellung verkrochen habe.

»Und dann war die Sache mit dem Picknickkorb.« Er lacht.

Ich verdrehe die Augen. »Oh Mann.«

»Erst dachte ich, Laura hätte sich einen schlechten Scherz erlaubt. Aber dann hat sie am Telefon so komisch ausweichend reagiert und da dachte ich mir schon irgendwie, dass sie womöglich dich geschickt hatte und du das Spielchen nur gezwungenermaßen mitgemacht hattest. Also hab ich mich am nächsten Tag kurz vor Mittag in meinen Wagen gesetzt und gewartet. Und dann hielt ein roter Panda hinter mir und … ich hab mich einfach nur total gefreut, dich wiederzusehen. Und als du so dastandst und versucht hast, mir klarzumachen, was du von der Aktion hältst, da …« Er kratzt sich lächelnd im Nacken. »… da war es endgültig um mich geschehen.« Er lässt seine Hand fallen und begegnet meinem Blick. Die Kapitulation ist ihm anzusehen und er lacht. »Dann warst du quasi eine Sekunde später wieder weg und ich hab gedacht: ›Oh Mann, Benni. Sie ist nur gekommen, weil Laura sie geschickt hat.‹ Da war ich ehrlich gesagt ein bisschen stinkig auf sie und Jan und hab ihnen gesagt, sie sollen die Verkupplungsaktionen bitte endlich sein lassen. Ab da war klar: Laura würde dich nicht mehr schicken und Jan würde uns nicht mehr gleichzeitig zu sich einladen. Jetzt konnte nur noch Gott eine Begegnung in die Wege leiten. Das waren ziemlich anstrengende Tage, ehrlich gesagt.«

Ich schlucke gegen den Kloß in meinem Hals an. Jetzt ergibt alles Sinn. Seine Reaktion auf mein erstes Kommen. Seine Reaktion auf mein zweites Kommen. Auf mein Angebot …

»Und dann bist du wiedergekommen, um mir deine Hilfe anzubieten. Freiwillig. Du hast keine Ahnung, was das für ein Gefühl war, dich wiederzusehen, Lena. Und zu wissen, der Jan hat dich nicht geschickt, die Laura hat dich nicht geschickt … Du warst von dir aus gekommen, standst einfach da und wolltest deine Sommerferien opfern, um mir zu helfen. Ich hatte absolut keine Ahnung, wie genau das zustande gekommen war. Alles, was ich wusste, war: Das kann nur Gott bewirkt haben. Und ich hab begriffen, dass ich dir nicht ganz so egal sein konnte, wie du bei deinem ersten Kommen vorgegeben hattest. Und dann steckte ich in einem riesigen Schlamassel, weil ich niemals, *niemals* auf den Gedanken gekommen wäre, dich für mich arbeiten zu lassen.« Er schüttelt lachend den Kopf. »Das wäre mir wirklich nicht im Traum eingefallen. Ich wusste absolut nicht, was ich sagen sollte. Du warst da, aber ich konnte dein Angebot nicht annehmen. Und dann wolltest du wieder fahren und ich hab nur gedacht, wenn ich dich jetzt einfach so gehen lasse, dann hab ich es endgültig verspielt. Also hab ich dich nach deiner Nummer gefragt.« Er hebt eine Hand flach in die Höhe und lässt sie wieder fallen. »Als du wieder weg warst, wusste ich, dass ich nur zwei Alternativen hatte: Entweder ich rufe dich an, schlage vor, dass wir uns mal so treffen, und riskiere eine riesige Blamage … oder ich schlucke meinen dicken, fetten Stolz runter und sehe ein, dass ich keine bessere Gelegenheit bekommen kann, um richtig viel Zeit mit dir zu verbringen und dich näher kennenzulernen.«

Er schweigt und ich habe Mühe, das alles zu verdauen. Ich bin … überwältigt.

Benni hat dafür gebetet, dass wir uns wiedersehen. Er hat nichts dafür getan, nur gebetet. Weil er sich absolut sicher sein wollte, dass es das Richtige war.

Und mir hat der Gedanke an ihn keine Ruhe gelassen, bis ich zu ihm gegangen bin und ihm meine Hilfe angeboten habe. Ich wusste einfach, dass ich es tun musste. Trotz meiner Angst und trotz all meiner Unsicherheiten.

Benni forscht in meinem Gesicht. »Du bist dran«, sagt er leise.

Ich löse mich aus meiner Starre und schüttle etwas benommen den Kopf. Das hier ist … wow.

»Lena?«

»Okay«, flüstere ich und drücke die Fingerspitzen an meine Stirn. Mir ist ehrlich gesagt etwas schwindelig.

Der Plan für diesen Tag war herauszufinden, was genau zwischen Benni und mir läuft und wie es weiterlaufen soll. Der Plan für diesen Tag war definitiv nicht, von ihm zu erfahren, dass er genau weiß, wohin eine Beziehung mit mir führen würde, und dass er bereits Frieden darüber hat.

»Warum hast du nichts gesagt?«, frage ich tonlos. Er trägt das alles bereits seit zwei Wochen mit sich herum. Und er hat nicht einen Mucks gesagt.

Er senkt den Blick auf die Picknickdecke. »Ich dachte, du hältst mich bestimmt für völlig verrückt. Wir kannten uns doch fast gar nicht.«

»Wir *kannten* uns fast gar nicht? Wir kennen uns auch jetzt erst seit einer Woche, Benni.«

»Ich weiß.«

Stumm schauen wir einander an.

Er kneift ein Auge zu. »Gib's zu, du hättest Panik gekriegt.«

»Woher willst du das wissen?« Er hat hundertprozentig recht und wir wissen es beide.

»Ein Blick in dein Gesicht, als ich dir angeboten hab, meinen Wagen zu fahren, und ich wusste Bescheid.«

Ich weiche seinem Blick aus. Bin ich so leicht zu durchschauen? Oder hat er einfach nur genau aufgepasst? Weil er wusste, mit wem er da Zeit verbrachte?

»Lena …«

»Was weißt du noch alles über mich?«

»Genug, um zu wissen, dass ich das hier will«, sagt er sanft und deutet zwischen uns hin und her. »Und ich weiß, dass Gott dich besser kennt, als ich dich jemals kennen kann. So wie er mich besser kennt, als du mich jemals kennen kannst. Wenn er uns beide kennt und uns zusammengeführt hat, dann hab ich keinen Zweifel daran, dass es passt.«

Seine Worte fallen direkt in mein aufgewühltes, verängstigtes Herz.

Gott. Er hat recht, oder? Du kennst mich. In- und auswendig. Du weißt, wie ich bin. Du weißt, wen ich brauche. Und das alles weißt du auch über ihn.

Benni fährt fort: »Ich bin aber kein Mensch, der sagt: ›Gott hat mir was gezeigt und alle anderen haben nichts mehr zu sagen.‹ Das ist eine Entscheidung, die man zu zweit trifft. Wenn das hier richtig ist, dann wird Gott es dir auch zeigen. Egal wie. Zu irgendeinem Zeitpunkt.«

Ich nicke stumm.

Nach einem kurzen Moment fragt er behutsam: »Willst du mir erzählen, warum du mir deine Hilfe angeboten hast?«

Ha. Wenn der erst mal meine Seite der Geschichte hört … Mir ist völlig klar, was das auslösen wird. Danach wird es quasi unmöglich sein, den Rückwärtsgang einzulegen.

Gott, will ich das?

Ich spüre Bennis Blick auf mir. »Ich weiß, dass das alles ziemlich überwältigend ist, Lena. Ich verspreche dir, dass ich dich zu nichts drängen werde. Egal, was du mir erzählst.«

Ich denke an das Versprechen, das er mir am Freitagabend gegeben hat: mich in Ruhe zu lassen, bis ich mich von mir aus bei ihm melde. Er hat es gehalten. Ich denke an das Versprechen, das er sich selbst nach unserer ersten Begegnung gegeben hat: nichts zu unternehmen und darauf zu warten, dass Gott die Sache in die Hand nimmt. Er hat es gehalten. Wenn er sagt, dass er mich zu nichts drängen wird, dann wird er es auch nicht tun.

»Okay«, flüstere ich, mehr, um mir selber Mut zuzusprechen. »Ich hab … dich bei der Evangelisation gesehen.«

Benni nickt. »Ich dich nicht. Ich hab mich immer gefragt, warum Jan uns einander bei der Gelegenheit nicht vorgestellt hat. Wo er doch so erpicht darauf war, dass wir uns kennenlernen.«

»Das war, weil … ich damals mit was zu kämpfen hatte. Nach deinem Zeugnis war ich zu nichts mehr zu gebrauchen und ich glaube, das haben die zwei gemerkt.«

»Nach meinem Zeugnis?«, fragt er überrascht.

»Ja. Du hast doch erzählt, dass du dich jahrelang von deiner Liebe zum Fußball hast bestimmen lassen. Dass deine Laune vom Ergebnis der Spiele abhing und so. Ich weiß noch genau die Frage, die du dir gestellt hast: ›Das hier ist im Moment dein Leben. Soll das immer so bleiben?‹«

Er lächelt. »Und … was war deine Sache, mit der du zu kämpfen hattest?«, fragt er schließlich.

Ich atme schwer aus.

»Sag's einfach, Lena.«

»Ich wollte unbedingt heiraten.«

Er schaut mich verblüfft an. »Das ist doch irgendwie normal, oder?«

»Ja, aber ich wollte es so sehr, dass es mir völlig egal war, was Gott mit meinem Leben vorhatte. Ich hab mich jahrelang davon bestimmen lassen. Und ich war sauer auf Gott. Im Prinzip war ich Christin, aber ich hatte keine Beziehung mehr zu ihm. Ich dachte, wenn ich nicht heirate, hat mein Leben keinen Sinn. Was du an dem Abend gesagt hast, hat mich aufgerüttelt. Ich hab danach zu Hause gesessen und hab bei Jesaja gelesen, dass … dass Gott mich über alles liebt und … dass er sich über mich freut. Ich hab begriffen, dass mich kein Mensch jemals so lieben kann, wie Gott es tut. Und dass ich schon jetzt glücklich sein kann – egal, ob ich jemanden kennenlerne oder nicht.«

Benni hat mir aufmerksam zugehört. »Ich glaube, da hast du was ziemlich Wichtiges begriffen«, sagt er.

»Meine Oma hatte mir schon Wochen vorher gesagt, ich solle das Kapitel mal lesen. Aber ich hatte es immer vor mir hergeschoben. Bis zu dem Abend.«

Wir sehen uns an und er lächelt, sagt aber nichts. Ich weiß, dass er verstanden hat, was an dem Tag passiert ist. Wie Gott ihn dazu gebraucht hat, um mich zu sich zurückzuziehen.

Nach einer Weile sagt er: »Und dann hat Jan uns beide zu sich eingeladen. Du hast … an dem Abend aber doch auch irgendwie … was gespürt, oder?«

Ich schlucke. »Ja«, sage ich leise.

»Ich wusste es.«

»Aber ich wollte das nicht so nah an mich herankommen lassen. Und dann hab ich auch nichts mehr von dir gehört. Ich dachte …«

»Was dachtest du?«

»Du hättest entweder gar kein Interesse oder du wärst nicht interessiert genug.«

»Nein, Lena. Ganz im Gegenteil.«

Mann. Da lerne ich, dass Gott immer für mich da ist und dass ich jederzeit zu ihm kommen kann, und anstatt mein Herz bei ihm auszuschütten und ihm zu sagen, was mich verwirrt, rede ich mir alle möglichen Sachen ein.

»Und dann hat dich Laura mit dem Korb geschickt«, sagt Benni.

»Ja. Das war mir so peinlich wie sonst was.«

»*Das* hab ich gemerkt.«

»Ich wollte absolut nicht, dass du denkst, ich wäre –«

»Interessiert«, vollendet er den Satz. »Weil du überzeugt warst, dass ich es nicht war.«

»Ja.«

»Oh Mann.«

»Ja.«

Er mustert mich lange und fragt dann: »Warum bist du wiedergekommen?«

»Nachdem ich dich auf der Baustelle gesehen hatte, hat es mir keine Ruhe mehr gelassen. Ich hab mir dauernd vorgestellt, wie du dich abrackerst, während ich meine Ferien genieße. Ich wollte dir helfen. Und gleichzeitig hatte ich Angst, weil … weil ich genau gemerkt hab, dass das nicht nur Mitgefühl war.«

Ein stilles Lächeln huscht auf sein Gesicht.

»Ich hab mir vorgestellt, wie du reagierst, wenn ich dir den Vorschlag mache. Ich hatte Angst, dass du mich für völlig verrückt hältst. Dass du denkst, es könnte eine Masche sein, mit der ich mich den Männern an den Hals schmeiße oder so. Und ich hatte Angst vor dem … was es auslösen könnte, wenn du mich nicht für verrückt hältst und mein Angebot annimmst und … wir dauernd Zeit miteinander verbringen. Ich hatte Angst, dass du mir zu wichtig wirst.«

Verstehen leuchtet in seinen Augen auf.

»Das war auch der Grund, warum ich am Freitag so …« Ich zucke mit den Schultern und meine Kehle verengt sich noch mehr. »Je wichtiger einem jemand wird, desto tiefer kann er einen verletzen«, stoße ich hervor.

Bennis Mund geht auf und er blinzelt. »Ich hab nicht vor, dich zu verletzen, Lena«, sagt er sanft.

»Ich weiß«, antworte ich. »Aber wir sind beide nicht perfekt … Der Einzige, der uns nie enttäuschen wird, ist Gott.«

Benni schaut mit leicht zusammengekniffenen Augen in die Ferne. »Wenn ich meinen Vater sehe und dran denke, was er in den letzten Jahren alles durchgemacht hat, dann geht's mir manchmal wie dir. Aber ich weiß, dass es falsch ist, sich alles Mögliche auszumalen und sich zu fragen, was ist, wenn das und das passiert. Gott liebt uns und er weiß genau, was er tut.«

»Ja.«

Er setzt sich anders hin. »Und trotz der Angst bist du wiedergekommen.«

»Ja … Ich hab verzweifelt nach Argumenten dafür gesucht, dass ich nicht auf dich zugehen soll. Aber alles, was ich gelesen hab, hat nur bestätigt, dass ich dir helfen sollte. Und dann bin ich auf ein Versprechen gestoßen.«

Ich öffne den Mund, um die Stelle zu zitieren, aber stattdessen trifft mich plötzlich eine Erkenntnis und ich runzle verblüfft die Stirn.

Keine Falle.

Der Bibelvers. In diesem Moment steht er klarer denn je vor meinen Augen. Und nimmt eine viel tiefere Bedeutung an.

Benni schaut mich fragend an und ich schüttle immer noch erstaunt den Kopf.

Das mit der Falle. Dass Gott mich nicht in eine Falle laufen lässt. Warum bin ich nie auf den Gedanken gekommen, dass dieses Versprechen nicht nur für mein Angebot an Benni, für seine Reaktion und für unsere Zusammenarbeit galt, sondern auch und vor allem für all das, was während unserer gemeinsamen Zeit zwischen uns entstanden ist, für unsere Beziehung und … für eine gemeinsame Zukunft?

Warum sollte Gott all die Dinge zugelassen haben, die zu der Woche mit Benni und zu diesem Augenblick geführt haben?

Die Begegnung zwischen Jan und Benni auf der Messe und dass sie gemeinsam ein Unternehmen gründen. Die Tatsache, dass ausgerechnet Bennis Geschichte mich erkennen lassen hat, wie sehr ich mich mit meinen Wünschen verrannt hatte. Dass Benni und ich uns an dem Abend bei Jan so gut verstanden und uns beide heimlich gewünscht haben, uns wiederzusehen. Bennis Gefühle und sein Entschluss, nichts wegen eines Wiedersehens mit mir zu unternehmen und stattdessen dafür zu beten, und dann der unwiderstehliche Drang in mir, ihm meine Hilfe anzubieten. Die Gefühle, die Benni und ich füreinander entwickelt haben.

An jedem dieser Punkte hätte Gott eingreifen und der Sache ein Ende setzen können. Aber das hat er nicht.

Habe ich wirklich geglaubt, dass der Gott der Liebe, bei dem weder Finsternis noch Schatten ist und von dem nur gute Gaben kommen … dass dieser Gott mich in eine Beziehung hineinlaufen lassen würde, die nicht zu meinem Besten dient?

Ich schaue auf und begegne Bennis besorgtem Blick. Wärme strömt in jeden Winkel meines Brustkorbs.

Dieser Kerl. Verliebt sich in mich und entscheidet sich schweren Herzens, nicht auf seine Gefühle zu hören, sondern auf Gottes Bestätigung zu warten. Weil er mir keine falschen Hoffnungen machen will. Weil er nicht das Risiko eingehen will, mich zu verletzen. Muss ich wirklich noch mehr über ihn erfahren, um zu wissen, dass dieser Mann ein riesengroßes Geschenk ist?

Gott. Ich will das hier auch. Ich will es von ganzem Herzen.

Eine unbändige Freude steigt in mir hoch. Und gleichzeitig wird mein Herz von einem tiefen Frieden erfüllt.

Ich weiß, dass das hier richtig ist. Ich weiß es einfach.

Benni hat mich die ganze Zeit nicht aus den Augen gelassen und fragt sich mit Sicherheit, was wohl in mir vorgehen mag. Und warum es so lange dauert, bis ich mit der Sprache herausrücke.

Bedächtig, Wort für Wort, zitiere ich die zwei Verse frei aus dem Gedächtnis: »Gott selbst ist der Grund für deine Zuversicht.

Er lässt dich nicht in eine Falle laufen. Wenn jemand deine Hilfe braucht und du ihm helfen kannst, dann weigere dich nicht.«

Bennis Augen forschen in meinen. »Deswegen bist du wiedergekommen«, sagt er leise.

»Ja.«

Wir sitzen da und in seinem Kopf geht hundertprozentig das Gleiche vor wie in meinem. Und dann fragt er sanft: »Denkst du auch, was ich denke?«

Ich antworte mit einem Nicken.

Ein absolut süßes Strahlen bahnt sich den Weg auf sein Gesicht. »Wir nehmen uns Zeit.«

Ich nicke wieder. »Ja.«

»Erst richtig kennenlernen und dann … entscheiden.«

»M-hm.«

»Heute Abend Hamburger-Grillen bei mir. Ich hab schon alles besorgt. Und ob ich dich bis zweiundzwanzig Uhr zu Hause abliefere, ist fraglich.«

Ich lache. »Hey!«

Er hebt beide Hände in die Höhe. »Keine unlauteren Absichten, ich verspreche es.« Seine Augen funkeln.

»Wie war das noch mit ›Wir nehmen uns Zeit‹?«

»Zum Kennenlernen«, stellt Benni klar.

»Fressen Heuschrecken auch Kennenlernzeit auf?«

Er seufzt laut.

»Das war *dein* Vers«, necke ich ihn. »Meinst du, Gott könnte dir die Zeit nicht zurückerstatten, wenn du lieb auf meinen Bruder hörst und mich um zweiundzwanzig Uhr nach Hause bringst?«

Er hebt den Blick zum Himmel. »Gott, ich glaub, ich brauch Geduld mit dieser Frau.«

Ich lache.

Benni atmet tief durch. Dann steht er auf und auf seinem Gesicht liegt immer noch dieses stille Strahlen, als er mir seine Hand hinhält.

Der Moment, in dem sich meine Finger mit seinen verschränken, geht mir durch und durch. Seine Hand ist groß und stark und von der Arbeit rau. Es fühlt sich wunderbar an. Und dann zieht er mich sanft in seine Arme.

»Das hier«, flüstert er und drückt mich vorsichtig an sich, »das wollte ich schon seit zwei Wochen.«

Langsam schlinge ich meine Arme um ihn und lege meinen Kopf an seine Brust. Ein überwältigendes Gefühl der Geborgenheit durchflutet mich. Hier in seinen Armen zu sein. In den Armen des Mannes, zu dem ich gehöre und der zu mir gehört. Dieses Gefühl ist … unbeschreiblich.

Nach einer Weile schiebt er mich sanft von sich und fasst nach meinen Händen. »Okay«, sagt er, während seine Daumen langsam meine Handrücken streicheln. »Stell mir deine Fragen.«

»Meine Fragen?«

»Alles, was du von Anfang an wissen wolltest.«

Ein Lachen entfährt mir.

»Schieß los, Lena.«

»Okay, ähm … Wie alt bist du?«

Ein Grinsen geht über sein ganzes Gesicht. »Im Februar dreißig geworden. Und du?«

Ich lächle. »Seit Mai dreißig.«

Sein schmunzelnder Blick hält meinen fest. »Nächste Frage …?«

Ich werde rot.

»Lena …?«

»Dein Nachname?«

»Hm …«, macht er. »Wicht.«

»Wicht«, wiederhole ich grinsend.

Er nickt langsam. »Mhmmm …« Seine Wimpern tanzen über seinen funkelnden Augen. »Problem damit, Frau Lehrerin?«

Ich schüttle lachend den Kopf. »Nein …«

»Gut …« Er hebt eine Hand und streichelt sanft meine Wange. »Ich glaub nämlich, so schnell wärst du mich nicht losgeworden.«